जापानी सराय

अनुकृति उपाध्याय

राजपाल

ISBN : 9789386534729

प्रथम संस्करण : 2019 © अनुकृति उपाध्याय

JAPANI SARAI (Stories)

by Anukriti Upadhyay

राजपाल एण्ड सन्ज़

1590, मदरसा रोड, कश्मीरी गेट, दिल्ली-110006

फोन : 011-23869812, 23865483, 23867791

e-mail : sales@rajpalpublishing.com

www.rajpalpublishing.com

www.facebook.com/rajpalandsons

पूज्यपाद पिता डॉ. सुरेंद्र उपाध्याय, जिनसे सभी शब्द मिले
और अर्थ उद्भासित हुए एवं स्नेहमूर्ति माँ पूजा उपाध्याय को

क्रम

आमुख

समकालीन हिन्दी कहानी का परिदृश्य विविधताओं से भरा हुआ है। कई पीढ़ियाँ एक साथ रच रही हैं। सबके अपने-अपने जीवनानुभव हैं और कथोपकथन के अपने-अपने अंदाज़। अनुकृति उपाध्याय नई पीढ़ी की कथा-लेखिका हैं और *जापानी सराय* उनका कहानी-संकलन है। इस संकलन की कहानियों से गुज़रते हुए हम सर्वथा एक नए कथालोक की यात्रा पर होते हैं, जहाँ हमारा सामना उस संसार से होता है जो हिन्दी कहानी में अपेक्षाकृत कम चित्रित-वर्णित हुआ है। अनुकृति उपाध्याय की कहानियों में नवाचार केवल कथानक के स्तर पर नहीं है, बल्कि कथ्य और कहन की शैली के स्तर पर भी यहाँ बहुत कुछ नया घटित होता है। इन कहानियों में नाटकीय सामर्थ्य अपनी प्रभावशाली भंगिमाओं के साथ उपस्थित है। हिन्दी कहानी अब तक इस नाटकीय सामर्थ्य के लिए अधिकांशत: लोककथाओं, किंवदन्तियों, जनश्रुतियों और लोक-विश्वासों तथा पारम्परिक प्रेमाख्यानों के भरोसे रही है। इन कहानियों में इनसे परे जाकर समकालीन जीवन के अन्तर्द्वन्द्वों से यह नाटकीय सामर्थ्य अर्जित करने का प्रयास किया गया है। प्रेम यहाँ है, पर वह अख्यान की मोहकता के साथ नहीं बल्कि इस समय की यांत्रिकता के दबावों में पिस कर मानवीय संवेदनाओं की तलाश करता हुआ उपस्थित है। समकालीनता के जो आन्तरिक टकराव हैं, अनुकृति उपाध्याय की नज़र उन टकरावों के प्रति बेहद संवेदनशील है। इन टकरावों के महीन तंतुओं से वह अपनी कहानियों के भीतर एक ऐसा संसार रचती हैं जहाँ जीवन की तहों के भीतर छिपी मनुष्य की आकांक्षाओं और सम्बन्धों की गरिमा उद्घाटित होती है। 'जापानी सराय', 'चेरी ब्लॉसम', 'शावर्मा' जैसी कहानियों को इस संदर्भ में रेखांकित किया जा सकता है। इन कहानियों में प्रतीकात्मकता और कथा-शिल्प की जटिलताओं का आग्रह नहीं है। अपने लेखन के आरम्भिक दौर में ही यह सहजता अर्जित करना एक बड़ी उपलब्धि है।

'हरसिंगार के फूल' जैसी कहानी में स्मृतियों की आवाजाही से संवेदनाओं का एक आर्द्र लोक सृजित होता है। इस आवाजाही की त्वरा में एक विलक्षण

लयात्मकता है, जिससे संगीत उपजता है। मोना और विश्वा की यह प्रणय-कथा जिन स्थितियों में अपने शिखर पर पहुँचती है उसकी पृष्ठभूमि में मृत्यु की छाया है। प्रेम की दीप्ति में देह के मिलन की उत्ताप भरी भंगिमाएँ एक ऐसे लोक को रचती हैं, जिससे गुज़रते हुए पाठक के भीतर कोई नम सोता फूट पड़ता है। मानवीय सम्बन्धों और संवेदनाओं के लिए आज का समय दुर्भिक्ष-काल है। इसकी चिन्ता आज वैश्विक चिन्ता बन चुकी है। आदमी आज अपने व्यक्तित्व की निजता खोकर भीड़ का हिस्सा बनता जा रहा है। अपने-आप से, अपने आत्म से अलग होकर जीने की इस भयावहता को अनुकृति उपाध्याय की कहानियाँ निर्ममता के साथ उजागर करती हैं। 'प्रेज़ेंटेशन' में मीरा का संघर्ष कैरियर का संघर्ष नहीं है। वह अपने आत्म को पाना चाहती है, पर मनु और पारम्परिक संयुक्त परिवार की रूढ़ियाँ उसे दलदल में फँसाए रखना चाहती हैं। रिश्तों की आड़ में युवा शिकारी दीपू के आक्रमण का वह सामना करती है और अपने लिए राह बनाती है।

मुझे विश्वास है कि इस संकलन की कहानियों को पढ़ते हुए पाठक को मात्र नए जीवनानुभव ही नहीं मिलेंगे, इन जीवनानुभवों के आंतरिक संश्लेषण से बुनी हुई कहानियों में पीड़ा और सुख का अनूठा द्वन्द्व मिलेगा। अनुकृति उपाध्याय की कहानियों को केवल उनके प्रभाव और रसात्मकता के आधार पर मूल्यांकित नहीं किया जा सकता। कई बार वह कथा-शैली के प्रचलित रूपों का अतिक्रमण करती हैं, पर उनका यह अतिक्रमण कहानी के चरित्र और संवेदन को नए आवेगों से पूरित करता है। यथार्थ की संश्लिष्टता के कारण ये कहानियाँ कहानी-कला की कई शर्तों को पूरा करती हैं और यथार्थ की विविधवर्णी छवियों की पुनर्रचना करती हैं। इस आश्वस्तकारी आरम्भ के लिए शुभकामनाएँ!

जयपुर

दिसम्बर 2018

—हृषीकेश सुलभ

कथाकार एवं नाटककार

भूमिका

कहानी कहना ज़रूरी है और मजबूरी भी, सो सुनिए—

ठीक नहीं जानती कि ये कब की बात है या अब की, इसलिए कथोपकथन की प्राचीन परंपरा के अनुसार यह तब की बात है जब कि पर्वत-तल में एक धारा बहती थी। दिन में चौंधियाती, रात को मन सहलाती धारा बहती जाती थी। धारा के तट पर , ठीक वहाँ जहाँ जल-घासें विरल थीं, एक पत्थर था, ठीकरे से बड़ा, चट्टान से छोटा, एक मामूली पत्थर। उसमें एक ही ग़ैर-मामूली बात थी कि और पत्थरों की तरह वह अपने होने मात्र में बंधा नहीं था। वह अपने से अलग कुछ चाहता था। वह ठस्स ठोस पत्थर तरल, डोलती धारा को चाहता था।

पत्थर हमेशा से धारा के तट पर नहीं था। इससे पहले वह किसी पहाड़ की बर्फ़ीली ढलानों पर था धरती के उबलते गर्भ में, यह निश्चित रूप से नहीं कहा जा सकता लेकिन यह तय है कि धारा और उसका साथ लम्बा था। धारा अपने तट पर स्थापित पत्थर के बारे में जानती थी या नहीं, और अगर जानती थी तो उसके बारे में क्या सोचती थी, यह पत्थर नहीं जानता था। वह बस मौसम, चाँद, सूरज, पत्ते, ढेले अपने में समाए बहती धारा को एक भौंचक अवाक् चाहना से ताकता रहता था। धारा न उसकी पहुँच में थी, न उससे ओझल। वह न धारा के साथ था, न ही उससे छिटका हुआ। वह अपने पत्थरपन में क़ैद, धारा के सम्मोहन में बँधा, बस था भर।

पत्थर महत्त्वाकांक्षी नहीं था। वह अपनी सीमाएँ जानता था। उसकी कामना यह नहीं थी कि धारा उसकी हो जाए, वह तो स्वयं धारा का हो जाना चाहता था। तट पर उगने वाली जल-घास से लेकर धारा में चरते जल-पाखी तक पत्थर की इस जड़ता पर हँसते थे। अदने तिनके और सूखे पत्ते तक जानते थे कि मिट्टी में धँसे अनगढ़ पत्थर का बिछलती चटुल धारा से कोई मेल नहीं।

एक दिन पर्वत पर कुछ मज़दूर आए। उनके हाथों में कुदालें और फावड़े थे। वे चट्टानें खोदने-खादने लगे। एक मज़दूर की नज़र तट पर पड़े पत्थर पर गई। उसने आस-पास की मिट्टी हटाई और पत्थर को उठा कर कंधे पर लाद लिया। 'इसे मन्दिर के गर्भ-गृह में लगाएँगे,' वह ख़ुशी से चिल्लाया। पत्थर काँप गया। वह बस इतना समझ पाया कि उसे धारा से दूर ले जाया जा रहा है और अब वह अपने में मग्न गाती-बतियाती धारा के अबूझ सुर नहीं सुन पाएगा। दुःख से उसका

दिल टूट गया। 'इसे कौन गर्भ-गृह में लगाएगा,' मज़दूर का साथी बोला, 'ये तो दरका हुआ है।' मज़दूर ने देखा—वाक़ई पत्थर के एक छोर से दूसरे छोर तक एक लम्बी दरार थी। उसने एक भद्दी गाली दी और पत्थर को फेंक दिया। लुढ़कता हुआ पत्थर धारा में जा गिरा। जो धारा उसके निकट बहती थी, अब उस पर से होकर बहने लगी। जल-घास, पाखी, यहाँ तक कि स्वयं धारा पर भी पत्थर पर घटी इस घटना का क्या प्रभाव पड़ा या प्रभाव पड़ा भी या नहीं, इसकी कहानी फिर कभी।

अब आप यदि मानना चाहें तो मान सकते हैं कि पत्थर की मनोकामना पूरी हो गई और वह धारा का हो गया। या आप चाहें तो यह सोच सकते हैं कि धारा में पड़ा पत्थर धारा का कैसे हुआ? वह तो अब अपना भी नहीं रहा। या आप दोनों ही बातें मान सकते हैं, या दोनों ही नहीं, कोई बिलकुल तीसरी ही।

मैंने तो कहानी कह दी। अब जो कहना है, कहानी कहे या पढ़ने वाले।

—अनुकृति उपाध्याय

मुम्बई
नवम्बर 2018

आभार

ये कहानियाँ जिन के सहयोग से रची जा सकीं उनके लिए धन्यवाद छोटा और निहायत खोटा शब्द है, सो धन्यवाद नहीं कह रही हूँ, आदर और स्नेह सहित याद कर रही हूँ—श्री अशोक महेश्वरी जी जिन्होंने गद्य लिखने को कहा, आदरणीया ममता कालिया जी जिन्होंने कहानियाँ पढ़ और सराह कर मनोबल बढ़ाया, आदरणीय हृषिकेश सुलभ जी जिन्होंने आशीष और स्नेह से आप्यायित किया, मित्र सिद्धार्थ गिगू जिन्होंने मेरे लेखन पर मुझसे ज्यादा विश्वास किया, प्रिय रोहिणी जो इन कहानियों की पहली पाठक है और जिसने इन्हें टंकित कर छपने योग्य बनाया। राजपाल एण्ड सन्ज़ से मीरा जौहरी जी के सहृदय सहयोग के लिए अनुग्रही हूँ। उन्होंने कहानियाँ प्रकाशित करने का जो आश्वासन दिया, उससे लिखने का साहस बढ़ा है। भ्रातृतुल्य प्रभात रंजन जी, जिनके लगातार प्रोत्साहन और दिशा निर्देश के बिना ये कहानियाँ और यह संग्रह संभव ही नहीं होता, उनका स्नेह-ऋण उतारने की कल्पना भी नहीं कर सकती।

मेरे पति, विकास के विश्वास भरे सहयोग के बिना कुछ भी लिख पाना कठिन होता। उन्होंने और बेटे यशोधर ने जिस ख़ुशमिज़ाजी से इन कहानियों का लिखा जाना झेला और मेरे लिखने के व्यसन को घर में आए नाजुक दिल मेहमान-सा स्वीकार किया उसके लिए वे दाद के अधिकारी हैं। भागिनेय डॉ. श्रेयस शर्मा और भागिनेयी नंदिनी ने भाव जगत समृद्ध किया और आदरणीया बुआ, श्रीमती अर्चना ने सदा प्रोत्साहन दिया। उसके लिए कृतज्ञ हूँ। पूज्यपाद पिता डॉ. सुरेंद्र उपाध्याय, माता, श्रीमती पूजा उपाध्याय और स्नेहमयी बहन डॉ. श्रुति शर्मा एवं आदरणीय बहनोई डॉ. नवीन शर्मा को सादर नमन सहित इति शुभम।

जापानी सराय

स‍ब अपने कम्प्यूटर बंद कर रहे थे और जैकेट्स पहन रहे थे। मिल कर गिंज़ा इलाके के किसी फ़ैशनेबल बार में जाने का तय हुआ था। उसे भी आमंत्रित किया था। 'गिंज़ा का सबसे अच्छा ईजाकाया बार है, बहुत उम्दा याकीटोरी और साके मिलती है।' 'कल से सर्दी-जुकाम है मुझे। मेरे आने से आप लोगों की शाम ख़राब होगी।' उसकी आँखें सूजी हुई थीं और कंठ भारी। उसके सहकर्मियों ने अफ़सोस जताया था। जल्दी अच्छे होने की कामना की और आराम करने की सलाह दी। दफ़्तर खाली हो गया। सब के जाने के बाद वह टर्म शीट पर काम करती रही। जटिल ट्रांज़ैक्शन था, भाव-ताव चल रहा था, कितना आक्रामक होना, कितना पीछे हटना। युद्ध के से पैंतरे। 'द आर्ट ऑफ़ लॉ,' वह कहता था, 'सिर्फ़ क़ानून की किताबें पढ़ लेने और ड्राफ़्टिंग कर लेने से ही वक़ील नहीं हो जाते।' उसने अपने दुखते माथे को उँगलियों के पोरों से दबाया। टर्म-शीट तो पूरी करनी ही है, इतना भी क्या पस्त होना, खाली बर्तन के पेंदे में भी कुछ न कुछ बचा ही रहता है, लड़की।

टर्मशीट ख़त्म कर जब वह कुर्सी से उठी तो कंधे और गर्दन अकड़ गए थे। उसने सिर को दाएँ-बाएँ घुमाया और कंधों को झटका। घड़ी देखी, 10:10। बैग उठाकर वह एलिवेटर की ओर बढ़ गई। रोपोंगी की रात दिन-सी उजली और रंगारंग थी। लाल, पीले, श्वेत नियोन लाइट्स जड़े बिलबोर्ड्स, रेस्तराँ और बार के रोशन दरवाज़े, फुटपाथ और सड़क पर आवाजाही, चहल-पहल। टैक्सी रोकने के लिए उठाया हाथ उसने नीचे कर लिया। टैक्सी से दस मिनट में होटल। और फिर क्या? तुम्हें जल्दी क्या है? रोपोंगी स्टेशन तक चली चलो, केवल टोक्यो में ही इतनी देर रात तक बेधड़क पैदल चला जा सकता है। वसंत की रात है। चाँद नहीं तो क्या, टोक्यो की बेजोड़ रोशनियाँ हैं और चेरी के सफ़ेद फूल, जैसे किसी ने रात के अन्धेरे को जगह-जगह से मिटा दिया हो। 'यार, तुम हद से ज़्यादा रोमांटिक हो!' बत्ती बदली और वह सड़क पार करने लगी।

ठंडी हवा से सिर का भारीपन कम लग रहा था। एक रेस्तराँ के खुले द्वार

से हवा का गुनगुना झोंका गरम नूडल्स की सुगंध लिए आया। उसे याद आया, दिन भर से कुछ खाया नहीं। सुबह होटल से निकलते हुए ब्रेक़फ़ास्ट बुफ़े से एक सेब उठा लिया था और शाम दफ़्तर में एक एस्प्रैसो कॉफ़ी डबल शॉट। होटल के कमरे में रूम-सर्विस और टेलीविज़न के बजाए यहाँ अनजान लोगों की भीड़ में एक प्याला रैमन नूडल्स। वह रेस्तराँ में दाख़िल हुई। बहुत फ़ैशनेबल रेस्तराँ, बर्फ़ से नीले रंग की दीवारें और नीली बिजली सी रोशनियाँ, लम्बे कमरे के दूसरे छोर पर मैग्नोलिया फूल-के रंग का सफ़ेद ऊँचा बार। सभी मेज़ें भरी हुई थीं, ज़्यादातर युवा जोड़े थे। उसने ठिठक कर कुछ अनिश्चय से चारों ओर देखा और धीमे पगों से बार की ओर बढ़ी। ऊँचे बार स्टूलों में से एकदम कोने वाला चुन कर बैठ गई। बार के दूसरी ओर युवा जापानी बार-टेंडर नृत्य-भंगिमाओं में झुकता, मुड़ता, घूमता कॉकटेल्स बना-बना कर ग्राहकों को पेश कर रहा था। दीवारों से मेल खाते रंग के बालों से उसका आधा चेहरा ढँका था। वह बड़ी नफ़ासत से गर्दन झटक कर बाल पीछे फेंकता, झुक-झुक कर ग्राहकों का सत्कार कर रहा था। अपनी भूख भूल कर वह कौतुक से देखने लगी। सहसा बार-टेंडर घूमा और पानी के रेले-सा बहता उसकी ओर वाले कोने से आ लगा।

'ड्रिंक, मिस?' उसने कमर से झुक कर पूछा।

वह चौंक गई, 'अं...जिन एंड टॉनिक, प्लीज़।'

'बार-टेंडर' पंजों के बल घूम गया और बोतल गिलासों की उठा-धरी करने लगा। एक चौड़ा, मोटे काँच का गिलास लिए लहराता लौटा। साथ में 'एडामामें बीन्स' और नमकीन टोफ़ू के प्याले उसके सामने रख कर और झुककर अभिवादन करने के बाद वह 'बैले' नर्तक सा पाँव हवा में लचकाता दूसरी ओर चला गया।

उसने गिलास से एक घूँट भरा। अनजाने, कसैले, कुछ-कुछ खट्टे स्वाद से मुँह फिर गया।

'बिलकुल अच्छी नहीं है, अजब सा स्वाद है, बल्कि बेहद बुरा' वह बुदबुदाई।

'क्षमा कीजिए, आपने कुछ कहा?' दाहिनी ओर बैठा आदमी उसकी ओर मुड़ा।

उसने देखा—घनी भँवों के नीचे चमकती नीली आँखें, आँखों के गिर्द और माथे पर अनगिनत बारीक लकीरें जैसे वर्षों से तेज़ हवा और कड़ी धूप में आँखें सिकोड़े देखता रहा हो। 'नहीं...कुछ भी नहीं...'

'ओह, फिर तो तुम अपनी ड्रिंक से बातें कर रही थीं, मैंने शायद विघ्न डाला,' वह खुलकर मुस्कुरा रहा था।

'मुझे...मुझे ध्यान नहीं...' वह अचकचाई। 'वैसे भी ड्रिंक से बात करने में

क्या बुराई ? कल मैंने देखा एक आदमी अपने बीन जैम बन से बात कर रहा था, उएनो पार्क में,' वह कुछ उद्धत स्वर में बोली।

'नहीं, कोई भी बुराई नहीं। मैं भी अक्सर खाने-पीने की चीज़ों से बात कर लेता हूँ, बल्कि सबसे बढ़िया बातचीत तो उन्हीं से हो सकती है। जब तक चाहो, बातें करो, जब ऊब जाओ खा लो! लेकिन,' उसने अपना बार स्टूल पूरी तरह उसकी ओर घुमा लिया, 'तुम अपनी ड्रिंक से बातचीत नहीं कर रही थीं, उसको खरी-खरी सुना रही थी। तुम्हें इसमें नाइंसाफ़ी नहीं लगती कि अपनी मर्ज़ी से ड्रिंक मंगाओ और फिर उसे कोसो ?' उसका स्वर हँसी से झंकृत था, चेहरे की बारीक़ रेखाएँ किरणों सी उग आई थीं।

'मैं इसका स्वाद नहीं जानती थी...मैं ''टी-टोटलर'' हूँ। जल्दी में कुछ सोच नहीं पाई, बस जिन और टॉनिक ही ध्यान आया...'

'वाह! बहुत दिलचस्प। तुम शराब नहीं पीतीं और इसलिए रोपोंगी की इस बार में जिन टॉनिक मँगा बैठीं।' उसके इशारे पर बार-टेंडर कलाबाज़ी खाता आया। 'क्या तुम कुछ दिलचस्प बना सकते हो ऐसी लड़की के लिए जिसे जिन और टॉनिक का स्वाद विचित्र लगता है ? मार्गेरिटा या शायद सांग्रिया ?' बार-टेंडर ने गर्दन झुकाई और तेज़ी से घूमता दीवार में चुनी बोतलों की ओर बढ़ गया। वे दोनों कुछ क्षण 'बार-टेंडर' की भंगिमाएँ देखते रहे। 'बहुत से लोग यहाँ इस नीले सिर वाले देवदूत के करतब देखने ही आते हैं। कॉकटेल्स भी अच्छा बनाता है। इसका बनाया सांग्रिया पीकर देखो।'

'धन्यवाद...लेकिन मैं शराब नहीं पीती...' उसने धीमे से दोहराया।

'ठीक है। आज के बाद भी तुम यह दावा क़ायम रख सकती हो। चखना पीना नहीं होता है !'

उसके मुँह में एक पुराना स्वाद घुल गया। 'यार अब तुमने बीयर चख ली है, अब कैसे कह सकती हो शराब नहीं पीती ?' हँसते होंठों पर 'बीयर' से कड़वाए होंठों का एक और गहरा चुम्बन...बार-टेंडर उसके सामने रखे लम्बे गिलास में बर्फ़ से झिलमिलाती दुरंगी ड्रिंक का छोटा-सा घूँट लिया। नींबू और नारंगियों का खट्टा-मीठा स्वाद और गले के पिछले हिस्से में कुछ धारदार-सा। 'ये...ये अच्छा है।'

वह मुस्कुराया। 'शुक्र है पसंद आया। अब बताओ, एक टी-टोटलर इस ''बार'' में क्या कर रही है ?'

'ओह...मैं यहाँ से गुज़र रही थी, और नूडल्स की ख़ुशबू...मुझे भूख लग आई। बस।'

वह आँखें सिकोड़ कर क्षण भर उसे देखता रहा। 'अच्छा। ठीक किया। यहाँ का याकी-सोबा बहुत प्रसिद्ध है।'

उसने सांग्रिया का एक और घूँट लिया। 'तुम टोक्यो से हो?'

'मैं ऐसा दिखता हूँ कि टोक्यो से हूँगा?'

'क्यों? टोक्यो से होने के लिए कुछ ख़ास क़िस्म का दिखना होता है?'

वह हँसा। 'लगता है सांग्रिया वाक़ई अच्छी है। ठीक कहती हो, टोक्यो से होने के लिए ख़ास क़िस्म का दिखना ज़रूरी नहीं लेकिन मैं टोक्यो का नहीं। दरअसल यह मेरी टोक्यो में आख़िरी रात है, कल सुबह मैं ओकिनावा प्रिफ़ेक्चर जा रहा हूँ, साल भर के लिए। टोक्यो के जन-समुद्र से सचमुच के जापान सी को।'

'जापान सी? माने बीचेज़?'

'तुम कह सकती हो। समुद्र तटों पर ही रहता हूँ अक्सर लेकिन मैं कोई अमीर नाकारा नहीं, मेरा काम ही ऐसा है। मैं मरीन ज़ूलॉजिस्ट हूँ।'

'मरीन ज़ूलॉजिस्ट,' उसने दोहराया, 'मैं पहली बार किसी मरीन ज़ूलॉजिस्ट से मिल रही हूँ।'

'दरअसल बस मछली और जलजीव विशेषज्ञ हूँ, लेकिन मरीन ज़ूलॉजिस्ट कहना ज्यादा वज़नी लगता है!' एक वेटर उनके पीछे आ खड़ा हुआ था। 'हम एक प्लेट ग्योजा लेंगे और दो प्याले याकी-सोबा।' वेटर ने झुककर अभिवादन किया और चला गया। 'अब तुम बताओ तुम किस विषय की विशेषज्ञ हो? क्योंकि विशेषज्ञ हो इसमें तो कोई शक ही नहीं है।'

'मैं...एक बैंक में काम करती हूँ।'

'ओह हो, तो पैसों की विशेषज्ञ हो!'

'नहीं, बैंकर नहीं, मैं तो बस वक़ील हूँ।'

'इसमें बस क्या? वक़ील तो सबसे बड़े विशेषज्ञ होते हैं, झूठों और चालाकियों के। माफ़ करना मैं मज़ाक़ कर रहा हूँ, लेकिन आधा ही मज़ाक़ है!' उसने अपनी ड्रिंक ख़त्म की और दूसरी के लिए इशारा किया। 'दरअसल मेरा वकीलों से सिर्फ़ एक बार साबिका पड़ा है, मेरे तलाक़ के वक़्त।'

'ओह...सुनकर अफ़सोस हुआ...'

'मुझे भी हुआ था। बल्कि काफ़ी वक़्त तक होता रहा था।' वेटर उनका भोजन दे गया। 'मुझे अनुमति दो।' उसने चॉपस्टिक्स से बड़ी कुशलता से मांस और सब्ज़ियों से भरे गुझिया के आकार के ग्योजा प्लेटों में परोस दिए। 'आशा है तुमने मेरे इस क़दर अधिकारपूर्ण व्यवहार को अन्यथा नहीं लिया होगा।' वह

चौंकी। 'मेरा मतलब है बिना तुम्हारी पसंद पूछे तुम्हारे लिए खाना और ड्रिंक मँगाना। सच कहूँ तो तुम इस क़दर खोई, भटकी लग रही थीं कि मुझे लगा कुछ करना चाहिए।'

कुछ कहने के बजाय उसने एक ग्योज़ा उठाया और मुँह में रख लिया। मुँह का बासीपन घुल गया। 'बहुत स्वादिष्ट है।'

वह हँस पड़ा। 'हम दरअसल उतने उलझे हैं नहीं जितना ख़ुद को समझते हैं। अमूमन खाने-पीने से आधी समस्याएँ सुलझ जाती हैं और बाक़ी की आधी कह देने से।'

'मैं...मेरे लिए पहली बार है कि...कि बार में अकेली हूँ...'

'लेकिन तुम बार में कभी अकेली हो ही नहीं सकतीं। हाँ अगर सुबह के आठ बजे हों तो अलग बात है लेकिन तब भी कोई दिलजला गिलास में सिर दिए मिल ही जाएगा।'

वह मुस्कुराई, ऐसी मुस्कान जो यत्न से चिपकानी नहीं पड़ी, अपने आप होंठों पर नमूदार हुई। 'तुम ऐसा कैसे कर लेते हो?'

'क्या कैसे कर लेता हूँ?'

'ऐसे दिल खोलकर मज़ाक़ करना जैसे हँसने के बहुत से कारण हों।'

'मैं तो मज़ाक़ इसलिए करता हूँ क्योंकि हँसने के बहुत ही कम कारण हैं। लेकिन तुम कहो, तुम हँसने, मज़ाक़ करने और अकेले बार जाने के इतने ख़िलाफ़ क्यों हो?' वह काँटे में नूडल्स के लच्छे फँसाती रही।

'मैं इंतज़ार कर रहा हूँ।'

'ओह...नहीं, कुछ ख़ास नहीं ...ऐसा तो नहीं है कि हँसी-मज़ाक़ पसंद नहीं...'

वह उसे भरपूर दृष्टि से देख रहा था। 'जानती हो सब कुछ कह डालने के लिए अजनबियों से अच्छा कोई नहीं होता। ख़ासकर वह अजनबी जो अगली सुबह जापान सी को जा रहा हो, जहाँ हो सकता है कि उसे कोई शार्क खा जाए।'

'जापान सी में शार्क होती हैं?'

'मुबारक हो! तुमने पूरी शाम में पहली बार वकीलनुमा बात की है। अच्छा है। मुझे शक होने लगा था।' वह मुस्कुराया और चॉपस्टिक्स से अनायास नूडल्स को उठा कर खाने लगा। 'जहाँ मैं जा रहा हूँ, वहाँ नहीं हैं। वहाँ क्रस्टैशियंस जीवों की बहुतायत है। उन पर शोध कर रहा हूँ। बहुत दिलचस्प हैं ये खोलधारी जीव। 'कैम्ब्रियन पीरियड' से, यानी कि अरबों वर्षों से इस धरती पर हैं। जब सब कुछ

नष्ट हो जाएगा तब हो सकता है कि यही प्राणी एक नया आरम्भ करें, ऐसे ही अपनी कड़ियल टांगों और जबड़ों और खोलों से लैस।'

'और दिमाग़ और दिल से लैस नहीं? दिमाग़ और दिल का तुमने कोई ज़िक्र नहीं किया।'

'दिमाग़ और दिल की वजह से ही तो सब नष्ट होगा। जिनके दिमाग़ और दिल नहीं होंगे वही बचे रहेंगे।'

'यह तुम अपने अनुभव से कह रहे हो?'

'नहीं, तुम्हारे अनुभव से!'

वह हल्का-सा मुस्कुराई। 'तुम्हें नहीं लगता तुम धृष्टता कर रहे हो? मेरे अनुभव तो दूर तुम तो मेरा नाम तक नहीं जानते।'

'ठीक कहती हो, मैं तुम्हारा नाम नहीं जानता। ये कितनी अच्छी बात है न?'

नक़ाब के ऊपर चमकती दो आँखें उसे छूती हुई खो गईं। 'हाँ, ठीक कहते हो।'

उसने अपनी चॉपस्टिक्स चीनी मिट्टी की बनी चॉपस्टिक्स-रेस्ट पर टिका दीं। वह हल्का मुस्कुराया, उसकी आँखों के इर्द-गिर्द की रेखाएँ शांत रहीं किंतु, वह बोला, 'यह पहली बार है कि मैं किसी वक़ील को सलाह दे रहा हूँ, बड़ा अजीब लग रहा है।' वास्तविकता यह है कि पीड़ा बस आ पड़ती है, तुम उसे समझ नहीं सकते, उसके गुज़रने का इंतज़ार भर कर सकते हो। जैसे मलेरिया का दौरा। बस कड़वी दवा सा समय को निगलो और बुख़ार की तेज़ी कम होने की प्रतीक्षा करो। जो कहते हैं कि अच्छे लोगों को सिर्फ़ अच्छाई मिलती है, उन्हें अपने मुँह से अँगूठा निकाल लेना चाहिए और चारों ओर आँखें फैला कर देखना चाहिए। दरअसल पीड़ा चिरंतन है, हम सब अपनी पीड़ा में एक से हैं, नंगे और निःशस्त्र। तो उसे सहने में शर्म कैसी? यह लो,' उसने अपनी जेब से टिशू का पैकेट निकाल कर बढ़ाया। 'तुम्हें इनकी ज़रूरत है।' वह निश्चल रही, आँखों से आँसू गिरते रहे। 'मगर ये तो कहना पड़ेगा कि तुमने पीड़ा सहने के लिए बहुत ही ख़ूबसूरत समय चुना है और जगह भी—वसंतकालीन टोक्यो! वीपिंग चेरीज के साथ रोना।' उसका चेहरा तमतमा उठा। 'अहा, इस बात ने तुम्हारा ध्यान खींचा। क्षमा करो, तुम्हारा मज़ाक नहीं उड़ा रहा हूँ। भगवान जानता है, कितनी दफ़ा मैंने अपनी ड्रिंक को आँसुओं से घुलाया है। बार टेंडरों ने मेरे गिलास में शराब उँड़ेली और मैंने उनके कानों में अपनी पीड़ा।' उसने नीले बालों वाले बार-टेंडर पर एक निगाह डाली। 'इस रंग-बिरंगे शख़्स को अपने दुःख सुनाने का साहस मुझे नहीं

लेकिन। देखो कैसे हिरन की तरह कूदता है! और इसकी नारंगी पतलून! उफ़! इसे तो केवल सुनहरी पलकों और नदी के-से कंठ-स्वर वाली औरतें ही अपनी त्रासदियाँ सुना सकती हैं।'

वह हल्के से मुस्कुराई, 'बहुत दर्शनीय है यह।'

'दर्शनीय नहीं, सजावटी। यह चेरी-फूलों का ठीक विलोम है। जापान में ऐसे विरोधाभास तुम्हें बहुत देखने को मिलेंगे।'

'तुम जापान के बारे में बहुत जानते हो।'

'बहुत नहीं, बस उतना भर जितना एक जापानी पत्नी के साथ से सीखा जा सकता है।'

'तुम्हारी पत्नी जापानी है?'

'थी। माने जापानी अभी भी है, लेकिन अब मेरी पत्नी नहीं है, कुछ सालों से।'

'ओह...तुमने कहा था...मैं...मुझे ध्यान नहीं रहा...'

'कोई बात नहीं।' उसने एक लम्बा घूँट भरा।

'तुम उससे यहाँ मिले थे, टोक्यो में? प्रेम विवाह?'

'क्योटो में मिला था। वह कानसाई क्षेत्र से है, टोक्योवासियों से श्रेष्ठतर मानते हैं वहाँ के लोग अपने को।' उसने एक और लम्बा घूँट लिया। 'प्रेम-विवाह कह सकती हो। दरअसल हम दोनों को ग़लतफ़हमी हो गई थी। मैं जापान के लिए अपने प्यार को उसके लिए प्यार समझ बैठा। वह क्या समझी यह मैं आज तक नहीं जान पाया। ऐसा अक्सर हो जाता है क्योंकि हम अपने को समझने में उतना समय भी ख़र्च नहीं करते जितना एक शर्ट चुनने में।' वह क्षण भर उसकी भरभराई आँखें देखता रहा, फिर हाथ बढ़ाकर टिशू से उसकी आँखें और गाल पोंछ दिए, बाँह थपक दी। 'ये टिशूज़ बहुत काम आए। ताकाशिमाया के सामने एक लड़की बाँट रही थी। यहाँ अक्सर दुकानों, सलूनों वग़ैरह के विज्ञापन के तौर पर दिए जाते हैं। मैं कभी नहीं लेता, लेकिन आज ले लिए। आज वसंत की दोपहर थी और वह लड़की एक लम्बी, झीनी सफ़ेद पोशाक में। ऐसे में वह काँटेदार झाड़ भी देती तो ले लेता!' वह हल्का मुस्कुराई। उसने सर हिलाया और चुटकी भर नमक अपने ड्रिंक में मिलाया। 'ठीक, बहुत ठीक। रोते हुए हँसना हिम्मत का काम है। लेकिन दरअसल मैं झूठ बोल रहा हूँ। मुझे तो याद ही नहीं मैंने कब यह पैकेट ले लिया और किससे, मेरा सारा ध्यान तो सड़क के कोने पर की दुकान पर था। तुमने शायद गिंजा में वह दुकान देखी हो-पेटीट पॉईंट, कढ़ाई का सामान मिलता है वहाँ।' वह

क्षण भर को रुका। 'मेरी पत्नी पागल थी पेटीट पॉइंट के पीछे। दिन-रात, एक के बाद एक चित्र काढ़ती रहती थी। मैं कभी इस तरह की कढ़ाई की तुक नहीं समझ पाया। कपड़े पर चित्र बने हुए हैं और सुई के लिए चौखाने भी, बस एक चौखाने से दूसरे में धागा पिरोते जाओ। कला का ढोंग है ऊबी हुई गृहिणियों के लिए।'

'लेकिन कितनी मेहनत से काढ़े जाते हैं, कितने महीन और सुंदर दिखते हैं।'

'हुँह। शायद। दरअसल मैं पेटीट पॉइंट देखकर कुछ हड़बड़ा जाता हूँ। मुझे अपना पहला दौरा याद आ जाता है।'

'दौरा?'

'दौरा कह लो या कुछ और। मगर ऐसा था कि मैं क़रीब-क़रीब डूब ही गया था। सुनना चाहो तो बता सकता हूँ।'

'अगर तकलीफ़ न हो तो...'

'तकलीफ़?' वह हँस पड़ा। 'कुछ साल पहले की बात है यह। मेरे तलाक़ को साल भर हो चुका था। मुझे तो लगने लगा था कि शादी से मुक्ति मुझे रास आ रही है। ख़ूब जमकर काम कर रहा था। कुछ औरतों से मित्रता थी, हफ़्ते में एकाध बार सहकर्मियों के साथ बार या केरीओकी भी चला जाता था। यानी सब कुछ बिलकुल ठीक चल रहा था। मैं सैगा प्रिफ़ेक्चर के तटीय इलाक़े में था उन दिनों। कोई छुट्टी आई और मैं अपनी एक मित्र के साथ मछुआरों के एक छोटे से गाँव चला गया। हम एक रियोकान में रुके। तुमने वैसी जापानी सराय देखी हैं? काग़ज़ के शोजी द्वार, बैठने को टाटामी चटाइयाँ और सोने के लिए ज़मीन पर बिछे फूटॉन बिस्तर। ये रियोकान तो और भी ख़ास था, ठीक समुद्र तट पर। रात के वक़्त ऐसा लगता था मानो तट पर आती जाती लहरें तुम्हारे सिरहाने गा रही हों। तुम ऊब तो नहीं रहीं? मैं बहुत ज़्यादा बोल रहा हूँ?'

'नहीं, बिलकुल नहीं। बहुत दिलचस्पी से सुन रही हूँ।'

'ठीक। तो बीच-बीच में हूँ-हाँ करके दिलचस्पी दिखाती रहो। कहानी कहना वरना निहायत एकाकी कर्म है।'

वह मुस्कुराई। उसकी पलकों पर के आँसू सूख गये थे। स्टूल नज़दीक सरका और बार टेबल पर कुहनी टिका, वह उसकी ओर झुक आई।

उसकी नीली आँखें कौंधीं। 'यह बिलकुल ठीक है। रियोकान में पहली रात में कपड़े बदलते हुए मैंने लक्ष्य किया कि दीवार के आले में, पत्थर के गुलदान के ऊपर लटका चित्रपट दरअसल पेटीट पाईंट कढ़ाई थी। जापानी पाईन के नीचे खड़ी एक लड़की, खुले बालों में जुगनू और अधमुँदी आँखों में आँसू। उसके किमोनो से

झाँकते पैरों के पास गुलदान में सजी शारदीय घास लहरा रही थी। उस कढ़ाई को देख जाने मुझे क्या लगा, क्या हुआ। एक क्षण मैं अपनी पतलून हाथ में लिए खड़ा हूँ, दूसरे क्षण फ़ूटॉन पर लुढ़का हुआ हूँ। और आँखों से आँसू बह रहे हैं। एक दो आँसू नहीं, इस क़दर आँसू कि जैसे बाढ़ आ गई हो। जैसे मेरा दिल, गुर्दे, फेफड़े, आँसुओं में तब्दील हो गए हों और आँखों के रास्ते बहे जा रहे हों। मैं बिलकुल बेक़ाबू था। मेरी मित्र घबरा गई। उसने मुझे सम्भालने की कोशिश की लेकिन कुछ मिनटों में ही उसका सूती युकाटा आँसुओं में भीग गया, मेरे कपड़े, मेरा बिस्तर ऐसे भीग उठे जैसे किसी ने अभी-अभी धोए हों। विश्वास करो, इसमें ज़रा भी अतिशयोक्ति नहीं। मैं दो दिन और दो रातों तक लगातार रोता रहा, जार-जार। मेरी मित्र और रियोकान के लोगों को मेरी देखभाल करनी पड़ी, कपड़े बदलने से लेकर खाना खिलाने तक। मैं आज भी नहीं जानता कि इतने आँसू कहाँ से आए और उनके बहने से मेरा शरीर ठप्प क्यों नहीं पड़ गया, मैं बचा कैसे रह गया।' उसने आश्चर्य से सिर हिलाया, जैसे उस बीते, नम समय को फिर महसूस कर पा रहा हो।

'फिर ? उसके बाद ?'

'उसके बाद ? उसके बाद आँसुओं के ये हमले जब चाहे होने लगे। तुम शायद जानती हो आँसू कितना निढाल कर देते हैं। मुझे उनसे लड़ने की शक्ति ही नहीं रही। मैं समझ ही नहीं पाता था कि किन चीज़ों से बचूँ कि फिर से दौरा न पड़े। सिर्फ़ पेटीट पॉईंट ही नहीं, किसी भी चीज़ से अचानक जैसे कोई नाज़ुक सुई अपनी धुरी से हिल जाती थी और बस। मुझे याद है एक बार मैं एक मादा स्पाइडर क्रैब का परीक्षण कर रहा था। बड़ी, पूरी तरह विकसित मादा। उसके पेट और खोल के बीच के नरम हिस्से में कई छोटे-छोटे अंडे धँसे थे। मैं 'माइक्रोस्कोप' से देख रहा था, हर छोटे अंडे में एक अति लघु जीव को, कि सहसा सब कुछ धुँधला गया। मैं फ़र्श पर घुटनों के बल गिर पड़ा और धारासार आँसू।' उसने अपना गिलास एक सांस में खाली कर दिया। 'आँसुओं की इस किश्त के बाद मैंने तय किया कि कुछ करना पड़ेगा, वरना मेरा सारा ख़ून आँसू बन कर बह जाएगा और मेरा शरीर एक थोथे छिलके की तरह हो जाएगा। मैंने छह महीने की छुट्टी ली, बैग बांधा और निकल पड़ा। यहाँ-वहाँ भटकता रहा। उसने आख़िरी ग्योज़ा मुँह में रख लिया।'

'और फिर ?'

'फिर ? फिर मैं लौट आया, पूरी तरह नहीं लेकिन पचहत्तर-अस्सी प्रतिशत लौट आया। अब कमोबेश सूखा हूँ लेकिन ख़ुद को जांचता रहता हूँ। मैंने सीख लिया है कि सुन्न पड़ना स्वस्थ होना नहीं है। इसलिए पेटीट पोईंट वाली दुकान

पर ख़ुद को जाँच रहा था।' वह चुप हो गया।

बार में भीड़ छँट गई थी। बार-टेंडर स्टूल पर सुस्ता रहा था। उसके गिलास में बर्फ़ के खंडों से यत्नपूर्वक अलग-अलग किए रंग घुलमिल कर एक हो गए थे। वेटर बिल ले आया। 'अगर तुम्हें एतराज़ न हो तो बिल मैं देना चाहूँगी।'

'मुझे कोई एतराज़ नहीं, अपने यात्रा-ख़र्च में जोड़ देना। मुझे भी सोचकर संतोष होगा कि किसी बैंक ने मेरी शराब के पैसे दिए!' वह हँसा। 'तुम्हारा नहीं कह सकता, लेकिन मेरी शाम बहुत सुखकर रही।'

'मेरी भी। बहुत धन्यवाद।'

'किस बात का? बिल तुमने दिया, मेरे दुखड़े तुमने सुने। तुम्हारे पास कुछ काग़ज़ होगा? हाँ, यह बिल दे दो, यह ठीक रहेगा।' उसने जेब से कलम निकाली। 'यह मेरा पता है। मैं साल भर इसी इशीगाकी शहर में हूँ, ओकीनावा में। वहाँ का खाना लज़ीज़ है और समुद्र बेजोड़। और संगत का नमूना तुम आज शाम देख चुकी हो।' उसके गाल पर हल्का चुम्बन देकर वह उठ खड़ा हुआ।

उसने हाथ में थमे काग़ज़ पर निगाह डाली। 'बाय।'

'फिर मिलेंगे।'

चेरी ब्लॉसम

उसने अपने कोट के बटन कंठ तक बंद किए और हथेलियाँ रगड़कर गालों पर लगाईं। हज़ारों मील और दो मौसमों की दूरी कुछ घंटों में पार, धरती छोड़ी तो मुम्बई का समुद्री पवन और उतरो तो टोक्यो की हिमानी हवा।

'टोक्यो के वसंत में आपका स्वागत है,' उतरने से पहले पायलट ने घोषणा की थी, 'आप भाग्यशाली हैं कि चेरी ब्लॉसम वाले सप्ताहांत में आप इस खूबसूरत शहर में हैं। डाउन टाउन गिंजा की साकूरा डोरी, हिबिया पार्क, इम्पीरियल पैलेस के आस-पास और टोक्यो के सभी उपनगरों में चेरी के श्वेत गुलाबी फूल खिल रहे हैं।'

वसंत? कहाँ का वसंत? तापमान 8 डिग्री और हवा की रफ़्तार 45 किलोमीटर प्रति घंटे। पिछले साल भी टोक्यो में चेरी ब्लॉसम देखे थे। 'एक ही कम्पनी में साथ काम करने का फ़ायदा!' एक आँख बंद कर शरारत से गोल किये होंठ। 'मैंने ऑफ़िस की ब्लॉसम व्यूइंग पार्टी के लिए मना कर दिया है। एकदम नया बहाना। कहा—मैं वसंत के खिलाफ़ हूँ! आइडियोलॉजिकल डिसएग्रीमेंट है। 'दे लुक्ड सो कंफ्यूज़्ड'! पूरे कंठ की मुक्त हँसी...किसने किसको पहले चूमा था? शायद उसी ने...वीकेंड पर साइकिलें ली थीं। चौड़ी सड़कों और सूनी संकरी गलियाँ होते हुए इम्पीरियल पैलेस के पूर्व में निकले तो कतार में फूलते 'साकूरा' देख कर अवाक रह गई थी...डालियों पर जाने कैसे टिके, काले गुट्ठल तनों पर जहाँ-तहां चिपके चेरी के फूल...जादुई, भंगुर, सपनीले और बिलकुल बेजोड़। 'यार, बहुत ज्यादा हाइप है, चेरी ब्लॉसम, माउंट फ़ूजी, अराशियामा का बम्बू फ़ॉरेस्ट, हर चीज़ को बढ़ा-चढ़ा कर!...' उसने अपने सिर को हल्के-हल्के झटका। वसंत में फिर से इस शहर में आना...क्या परखना चाहती हो लड़की कि भीतर कुछ बदला? निहायत बेवकूफ़ हो।

शहर जाने वाली लिमोजीन बस दस नम्बर के स्टॉप पर आ लगी थी। 'टी कैट, टोक्यो स्टेशन, निहोमबाशी' नारंगी-सफ़ेद, बस के ही रंग की यूनिफ़ॉर्म पहने युवक मद्धिम सुरों में दोहराता हुआ लाइन में खड़े यात्रियों का टिकट बारी-बारी

से जाँचने लगा। सफ़ेद दस्ताने पहने लड़की ने उसका सामान लगेज कम्पार्टमेंट में रखा और कमर से झुककर उसे बस की ओर बाँह बढ़ा रुख़सत किया। 'सच ड्रामा!' 'लेकिन मोहक।' 'बहस मत करो, दिस इज़न्ट ऑफ़िस।' ठहाके और कमर घेरती बाँह...

'प्लीज़ पुट ऑन योर सीट बेल्ट।' बस के दरवाज़े बंद हुए और उसने सीट बेल्ट बांध ली। खिड़की से बाहर वेग से फिसलती सड़क के दोनों ओर धातुई फेंस से बंधे पाइन और देवदार के जंगल थे और छोटे-छोटे विचित्र आकारों वाले होटल। लव होटल्स। प्यार के मारों के लिए जिन्हें टोक्यो की भीड़-भाड़ में एकांत चाहिए। बॉम्बे में भी हों तो कितनी सहूलियत हो जाए!' पिछले साल भी वसंत इतना ठंडा था क्या? होटल के बिस्तर में देहों में दौड़ती फुरफुरी ठंड की थी या...? बस उपनगरीय टोक्यो से गुज़र रही थी। कैमीलिया और पियोनी के फूलते झाड़, बागों में जॉगिंग करते जोड़े, प्रेम में बच्चे घुमाती युवा माँएँ। बर्फ़-सी धारदार हवा के बावजूद इनके लिए वसंत आ गया है, उसे महसूस करने वाली मेरी इंद्रिय ही शायद निकम्मी हो गई हैं...'मारुनोचि-गिंजा, प्लीज़ टेक योर लगेज...' बस होटल पर रुकी, अट्ठारहवीं मंज़िल पर रिसेप्शन तल के सामने।

'क्या गँवारों की तरह देख रही हो! एलिवेटेड एक्सप्रेसवे है, ट्रेफ़िक को मैनेज करने के लिए।'

'टोक्यो के नगरीय जादू के सामने किसे नहीं लगेगा कि गाँव से आए हैं?'
'मुझे नहीं!'
'तुम्हारा गाँव तो इतना छोटा है कि उसका नाम गाँव से बड़ा है!'

छल्लों में एक-दूसरे से उलझी सड़कें, रेल पटरियाँ, काँच की चित्र विचित्र इमारतें, रोशनी के रत्नों से जड़ा दायकनराशा का विशाल हवाई झूला, स्काय-ट्री की आकाश भेदती इस्पाती सुई। शीबूया का विस्तृत क्रॉसिंग पार करते लोगों के रेले। हल्के रंगों के ऑटम कोट्स और ऊँची एड़ी वाले जूतों में रेशमी बाल झुलाती टोक्यो की फ़ैशनेबल स्त्रियाँ। वह चमत्कृत हो गई थी।

'कितनी सुन्दर। बिलकुल तस्वीरों जैसी दिखती हैं, नहीं?'
'क्या सलीक़ा है। व्हॉट टेस्ट। यार तुम यह मनहूस सी नीली जैकेट और आंटीनुमा जूते मत पहना करो यहाँ...'

वह नीली जैकेट अब कहाँ है? वाकई बेवकूफ़ हो तुम लड़की, यह सब लगातार लूप में बजता रहेगा तो उबरोगी कैसे? जस्ट स्टॉप इट।

फ़्लाइट सुबह जल्दी उतरी थी, उसका कमरा तैयार नहीं था। होटल की

लॉबी में एक सुगंधित गर्माहट थी जैसे भीतर भी वसंत ही हो। गुलदानों में बादलों से घुमड़ते बैंगनी ऑर्किड्स के फूल और जहाँ-तहाँ ईस्टर की तैयारी में सजे रंग-बिरंगे अंडे। कॉफ़ी लेंगी या फिर मसाला चाय ? रिसेप्शनिस्ट ने हरी-सुनहली रंगीन पलकें झपकाईं, 'यार, सुबह-सुबह कॉफ़ी पीकर मुँह बासी हो जाता है। सुबह-सुबह तो बस मसाला चाय... ।' उसने नकार में सिर हिलाया। 'कॉफ़ी प्लीज़। लाटे, विद शुगर।'

कमरा पैंतीसवीं मंज़िल पर था। खिड़की से दिखते आकाश पर रेखांकित टोक्यो की अप्रतिम इमारतें। 'स्पेक्टेक्युलर स्काईलाइन है कि नहीं ? शहर की ऊँचाइयों में प्यार करना, टू मेक लव अमंग रूफ़ टॉप्स!' नहा लेना चाहिए और फिर कुछ देर गहरी नींद, प्लेन वाली टूटी-उचटी और विचित्र सपनों से भरी नींद नहीं...अगर सारा दिन और सारी रात सोती रहूँ तो ठीक...कल मंडे और काम... बाथरूम में गर्म ठंडे पानी के शॉवर और हैंडलों से हमेशा वाली उलझन हुई, इस ओर घुमाने से पानी सुखकर गुनगुना होगा या बर्फ़-सा ठंडा ? अनजान बंधे नियमों पर चलने वाला कुछ भी समझने में उसे हमेशा अड़चन रही है। 'दरवाज़ा खोलो तो मैं सेट कर देता हूँ, वैसे भी क्लोज़्ड डोर्स टेम्पट, हनी!' अब सब दरवाजे बंद...

नहाकर होटल का नरम बाथरोब पहन, खुले, सीले बालों सहित वह बिस्तर पर जा लेटी। मोटे पर्दों ने दिन की चमकीली रोशनी को बाहर ही रोक रखा था लेकिन उसकी बन्द आँखों में रह-रह कर कुछ कौंध जाता और शरीर में लहरें दौड़ जातीं। इस तरह चित-पट होने का क्या फ़ायदा लड़की, तुम जानती हो तुम्हें नींद नहीं आएगी। होटल के इस बिस्तर में अनगिनत स्पर्शों की स्मृतियों के साथ अकेले तो बिलकुल भी नहीं। वह उठ गई। कपड़े बदले। होंठों पर अपनी सबसे खुशनुमा रंग की लिपस्टिक लगाते हुए उसने आईने में खुद को एक बार देखा। वसंत के इस दिन के लिए यह रंग ठीक है या नहीं कौन जाने। द्वार पर प्रिमरोज़ पीत रंग की चुस्त-दुरुस्त वर्दी पहने लड़की ने कमर से झुककर अभिवादन किया। 'आज चैरी के फूल देखने के लिए बेहतरीन दिन है।' उसके चेहरे के अनिश्चय को लक्ष्य करते हुए लड़की ने टोक्यो शहर का नक्शा निकाला। 'यहाँ, यहाँ और यहाँ।' उसने नक्शे पर जगह-जगह लाल रंग से निशान लगा दिए। 'सबसे सुंदर पेड़ यहाँ देखने को मिलेंगे। व्यक्तिगत तौर पर मुझे उएनो पार्क सबसे ज़्यादा पसंद है। यामानोते रेल लाइन पर चौथा स्टॉप।' और चुस्ती से नक्शे को मोड़ उसके हाथों में थमा दिया।

शिमबाशी स्टेशन के भीतर वसंत की याद-दिलाई में चारों तरफ़ चेरी फूलों के पोस्टर्स टँगे थे और छत से काग़ज़ी साकूरा की झालरें लटक रही थीं। हर तरफ़

चेरी सिरप की मीठी गंध और मन्थर सरकती भीड़। उसने अपनी चाल सायास धीमी की। इतना तेज़ चलने की क्या ज़रूरत है? जैसे 12:36 की ट्रेन पकड़ना बेहद ज़रूरी हो, जैसे उस तरफ़ कोई प्रतीक्षा कर रहा हो, बार-बार बेचैनी से हाथ घड़ी देखता हुआ। हमेशा जल्दबाज़ी, बेवजह आतुरता...ट्रेन के अगुआई झोंके से उसके बाल कंधे पर लहरा उठे।

ट्रेन के दरवाज़े के ऊपर बने यामानोते लाइन के नक्शे पर उसने अपना स्टेशन ढूँढा—युराको चो, कांडा, अकिहा बारा, उएनो। बाहर सिर-माथे पर बड़े-बड़े बिल बोर्ड्स साधे बिल्डिंगों के झुरमुट थे।'टोक्यो के बिलबोर्ड्स भी! तुमने वह पीले रंग वाला देखा? नहीं? अरे वापस मुड़ना होगा तब तो! यह पढ़ो—हियोको, जापान्स फेवरेट क्यूट चिकशेप स्नैक! इस हिसाब से तो मेरा फेवरेट स्नैक तुम हो!' चुहल से चमकती आँखें, ठोढ़ी के आस-पास गड़े...'उएनो स्टेशन, डोर्स विल ओपन टू द लेफ़्ट।'

स्टेशन की चौखूँटी इमारत के बाहर दिन अब झिलमिला रहा था। लोगों के रेले के साथ उसने सड़क पार की। पार्क के बाहर फुटपाथ पर फूलता चेरी का पेड़ था, गुलदार शाखाएं धरती तक झूल रही थीं। नक्शे के अनुसार वीपिंग चेरी का प्रसिद्ध पेड़। पेड़-तले तीन-चार अधेड़ औरतें हरे, बैंगनी, फिरोज़ी कीमोनो और चमकदार गेता चप्पलें पहने कैमरे के लिए मुस्कुरा रही थीं। उनके यत्न से सँवारे बालों में नाज़ुक आभूषण काँप रहे थे। कैमरा पकड़े आदमी ने जापानी भाषा में कुछ कहा और वे अपने रंगे होंठों पर उंगलियों की ओट देकर हँस पड़ीं।'यार ऐसे घूरना नहीं चाहिए। यहाँ इसे बहुत रूड माना जाता है।' सायास दृष्टि हटा कर वह बाग़ में दाख़िल हो गई।

पार्क के भीतर फुटपाथ के दोनों तरफ़ चेरी के पेड़ों की क़तारें थीं। चेरी की फूलती डालों में सफ़ेद कपोत उमग रहे थे। पेड़ों के नीचे, गुलाबी आभा वाली छाया में नीले प्लास्टिक के टुकड़े बिछाए लोग बैठे थे-पूरे के पूरे परिवार, दफ़्तर के सहकर्मियों के दल, प्रेमी जोड़े। नीची फ़ोल्डिंग टेबलों पर बेंटो बॉक्स, तरह तरह के केक, साके और किरिन बीयर के जग, जहाँ-तहाँ घास में दौड़ते बच्चे और पालतू कुत्ते, रह-रह कर गूँजते कहकहे। पार्क के एक कोने में 'कियो मिज़ू कैनॉन' बुद्ध के मन्दिर की सीढ़ियों पर लोगों की भीड़ थी। पत्थर की, पैरों से चिकनी हुई सीढ़ियों पर असम्भव लगने वाले एड़ीदार जूतों में फिसलती अपनी साथिन को कमर से थामे एक युवक उतर रहा था। साकूरा के से गुलाबी रंग का फूलदार कीमोनो पहने एक युवती अपने साथी का धूप और साके की गरमी से

पसीजा माथा पोंछ रही थी। भीड़ में सिर भन्नाने लगा। उसने अपना जैकेट उतार दिया और अँगुलियों से आँखें सहलाईं। खाने-पीने को कुछ लेकर आना चाहिए था, ईनारी या राइस बॉल्स, ठंडी सेंचा चाय की बोतलें। वह पेड़ों के नीचे, मन्दिर के पास जहाँ-तहाँ रखीं पत्थर की बेंचों पर बैठने की जगह तलाशने लगी। मुख्य मार्ग से कुछ हटकर घास के एक टुकड़े पर लोहे का ढक्कन चढ़ा चौकोर चबूतरा था। शायद नीचे परनाला था, बरसात के पानी को भीतर-भीतर बहने देने के लिए। चबूतरे के एक छोर पर चालीस या पचास सालों का एक आदमी बैठा था। उसने कनखियों से देखा, वह बीन जैम बन खा रहा था, उसकी बग़ल में रखे थैले से बीयर की बोतलें झाँक रही थीं। 'तुम कभी भी किसी की उम्र भाँप नहीं पाती हो, उम्र क्या कुछ भी गेस नहीं कर पातीं, सब बताना पड़ता है। नाम को भी इमेजिनेशन नहीं।' एक क्षण की झिझक के बाद वह चबूतरे के दूसरे छोर पर पीठ घुमा कर बैठ गई। उसके ठीक सामने औरतों का एक दल बैठा था। सभी उम्रों की औरतें थीं उसमें, दादी-नानी से लेकर छोटी बच्चियों तक। वे काग़ज़ के पंखे झल रही थीं, बतियाती और धीरे-धीरे हँसती हुईं। उस दल में से एक किशोरी उठी। छरहरी, हंसिनी-सी लम्बी गर्दन और आभामय मुख। केक का एक बड़ा डिब्बा कुछ दूर बैठे मर्दों के दल को दे आई। शायद एक ही परिवार के हैं, उसने मर्दों वाले दल को ग़ौर से देखा। सबके चेहरे साके से लाल-गुलनार, एक जवान लड़के को सीधे जग से ही बीयर पीने के लिए उकसा रहे थे। लड़के की क़मीज़ पसीने और बीयर से भीग उठी थी। सहसा चबूतरे के उस छोर पर बैठा वह चालीस-पचास साल का आदमी ज़ोर से गा उठा। उसने गर्दन टेढ़ी कर आँखों के कोनों से देखा। आदमी का चेहरा पसीने से तर था और कंठ की नसें तनी हुई थीं। वह अपनी लाल आँखों को लगातार झपक रहा था। जिस तरह अचानक उसने गाना शुरू किया था उसी तरह चुप भी हो गया और अपने खाने के डिब्बे में आँखें गड़ा कर बड़बड़ाने लगा। वह कुछ घबराई। ठीक-ठाक तो है यह? हालाँकि अपने-आप से बातें करने में बुराई ही क्या है? अपनी बात अपने से ही कह-सुन पाना ज़रूरी है, बेहद ज़रूरी। आदमी ने थैले से बीयर की बोतल निकाली और चबूतरे के सिरे पर साध, तिरछी हथेली ढक्कन और गर्दन के ठीक बीच में मारी। बोतल खुल गई और धातु का ढक्कन निःशब्द लुढ़कता घास में गुम गया। उसने सिर घुमा लिया। हंसिनी सी लड़की अब की पुरुषों के उस दल के लिए साके का जग ला रही थी। काँच के नाज़ुक जग में ऐंबर सी सुनहरी शराब और लड़की की नफ़ीस त्वचा पर सुनहरी धूप, बिलकुल फ़ोटो खींचने लायक, उसने सोचा। तभी चबूतरे के धातुई ढक्कन पर गड़गड़ाती

एक बीयर की बोतल उसकी जाँघों से आ टकरा गई। वह चिहुंक कर उठ खड़ी हुई। सब कुछ एक विचित्र तेज़ी से घटा। चबूतरे के उस ओर वाले आदमी ने नशे से धुँधली आँखें मिचमिचाईं और उचक कर उठ खड़ा हुआ। उसके एकदम क़रीब आ गया, इतना क़रीब कि बीयर की खट्टी गंध वाली साँस उसके गालों को छूने लगी। खाने का डिब्बा थामे हाथ उसकी छाती के एकदम पास थे। उसकी चीख़ निकल गई। वह बेतहाशा पीछे की ओर हटी और किसी से जा टकराई। मुड़कर देखा तो वही हंसिनी सी लड़की। काँच का जग धरती पर लुढ़क रहा था। लड़की की गुलाबी ड्रेस पर गीलापन काले धब्बे सा फैल गया था। उसके गाल जल उठे। 'सो सॉरी! सुमिमासेन' उसने अपना रेशमी स्काफ़ लड़की की ओर बढ़ाया। लड़की गीले कीमोनो पर दृष्टि गड़ाये मूर्तिवत खड़ी रही। उसके साथ की स्त्रियाँ लपकी आईं। 'सुमिमासेन...' दोनों हथेलियाँ जोड़कर उसने जापानी में क्षमायाचना का शब्द दोहराया। स्त्रियाँ पुचकार में होंठ को गोल किये, झुक-झुक कर 'बाओ' करतीं उसके गिर्द घिर आईं। हथेलियाँ हिला-हिलाकर कोमल स्वरों में कुछ कहती एक बड़ी उम्र की औरत ने लड़की को हल्के से टहोका मारा। 'डोंट वरी प्लीज़,' लड़की ने धीरे-धीरे कहा और जग उठाकर उन औरतों के साथ लौट गई। क्षण भर के लिए वह उन्हें जाते हुए देखती रही। लड़की का सिर झुका था। वह पेपर नैपकिन फैलाकर अपने कपड़ों का गीलापन सोखने की कोशिश कर रही थी। उसने अपने माथे और आँखों पर हाथ फेरा। सिर दर्द से तड़क रहा था। अब चलना चाहिए, वह अपना बैग उठाने मुड़ी। आदमी अब चबूतरे के दूसरी ओर खड़ा था। पनीली आँखों से उसे देखता, वह घरघराते कंठ से कुछ कह रहा था और बहुत धीरे धीरे अपने हाथ में थमा हुआ खाने का डिब्बा उसकी ओर बढ़ा रहा था। उसने हतप्रभ हो देखा—डिब्बे में 'साकूरा' फूल के आकार का एक 'बीन जैम बन' था। आदमी की आँखों में अटके आँसू गालों पर ढलक आए थे, होंठों के कोने काँप रहे थे। उसने हाथ बढ़ाकर बन उठा लिया। 'अरीगातो गोज़ाईमास', वह फुसफुसाई, 'थैंक्स...'

रेस्टरूम

लाउंज में पैर रखते ही उसके नथुने सिकुड़ गए। ऐसी बासी हवा कि जान ही नहीं पड़ता तुम साँस ले रहे हो या साँस छोड़ रहे हो। बिलकुल वैसा धातुई बासीपन जिसे लिए तुम नींद से जागते हो और जान जाते हो कि सपने की पंख़हीन उड़ान और गुबरैलों में बदलते बादलों का कोई गहरा अर्थ नहीं था, वे महज़ देर रात खाए मीठे का परिणाम थे। और ऐसा रूखापन कि मन सूख जाए। जैसे पुराने अफ़सोस! पुराने खेदों की झाई वाली शुष्कता। ए स्टेल ड्राईनेस टिंज्ड विद रिग्रेट। ठीक। यह लिख लेना चाहिए, उसने गर्दन हिलाई, बल्कि ट्विटर पर पोस्ट कर देना चाहिए। ऐसी सभी आंतरिक घुमड़ने जिन्हें बाँटना कठिन हो, चतुर शब्दों में ढाँप कर ट्विटर पर परोस दो, एक निरंतर गतिमान, बेहद अशांत, यहाँ से वहाँ बेमतलब हिचकोले लेती दुनिया के सामने। इस आशा से कि शायद कोई फ़िल्म स्टारों और बिल्लियों और युद्धों में बेघर हुए लोगों की तस्वीरों, अनर्गल और लगातार शब्दों के रेले के बीच देख ले। देख ले और देख कर कंधे उचका दे, आँखें नचा दे, सिर हिला दे। दुनिया ऐसे ही कंधे उचकाते, आँखें नचाते, सिर हिलाते अजनबियों से भरी है, उसने सोचा। कहना-सुनना बाँटना कहाँ होता है? कोई भी और इस क्षण के इस एकल अवसाद को महसूस नहीं कर सकता और इस बात से कोई फ़र्क़ नहीं पड़ना चाहिए लेकिन पड़ता है...

~

गुड ईवनिंग। आप वहाँ खिड़की के पास सोफ़े पर बैठना चाहेंगी या कम्यूनिटी टेबल पर?'

उसने चौंक कर अपने पास खड़ी लाउंज असिस्टेंट को देखा। पीताभ रंग और बड़ी आँखें। दक्षिण-पूर्व के किसी प्रदेश से। घर से इतनी दूर, ठंडे पहाड़ों से उतर, समन्दरी उमस वाले इस मुम्बई में। लाउंज असिस्टेंट के चेहरे पर असमंजस गहराया। लाउंज के बीचोबीच खड़ी हूँ, उसे ध्यान आया। 'यहाँ। मैं यहाँ बैठना

चाहूँगी...' उसने नज़दीक की मेज़ की ओर इंगित किया। चौकोर, हल्की भूरी लकड़ी की मेज़, आमने-सामने दो सीधी पीठ वाली कुर्सियाँ। कुछ महीने पहले वह लाउंज में इसी मेज़ पर बैठा था, इतने महीने पहले कि उन्हें क़रीब-क़रीब एक वर्ष कहा जा सकता है। हाथों में चाय का प्याला, मोटे शीशे वाले चश्मे के पीछे चमकीली आँखों में हमेशा वाला हल्कापन, ऐसा हल्कापन कि सब कुछ भारी-गाढ़ा तुम्हारे ही भीतर भर जाए। वह सदा हल्का-फुल्का और अपने में पूरा रहा जबकि वह सारा वक्त कोशिश करती रही। इतनी शिद्दत से कुछ खोजती रही कि रग-रेशे दुखने लगें। थकान से चूर-चूर। और वह निश्चिंत अकेले-अकेले अपनी ही किसी ताल पर मस्त नाचता रहा। ऐसी ताल जो कभी पकड़ ही नहीं पाई। उसने होंठ भींचे और कुर्सी पर ढलक गई। उसके पोर-पोर में थकान बिंधी थी, क़रीब-क़रीब पूरा वर्ष कहे जा सकने जितने महीनों उसे न देख पाने की थकान, यह स्वीकार लेने की थकान कि वह अब भी कहीं वैसा ही हल्का-फुल्का, अपने में पूरा होगा और वह अब भी जूझ रही है, अब भी उसे पुकार लेना चाहती है... नहीं, उसका नाम न लेना, लड़की, वह एक मात्र नाम जो हर मिज़ाज में, हर ढंग से कहा जा सकता है, गहरी साँस में, या भिंचे दाँतों से, चुहल के साथ या कराह कर...बिलकुल नहीं। सोचना, पुकारने से एक ही क़दम दूर है, लड़की। उसने अपने बैग से लैपटॉप निकाला और मेज़ पर रख दिया। सब कुछ निकाल कर यदि मेज़ पर रखा जा सकता तो? रखकर सहूलियत से देखा जा सकता, उलट-पलट कर, अँधेरे में टटोलने के बजाए?

'व्हाट कैन आई गेट फ़ॉर यू?' वही अटेंडेंट थी।

'द इम्पॉसिबल' वह कहना चाहती थी लेकिन कहा, 'मसाला चाय...'

'श्योर।'

उसने लाउंज में चारों तरफ़ दृष्टि डाली। शाम के इस समय सबसे ज़्यादा अंतरराष्ट्रीय उड़ानें जाती थीं लेकिन लाउंज में भीड़-भाड़ नहीं थी। एक छोर पर औरतों-आदमियों का एक दल बैठा था, ब्लांड बाल झटकती, कंधे हिलाती औरतें और सोफ़ों पर धँसे बीयर के घूँट भरते मर्द। उनकी विश्वास भरी आवाज़ें और वाक्यों के अंत का आरोह लाउंज में गूँज रहा था। कुछ दूरी पर अरब वेश-भूषा में सलेटी क़ालीन पर पैरों से ताल देता एक नौजवान, खिड़की के नज़दीक किरिन ब्रांड की बीयर के कैन दोनों हाथों से थामे निश्चल जापानी, यहाँ-वहाँ छितरे कुछ भारतीय। सभी आँखें चुराए, फ़ोन या लैपटॉप पर व्यस्त। '*इट्स अनसेफ़ टू लुक पीपल इन द आई।*' कोई किसी की ओर नहीं देखता कि न जाने आँखों में क्या

दिख जाए, कौन सा संक्रमण आँखों से लपक कर दृष्टि को दबोच ले। 'मुझे ऐसे मत देखो, यार।' 'लेकिन मुझे तो किसी और तरह देखना आता ही नहीं...' फिर चुंबनों से मुँदी आँखें...सँभल कर, लड़की। सोचना पुकारने से क़दम भर ही दूर है। अटेंडेंट चाय ले आई। उसने ट्रे की ओर देखा। सफ़ेद धातु का भारी टीपॉट, दूध और शक्कर के पात्र, प्याले की जगह चीनी-मिट्टी का मोटा-सा मग। सब कुछ थोड़ा सा बिगड़ा हुआ है, अपनी धुरी से थोड़ा सा हिला, अपनी लीक से कुछ टेढ़ा, जैसे किसी ने तस्वीर तिरछी लटका दी हो। ऐसे में शुक्र है कि चाय है और काम। उसने लैपटॉप पर डॉक्युमेंट खोल लिया।

टीपॉट ख़ाली हो गया था। वह उठ खड़ी हुई। बाँहें तान कर अकड़ी हुई गर्दन और कंधे ढीले किये और धीरे-धीरे घुमाए। निकट से गुज़रते अटेंडेंट को टीपॉट में गरम पानी भरने का इशारा कर नज़दीक वाले रेस्टरूम की ओर बढ़ गई। रेस्टरूम एक कोने में था। छोटा और अक्सर ख़ाली। लेकिन आज नहीं। छोटे से प्रसाधन कक्ष में रखी लम्बी सोफ़ानुमा सीट पर एक लड़की बैठी थी। उसके लम्बे, काले अबाया का झिलमिल छोर धरती बुहार रहा था। जल्दबाज़ी में अँगुलियों से पिनें खींच-खींच कर उसने अपना नाज़ुक-सा नक़ाब उतारा और बेसिन के नज़दीक खिलंदड़ेपन से उछाल दिया। उनकी आँखें मिलीं और दोनों हल्के से मुस्कुराईं। लड़की ने अबाया की जेब से एक मोबाइल फ़ोन निकाला और कान से लगा लिया। उसकी आँखें चमक उठीं और अधीर उँगलियाँ कान के बुंदे को हिलाने लगीं। उत्सुक और नर्वस, उसने मन में कहा। गहरी साँस ली और टॉयलेट की ओर बढ़ गई। टॉयलेट के भीतर तक उस लड़की की आवाज़ सुनाई दे रही थी। अजनबी भाषा में लहरें उठाती-सी आवाज़। उसने फ़्लश चला दिया।

जब वह बाहर निकली तो दो औरतें बेसिन पर झुककर हाथ धो रही थीं। पानी की बूँदें उनके हाथों से उचट कर लड़की के महीन नक़ाब पर गिर रही थीं, कपड़े का इकहरा टुकड़ा क़रीब-क़रीब भीग चुका था। नक़ाब उठाते उसे संकोच हुआ, चेहरे को छूने वाली निजी चीज़...'एक्स्क्यूज़ मी' वह लड़की की ओर मुड़ी, 'तुम्हारा नक़ाब।' और सकपका गई। लड़की का चेहरा आँसुओं में डूबा था। घुटनों को छाती से सटाये रुलाई के वेग से वह आगे-पीछे झूल रही थी। दाँतों के बीच दबे होंठों से कंठ में घुमड़ता रुदन फूट रहा था। हाथ धोती औरतों में से एक ने कनखियों से रोती हुई लड़की को देखा। 'ओह नो!, सीलिना।' सहसा उसकी साथिन चिहुंक उठी और बोली, 'मेरे नाखून तो देखो।' उसने अपना दायाँ हाथ हवा में लहराया। नक़ली जड़ाऊ नाखूनों से कुछ बिल्लौरी नग झड़ गए थे। 'ओह! च्च

च्च...,' दूसरी औरत बोली और अपने चेहरे पर पाउडर थपकने लगी। लड़की अब फफक कर रो उठी थी। उसकी सिसकियाँ और शब्द घुल-मिल गए थे। अनजान भाषा में भी चिरौरी और विनय पहचाना जा सकता है। उसने नक़ाब लड़की के पास रख दिया। दोनों औरतों ने हाथ झाड़ते हुए एक उचटती दृष्टि फ़ोन कान से सटाए कराहती लड़की पर डाली, फिर दर्पण में अपने चेहरे और देह को घुमा-फिराकर देखा और रेस्टरूम से बाहर निकल गईं। वह क्षण भर असहाय असमंजस में खड़ी रही। फिर हाथ बढ़ा उसने लड़की की बाँह हल्के से थपकी। लड़की ने डबडबाती आँखें उठाईं और सायास मुस्कुराने की चेष्टा की। फ़ोन पर उस ओर पुरुष कंठ की भनभनाहट लगातार सुनाई दे रही थी। लड़की के होंठ काँप रहे थे।

अपनी टेबल पर लौटकर उसने एक पूरी बोतल पानी पिया और कुछ देर लैपटॉप पर खुले कॉन्ट्रैक्ट को ग़ौर से देखती रही। अधिक से अधिक पा लेने के लिए प्रयत्न-पूर्ण गढ़े प्रावधान और शर्तें, क़ानून की शालीनता-भरी धमकियाँ, रूखे-सूखे अनुच्छेदों में काइयाँ लालच। उसने लैपटॉप बंद किया और दीवार से लगी कूलिंग यूनिट से पानी की ठंडी बोतल निकाली। बोतल की सर्द सतह पर उसकी उँगलियाँ चिपक सी गईं। रेस्टरूम में अब केवल वह लड़की थी। बेसिन पर झुककर मुँह धो रही थी। दरवाज़े की आवाज़ पर उसने सिर उठाया। अबाया को भीगने से बचाने के लिए गले में खोंसे नैपकीन पर उसके सूजे आँख-नाक से पानी गिर रहा था। उसने पानी की बोतल लड़की की ओर बढ़ाई और धीरे से बुदबुदाया, 'ऑल विल बी वेल...' लड़की के होंठों के कोने मुड़ गए, ठोढ़ी में गड्ढे पड़ गये, भीगी आँखों से पानी झरता रहा। 'प्लीज़...ड्रिंक सम वॉटर...' उसने झिझकते हुए कहा और बोतल काउंटर पर रख दी। लड़की के गले में हरकत हुई और उसने अपनी भीगी लाल आँखें जल्दी जल्दी झपकीं, जैसे वह तेज़ रौशनी से चौंधिया गई हों। वह एक क्षण ठिठकी। सहसा लड़की ने उसके कंधे पकड़े और ऐसी आकुल तेज़ी से उसे अपनी ओर खींचा कि उसकी साँस कंठ में ही अटक गई। लड़की ने अपनी बाँहें उसकी गर्दन के गिर्द डाल दीं और अपना सिर उसके कंधे में छुपा लिया। वह पूरी शक्ति से उसे भींच, फूट-फूट कर रो उठी। अबाया में ढकी उसकी छरहरी देह तार-सी काँप रही थी, छाती हर सिसकी के साथ फूल-फूल जाती थी। वह हतप्रभ जस-की-तस खड़ी रह गई। फिर धीरे-धीरे उसने अपनी बाँहों से लड़की को घेर लिया और उसका सिर, कंधे और पीठ थपकने लगी। 'इट विल बी ओके, हनी, इट विल बी ओके...' वह मंत्र सा दोहरा रही थी। लड़की

की सिसकियाँ और उसकी फुसफुसाहट एकतार हो गई थीं। प्लेन की ओर जाते समय वे एक-दूसरे के नज़दीक से गुज़रीं। लड़की का नक़ाब यथा-स्थान था। वह अरबी वेश-भूषा पहने नौजवान के पीछे चल रही थी। कुछ क़दम आगे निकल कर लड़की मुड़ी। नक़ाब के ऊपर चमकती उसकी काजल और मस्कारा सजी आँखों के कोये कुछ-कुछ लाल थे। उनमें एक तरल झिल्ली-सी काँप रही थी। क्षण भर को वे आँखें उसकी आँखों से मिली रहीं। फिर लड़की पलटी और बोर्डिंग गेट की ओर बढ़ गई। वह तब तक उसे देखती खड़ी रही जब तक कि वह प्लेन के गुफा-सरीखे मुख में समा नहीं गई।

शावर्मा

गोल धातुई तश्तरी में जड़ा सींखचा धीरे-धीरे घूम रहा है। उसमें पिरोये मांस-खंड बिजली के चूल्हे के ताप से पक रहे हैं। मांस का रस तश्तरी में टपक रहा है जैसे पसीजी देह से पसीना। खानसामा की ऊँची सफ़ेद टोपी लगाये एक नौजवान रसोइया अपनी तेज़ छुरी से मांस के उस मोटे थक्के से पतली, सुघड़ तराशें काट रहा है। ताजा पकी ब्रेड के जेब-सरीखे तिकोने टुकड़े एक बड़े थाल में धरे हैं, उनकी सौंधी बास उड़ रही है।

'शावर्मा' मेरी साथिन की आँखें चमक उठती हैं। 'एक अरसे से नहीं खाया! बस बिलकुल यही खाना चाहूँगी। यदि तुम्हें कोई आपत्ति न हो तो।' यह अंतिम जुमला मेरी ओर प्रश्न भरी दृष्टि डाल कर।

आपत्ति? मुझे? कतई नहीं। शावर्मा क्या, आज मुझे किसी से भी, किसी बात पर आपत्ति नहीं। आज हम साथ हैं, वह और मैं, हाँगकाँग का सदा का धुआँ-सा आसमान शारदीय चमचमाहट से भरा है और सेन्ट्रल की हड़बड़ाती भीड़ उत्सवनुमा सी है।

जया और मैं सहकर्मी हैं। हम दोनों एक बहुराष्ट्रीय आई. टी. कंपनी में काम करते हैं। मैं मार्केटिंग विभाग में, जया तकनीकी पर। आपने शायद हम जैसे सहकर्मी देखे हों जो कि कंपनी के समारोहों या सालाना डिनर आदि पर जब मिलते हैं तो परस्पर बातचीत कम ही करते हैं, कुछ आँख सी चुराते हैं, किन्तु एक ही समूह में, एक-दूसरे के इर्द-गिर्द बने रहते हैं। सीधे भले न बात करें पर दूसरों के ज़रिये एक-दूसरे पर नर्म छींटाकशी कर लेते हैं, यानी वे मित्र नहीं, एक-दूसरे के परिचित भर लगते हैं। लेकिन यदि आप ध्यान से देखें तो पाएँगे कि वे एक-दूसरे की उपस्थिति के प्रति सदा जागरूक रहते हैं, उनकी आँखों में एक विचित्र तारतम्य है, हाथ हिलाने, झुकने, मुड़ने, चलने सब क्रियाओं में एक समांतर सी अंतरंगता, जैसे एक ही तरंग एक को छू कर दूसरे को वलयित करती हो। आप समझे? ख़ैर हम ऐसे ही सहकर्मी हैं। हम दोनों को अपने छिपे जोखिम का भान है, इसलिए हम बहुत, बहुत सावधान रहते हैं। केवल एक बार हमारे यत्न से पहने मुखौटे और

नेपथ्य गिरे थे और वह जो हमारे बीच कुंडली मार कर सदा से बैठा है, जिसे हम सदा अनदेखा करने की कोशिश करते हैं, उसने हमारी गुंजलक खोल कर हमारी चाह से लस्त देहों को समेट लिया था। मगर केवल एक बार। इस बात का श्रेय हम दोनों को ही जाता है कि ऐसा मात्र एक बार ही हुआ। और शायद इस बात को भी कि हम दुनिया के दो छोरों पर रहते हैं, मैं लन्दन और वह चेन्नई, और चौमाहे-छमाहे, कंपनी के काम के चलते ही मिल पाते हैं। यदि ऐसा नहीं होता, यदि परिस्थितियां भिन्न होतीं या हम इस कदर व्यावहारिक, सधे-बंधे नहीं होते, तब क्या होता, यह कौन कह सकता है। लेकिन हम, वह और मैं, दोनों ही ऐसी फिज़ूल की कल्पनाएँ नहीं करते हैं। आखिर हमारे जीवन में महत्त्वपूर्ण व्यावहारिक चीज़ें हैं, जैसे परिवार, साझे घर, बच्चे और बिल्लियाँ।

जया और मैं कुछ दिनों के लिए हाँगकाँग में हैं। वे सभी लोग जो मिलकर काम करते हैं, या जिन्हें मिलकर काम करना चाहिए हाँगकाँग में हैं। दिन भर बैठक प्रेज़ेंटेशन। विश्व-भर में बिखरे सहकर्मियों की बैठक। जो लोग मिल कर काम करते हैं, या जिन्हें मिलकर काम करना चाहिए, वे अपने-अपने कार्यालय और व्यस्तताएँ छोड़ कर यहाँ आ जुटे हैं कि आगे के वर्षों के लिए योजनाएँ बनाएँ, नए-नए विचार आज़माएँ, नए उत्पादों के विषय में सोचें। बड़ी खिच-खिच है। मिल-बैठ कर आलोचना और अड़ंगे अधिक हो रहे हैं, काम कम। ऐसे में जया और मैं निकल आए हैं। लंच का समय है और मिड-लेवल्स में कामकाजियों की भीड़ है। संकरी गलियों में दोनों ओर तरह-तरह के भोजनालय हैं। रेस्टोरेंटों की खिड़कियों में धीमी आँच पर पकी पूरी-पूरी बत्तखें और सूअर लटक रहे हैं। कांच के बड़े मत्स्यागारों में काली, पीली और चमकीली मछलियाँ, विशाल केंकड़े और झींगे तैर रहे हैं। ख़रीदारों के एक इंगित पर उन्हें निकाल कर तुरंत पका दिया जाएगा और गर्म-गर्म परोसा जाएगा। इतालवी और मैक्सिकन भोजनगृहों से पकते टमाटरों, चीज़ और सुगन्धित मसालों की गंध आ रही है। और इन सब में जया ने एस्कलेटर के नीचे, कोने में दुबका यह छोटा सा लेबनानी रेस्तराँ चुना है। और चुना है माँसल, धीमे पकता, अपने ही रस में सराबोर शावर्मा। रेस्तराँ की छत नीची है। कक्ष के बीचोबीच ऊँचे काउंटर पर घूम रहे शावर्मा के माँस-खंड पूरे रेस्तराँ पर अपना दबदबा-सा जमाए हुए हैं।

'क्या पियोगी ?'

'वर्जिन टोडी।'

'और खाने में ? एक मैज़ शेयर करोगी ?'

'बिलकुल। लेकिन शावर्मा मँगाना मत भूल जाना।'

मैं इशारे से वेटर को बुलाता हूँ। जया चमड़े की स्टूलनुमा सीट पर सावधानी से पीछे सरकती है और कुछ तिरछी हो, अपने मुड़े घुटने मेज़ की टाँग पर अड़ा आराम की मुद्रा में आ जाती है। वेटर को ऑर्डर देने के बाद मैं उसकी ओर मुड़ता हूँ। उसकी काजल-अँजी आँखों और चेहरे के कटावों पर पड़ती रोशनी को मैं अपनी आँखों से छूता हूँ। वेटर काँच के गोल गिलासों में हमारी टोडी लाकर मेज़ पर रख जाता है। जया शहद और गर्म पानी, दालचीनी, लौंग और नीबू से बने पेय का एक घूँट भरती है।

'तुम मानोगे, बहुत दिनों से शावर्मा खाने की हुड़क सी उठ रही थी।'

उसके बालों से शैम्पू की सुगंध उड़ कर मेरे नथुनों में पैठ जाती है। मुझे वह इकलौती रात याद आ जाती है, वह बहुत छोटी रात जब हम दो डूबते पैराकों से एक-दूसरे से लिपटे हुए थे। जया के बाल मेरे कंधे पर बिखर गए थे और मेरी अँगुलियाँ उसकी ड्रेस के बटनों से उलझ रही थीं। मेरे कानों में उसका सरग़ोश स्वर था और मेरे होंठ...मैं सर को हल्के से झटकता हूँ। वह एक रात हमारी हर मुलाकात के पीछे खड़ी अपनी बेबाक आँखों से हमारी ओर ताकती रहती है।

जया मेरी ओर देखती है, ठीक मेरी आँखों में। हमारे बीच कुछ कौंध कर खुलता है। अगर मैं एक नितांत व्यावहारिक, कल्पनाहीन कॉरपोरेट-कर्मी नहीं होता, एक शायर होता, तो मैं उस कुछ को बिजली का फूल कहता जिसकी नीली लहरें मेरी देह के रग़-रेशे को छू लेती हैं। बहरहाल मैं पूछता हूँ—

'तुम्हारा समय-सफ़र कैसा चल रहा है?' जया चेन्नई में रहते हुए कैलिफोर्निया की प्रोडक्ट-टीम के साथ काम करती है। वह कई वर्ष कैलिफोर्निया में रहने के बाद पिछले कुछ सालों से पारिवारिक कारणों से चेन्नई आ गई है। उसकी कार्य-कुशलता के चलते प्रोडक्ट-टीम का निदेशक उसको खोना नहीं चाहता था सो उसने उसको घर ही से अमेरिकी समय के अनुसार काम करने का प्रस्ताव किया। तुम्हारा तकनीकी-कौशल इसी टीम में सबसे दुरुस्त है, और कहीं तुम इतनी अग्रगामी तकनीकों पर काम करने का अवसर नहीं पाओगी, आदि कह कर उसने जया को तैयार किया। यद्यपि कंपनी में पद में मैं आगे हूँ किन्तु जया असली रॉकेट-साइंटिस्ट है, इंजीनियरिंग और गणित में निष्णात, यू.एस. के नामी विश्वविद्यालय से डिग्री ले चुकी है। वैज्ञानिक प्रज्ञा है उसकी, लेकिन कला की समझ है, संगीत का गहरा शौक़ भी। मेरी दृष्टि में वह सम्पूर्ण है।

'ठीक-ठाक' उसने उत्तर दिया। 'मैं आजकल रोबोटिक्स पर काम कर रही

हूँ, एक रोबोट बना रही हूँ जो न सिर्फ़ फाइनेंशियल मैथ की समस्याएँ सुलझाए बल्कि उन्हें किस क्रम में सुलझाना है, कौन से परिमाण लगाने हैं, कौन से नहीं, यह सब भी चुन पाए। मेरा उद्देश्य है नए गणितज्ञों को बेरोज़गार करना!' वह मुस्कुराती है। 'लेकिन मेरे काम की गति कुछ धीमी है, पूरी नींद न सो पाने का असर है। सोचती हूँ सब छोड़-छाड़ कर सबसे पहले अपना ही काम करने के लिए एक रोबोट बनाऊँ, वह काम करे, मैं सो लूँ!'

उसकी हँसती आँखों के नीचे हल्की नीली झाइयाँ हैं। 'ये भिन्न टाइम-ज़ोन में काम करना, रात-रात भर जाग कर, यह बहुत बढ़िया आइडिया नहीं है जया।'

'ठीक कहते हो, नहीं ही है,' वह सहमत होती है। 'लेकिन मैं फ़िलहाल चेन्नई नहीं छोड़ सकती। और ऐसी स्वार्थिन हूँ कि नौकरी भी नहीं छोड़ सकती। इसीलिए सोना छोड़ दिया है।' वह गिलास से एक लम्बा घूँट भरती है। 'मैं थोड़ा झूठ बोल रही हूँ, सोना बिलकुल छोड़ा नहीं है, बस नींद का ढंग बदल लिया है, उसका संतुलन और लय एकदम चुस्त कर दी है। आजकल मैं कहीं भी, कभी भी दस मिनट के अन्दर गहरी नींद सो सकती हूँ। एकदम बिल्लियों की तरह।' वह हँस देती है। 'वैसे तुम्हारी बिल्लियाँ कैसी हैं?'

बिल्लियाँ मेरे जीवन का अंग हैं, या यों भी कह सकता हूँ कि मैं अपनी बिल्लियों के जीवन का अंग हूँ। मेरा भाग बड़ा न हो लेकिन महत्त्वपूर्ण है। मैं अपने फ़ोन पर उनकी फ़ोटो निकाल कर जया को दिखाता हूँ। 'चारों बिलकुल ठीक हैं। हमें अपने घर में रहने देती हैं। कभी-कभार पुचकारने भी देती हैं। लेकिन मेरी यात्राएँ उन्हें नागवार हैं, क्योंकि मैं उन्हें पैट कैनल में छोड़ आता हूँ।' मेरी पत्नी बिल्लियों की ज़िम्मेदारी उठा नहीं पाती, उसकी दिनचर्या में उनसे खलल पड़ती है। यह उन बहुत-सी बातों में से है जो मैं कहता नहीं हूँ लेकिन जया जानती है।

'ओह...'

'मैं इंतज़ार कर रहा हूँ उन्हें कब कैनल की आदत पड़े। अभी तो मेरे लौटने पर वे कई दिनों तक टीनएजर बच्चों-सी विद्रोह में अकड़ी रहती हैं, खाती-पीती नहीं, रात-भर बाहर घूमती हैं।'

'शुक्र मनाओ वे तुमसे बात-बेबात बहस कर के दरवाज़े नहीं भड़भड़ातीं।' जया हँस देती है। उसकी जुड़वाँ बेटियाँ हैं, चौदह-पंद्रह बरस की।

वेटर हमारा खाना परोस जाता है। यह मानना पड़ेगा कि शावर्मा में कुछ ख़ासियत है। मांस-खंडों और हरे सलाद से भरी ताजा ब्रेड जाने कैसे भूख के

भूगोल के ठीक बीचोबीच धँस जाती है। जया मुलायम पीटा ब्रैड मेरी ओर बढ़ाती है। हम अपना खाना छुरी-काँटों के बजाय हाथों से खाते हैं। शावर्मा रोल के टुकड़े तोड़ते समय हमारी उँगलियाँ छू जाती हैं।

'ये बाबगनूश एकदम ताज़ा है।' जया कहती है।

'हूँ। हम्मस भी। बहुत स्वादिष्ट'

'तुम्हारे सैक्टर में सेल्स बढ़ गई है सुना।' जया मेज़ की तश्तरी को घुमा देती है जिससे मुझे खाने में आसानी हो। 'तुमको पूरे यूरोप का अध्यक्ष बनाने की चर्चा हो रही है हर जगह।'

मैं धीरे-से मुस्कुराता हूँ। 'क्या सचमुच इस सब के बारे में बात करना चाहती हो?'

'नहीं, असल में, मैं तो कंसर्ट और थिएटर के बारे में बात करना चाहती हूँ। तुमने वेस्ट-एंड में इधर कुछ नया देखा?'

'कहाँ, कुछ नया नहीं। मगर कुछ नई किताबें पढ़ी हैं इधर।'

'किताबों के विषय में मुझे मत बताओ। मारे ईर्ष्या के मैं खाना ही नहीं खा पाऊँगी। मैं तो इन दिनों सिर्फ़ दसवीं के कोर्स की किताब पढ़ रही हूँ कि बेटियों की मदद कर पाऊँ।'

'तो इस बार शास्त्रीय संगीत के सालाना समारोह में भी नहीं जा पाई होगी?'

'कुछ कार्यक्रमों में गई। जितना सब सुनना चाहती थी, नहीं सुन पाई। फिर भी कुछ चुनिंदा तो सुना ही। डूब कर सुना।'

'अब मुझे ईर्ष्या हो रही है। परिवार में और किसी को शास्त्रीय संगीत या चेंबर म्यूज़िक का शौक़ नहीं है और अकेले-अकेले सुनना काम जैसा लगता है।'

'अरे सबसे अच्छा तो अकेले ही सुना जाता है। तुम अपनी पसंद के हिस्सों में डूब सकते हो, जो पसंद न हो उस पर मुँह बिचका सकते हो, किसी को कुछ समझाना नहीं पड़ता। संगीत का एकांत और एकांत का संगीत घुल-मिल जाते हैं।'

~

मैं जया के दमकते मुख की ओर देखता हूँ। मैं कहना चाहता हूँ कि अनुभव की पूर्ति तो साथ से ही होती है, जया। मेरे भीतर कुछ दुखता-सा उसे बाँहों में लेने के लिए कुराहता है। यह गहरा आलोड़न सिर्फ़ वह ही पैदा करती है, मेरी यह सहकर्मिणी जिससे मैं वर्ष में शायद दो बार मिल पाता हूँ और मेज़ के उस ओर बैठ संभल-

संभल कर बातें करता हूँ। मैं विषय बदल देता हूँ।

'ये बताओ तुम्हारी ड्राइविंग कैसी चल रही है ? सीख रही हो या सीख चुकी हो ?'

'दोनों ही नहीं।' वह सलाद में से मनोयोग से ऑलिव चुनती है। 'दरअसल मैंने गाड़ी चलाना सीखना छोड़ दिया है।'

'क्यों ?' मुझे आश्चर्य होता है। जया ने बड़े उत्साह से सीखना शुरू किया था। मैं जानता हूँ, उसे कुछ भी अधूरा छोड़ना खलता है। 'तुमने तो कहा था कि गाड़ी चलाना सभी को आना चाहिए, यह एक लाइफ़-स्किल है, जैसे तैरना, वगैरह-वगैरह। फिर क्या हुआ ?'

'हम्म...मैंने...' वह झिझकती है। जया कभी नहीं झिझकती, कभी भी नहीं। मैं जान लेता हूँ कि कोई बात है और चुपचाप उसके मुँह की ओर ताकता हूँ। वह बड़े ध्यान से अपनी उँगलियाँ एक-एक कर नैपकिन से पोंछती है। उसके हाथ छोटे हैं और उजले। हथेलियाँ चौड़ी हैं और उँगलियाँ छोटी। उसने मुझे एक बार बताया था कि उसका पति उसके हाथों का अक्सर मजाक उड़ाता है। उन्हें 'भद्दे मगर प्यारे' कहता है और मैं सोचने लगता हूँ कि इन हाथों को, जब जी चाहे अपने हाथों में थाम पाना कैसा होता होगा। जया मुझे नीची पलकों से देखती है।

'हाँ...मैं सीखना चाहती थी, कई दिन सीखा भी...'

'और फिर ?'

'फिर क्या ? कुछ ख़ास नहीं बस छोड़ दिया।'

मैं चुप रहता हूँ।

वह एक गहरी साँस लेती है। 'वाकई कुछ ख़ास नहीं, कोई बड़ी बात नहीं। एक छोटी-सी घटना...तुम्हें किस्से जैसी लगेगी...'

मैं तब भी चुप रहता हूँ।

'मुझे सुनाने में क्या एतराज़ ?' वह जैसे खुद से जिरह करती है। 'मैंने बाकायदा गाड़ी चलाना सीखा, बहुत दिन तक। बल्कि तुम कह सकते हो कि मुझे चलाना आ भी गया। मैं ट्रैफ़िक के नियम चुटकियों में सीख गई। बस दूरियों का अंदाज़ा लगाने में मुझे कुछ परेशानी आती थी...क्या नज़दीक है क्या दूर मैं ठीक से जान ही नहीं पाई। पर मेरा ड्राइविंग इंस्ट्रक्टर कहता था कि कोई चिंता की बात नहीं, अभ्यास से आ जाएगा। मैं अच्छा-खासा भीड़-भाड़ में भी चलाने लगी थी। कभी-कभी अकेले गाड़ी लेकर आस-पास चली भी जाती थी, लड़कियों को दोस्तों के यहाँ छोड़ने या सास की दवाई लाने।'

'तो तुम्हें लाइसेंस मिल गया?'

'अरे लाइसेंस तो मेरे पास वर्षों से है!'

मैंने भौंहें उठाईं। 'बिना गाड़ी चलाना सीखे?'

'उन दिनों सभी ऐसे ही तो लाइसेंस लेते थे, न। पिता या चाचा या पड़ोस के अंकल के साथ लाइसेंस ऑफिस गए, किसी परिचित लाइसेंस ऑफिसर से मिले, फ़ोटो और एप्लीकेशन फ़ॉर्म दिया, चाय पी और वापस आ गए। कुछ दिनों में कोई घर आकर लाइसेंस दे गया।'

'बिना जाँचे कि तुम्हें गाड़ी चलाना आता है या तुम गाड़ी चलाना चाहती हो?'

'उस उम्र में क्या आता है, क्या चाहती हूँ, यह सब क्या जानती थी मैं।'

'अब जानती हो जया?'

वह पहलू बदलती है। 'देखो, तुम ऐसे जिरह करोगे तो बात बताने के बजाय मैं अपने बचाव में जुट जाऊँगी।'

'अच्छा मैंने मान लिया कि तुम्हारे पास एकदम कानूनी लाइसेंस है, गाड़ी भी तुम ठीक चला लेती हो। फिर क्या था जो ठीक नहीं था?'

'ओहो, व्यंग्य की बौछार की जा रही है! कोई बात नहीं हम चेन्नई वाले बहुत पुख्ता दिल रखते हैं, झेल लेंगे।'

'बात बदल रही हो? वैसे तुम चेन्नई की कहाँ हो, सिर्फ़ वहाँ रहती हो।'

'इस लिहाज़ से तो मैं कहीं की भी, किसी भी जगह की नहीं हूँ। चेन्नई में बहाना करती हूँ कि कैलिफोर्निया से हूँ। कैलिफोर्निया में कहीं और होने का...मैं कहीं होती ही नहीं हूँ।'

'तुम कभी लन्दन में होने का बहाना नहीं करतीं?'

'न, कभी भी नहीं।'

'ठीक। क्योंकि अगर तुम मुझे बिना बताए लन्दन में होने का बहाना करतीं, तो मैं बुरा मान जाता। अच्छा अब आगे।'

'देखती हूँ तुम्हें कहानियाँ सुनने का बहुत शौक है! खैर, ये कुछ महीने पहले की बात है। आखिरी संगीत-समारोह के बाद की। मेरी छुट्टी थी उस दिन, लेकिन बाकियों की नहीं थी, शायद कोई अमरीकी छुट्टी थी। लड़कियाँ स्कूल से कुछ जल्दी लौटी थीं और मैं खाना पकाने की अफ़रा-तफ़री में थी।'

'तुम रात में काम करती हो और दिन में खाना पकाती हो तो आराम कब करती हो?'

'अरे खाना पकाना कोई बड़ी बात नहीं, काटना, छीलना तो सब कामवाली कर ही देती है। फिर सबको मेरा पकाया ज़्यादा अच्छा लगता है। हम घर में सादा, शाकाहारी ही पकाते हैं, मेरी सास को नॉन-वैज पर एतराज़ है। ठीक भी है, उनकी पीढ़ियों की परम्परा है। और ऐसा भी नहीं कि हम बिना नॉन-वैज के रह नहीं सकते। लड़कियाँ तो अक्सर स्कूल के कैफ़ेटेरिया में ही लेती हैं।'

मैं स्वयं को मुस्कुराने से रोक नहीं पाता।

जया सर हिलाती है, 'तुम्हें मेरी हर बात पर शक करने की ज़रूरत नहीं।'

'ठीक। तुम रात-दिन काम कर सकती हो, मांस वगैरह तुम्हारे लिए ज़रूरी नहीं, मैं सब पर विश्वास करता हूँ। अब आगे।'

'आगे, मैंने सबको खाना खिलाया। फिर सोचा, लड़कियों को ट्यूशन क्लास के लिए स्वयं ही छोड़ आऊँ। ड्राइवर इंस्टिट्यूट खाना देने गया था, सो लौटा नहीं था।' जया के पति एक प्रसिद्ध विज्ञान संस्थान में अति-प्रसिद्ध प्रोफ़ेसर हैं। अपने विषय में दिग्गज हैं। समाचार पत्रों, टीवी पर अक्सर उनका पढ़ा-देखा जा सकता है।

'ट्रैफ़िक भी दोपहरी में कम ही रहता है। मैंने सोचा कि लड़कियों को छोड़ कर कुछ सामान ले लूँगी। बाज़ार करने का समय कम मिलता है मुझे।'

जाने क्यों उसकी बात कुछ सफ़ाई सी लगती है। 'किस विषय का ट्यूशन?'

'कैमिस्ट्री। दोनों कमज़ोर हैं उसमें। एक ही विषय है विज्ञान का जो मुझे नहीं आया। रसायन को रस में बदलना कभी सीख नहीं पाई।'

मैं उसकी आँखों को चूम लेना चाहता हूँ। उनमें चमकता कुछ ढलकता क्यों नहीं?

'लड़कियों को ड्रॉप करके मैं सुपर मार्केट चली गई। घर का ही सामान लेना था, कपड़े धोने का साबुन, सुई-धागे का डिब्बा, नाश्ते का सामान जो आखिर को कामवाली ही खाएगी।' वह धीरे-से मुस्कुराई।

'तुम्हें ब्योरों से बोर कर रही हूँ। कहने का मतलब घर का साधारण सामान जो एक औरत खरीदती है, वही।'

'साधारण सामान जो एक असाधारण औरत खरीदती है। लेकिन इस साबुन और सुई-धागे का तुम्हारे गाड़ी चलाने से क्या सम्बन्ध?'

'सब कुछ का सब कुछ से सम्बन्ध होता है, विज्ञान में भी और जीवन में भी। जब मैं सामान लेकर निकली तो देखा दुकान के बग़ल में एक नया रेस्तराँ

खुला है, एकदम लक़दक़। हल्के रंग की लकड़ी की मेज़-कुर्सियाँ और दीवारों पर विदेशी नगरों की गलियों की पारदर्शियाँ, खुला रसोईघर और चमचमाते काउंटर, माने एकदम नई किस्म का रेस्टोरेंट।'

मैं सहमति में सर हिलाता हूँ। उस तरह के रेस्तराँ शहरों में अक्सर मिलते हैं—अत्याधुनिक, कुछ समय के लिए चर्चित और फिर विस्मृत।

'तुम मानोगे, उस रेस्तराँ में यही शावर्मा पक रहा था काउंटर पर। मुझे सहसा ऐसा लगा कि बिना ताजा तबून ब्रैड में लिपटे शावर्मा खाए मैं एक क्षण भी नहीं रह सकती, मेरे पेट में जैसे एक गार खुल गया और मेरी नाड़ियों में शावर्मा के लिए एक दुर्दम्य भूख जाग उठी। लेकिन समय नहीं था, लड़कियों को क्लास से वापस लेने का समय हो रहा था। वे बाहर धूप में खड़ी मेरी प्रतीक्षा करें और मैं ए.सी. रेस्तराँ में बैठी शावर्मा खाऊँ, ऐसा कैसे होता ? आखिर में मैंने कुछ रोल पैक करवा लिए। भोजन के उस थैले को गाड़ी तक ले जाते हुए मुझे कैसा अनुभव हुआ, यह मैं तुम्हें बता नहीं सकती।'

बताने की आवश्यकता नहीं है। मैं उसे देख पा रहा हूँ, उसकी धुँआसी आँखें, होंठों पर गीलापन, अँगुलियों में थमा रोल...

'मैंने गाड़ी पार्किंग से निकाली। तुमने चेन्नई की गर्मियों के अंतिम दिन नहीं देखे हैं, गाड़ी की ठंडक से नीला आकाश और चमकीले दिन बहुत सुन्दर दिखते हैं और तुम सोचते हो कि लोग बाहर निकल कर इस सुन्दर दिन का आनंद क्यों नहीं ले रहे और तभी पैनल पर लगे टैम्परेचर-इंडिकेटर पर तुम्हारी नज़र पड़ती है जो 102 डिग्री फैरनहाइट तापमान दिखा रहा है...रास्ते में एक बड़े चौराहे पर बत्तियाँ ख़राब थीं, ट्रैफ़िक कुछ ख़ास नहीं था सो झपकती नारंगी बत्ती में ही मैं चौराहा पार करने लगी। अचानक देखा कि दूसरी ओर से एक सिटी बस आ रही है।' जया एक क्षण रुकती है, एक घूँट जल पीती है। 'सड़क लगभग खाली थी, मेरे पास बहुत से विकल्प थे, मैं गाड़ी मोड़ सकती थी, बगल में करके रोक सकती थी, जहाँ-की-तहाँ भी रुक सकती थी लेकिन मैं अंधे की तरह बढ़ती ही गई उस हरी, धूल से धुँधली बस की ओर...एक दम आखिरी क्षण पर बस ड्राइवर ने झटके से बस मोड़ी और मेरी गाड़ी से कुछ इंच के फ़ासले पर बस गुज़र गई...'

'जया' मैं अपनी भिंची मुट्ठियाँ ढीली कर देता हूँ।

'तुम समझ रहे हो ? मैं बिलकुल डरी या घबराई नहीं थी, ऐसा नहीं कि मेरी

आँखों के आगे अँधेरा छा गया हो या मेरा दिमाग काम नहीं कर रहा हो...मैं सब देख-समझ पा रही थी...चौड़ी, खाली सड़क, बस के यात्रियों और ड्राइवर की लानत-मलानत, मेरे सामने फैले कई चुनाव...लेकिन फिर भी...गाड़ी बस की ओर बढ़ाये जा रही थी। तुम समझ पा रहे हो मैं क्या कह रही हूँ?' वह गले में अटका कुछ साफ़ करती है। 'और जानते हो जब बस एक बड़ी धातुई दीवार की तरह मेरी ओर आ रही थी तो मेरे मन में क्या विचार था? बस यही कि अब मैं वे शावर्मा नहीं खा पाऊँगी...और कुछ भी नहीं, बस एक अफ़सोस...' जया की आँखों में भरे आँसू उसकी लम्बी बरौनियों में अटक गए हैं, 'बस एक ही ख़याल...तब से मैंने गाड़ी नहीं चलाई...'

प्रेज़ेंटेशन

मीरा ने कमरे के द्वार पर आकर दोनों ओर झाँका। गलियारे में कोई नहीं था। घर-बाहर के सब लोग जहाँ-तहाँ सो रहे थे। मीरा ने टैम्पून की नन्ही ट्यूब को हथेली में छुपाया और हाथ को साड़ी के पल्ले से ढाँप लिया। मन-ही-मन टैम्पून के आविष्कारक को धन्यवाद देती वह धीरे से गलियारे में निकल आई और दूसरे छोर पर बने गुसलखाने की ओर बढ़ी। यदि यह छोटी-सी कपास और कृत्रिम 'फ़ाइबर' की बनी, घनी, सोखने वाली नली नहीं होती तो मेहमानों से भरे घर में यह छुपाना मुश्किल होता कि वह माहवारी से है। फिर छूत-अछूत का झमेला, रसोई और पूजा घर से बाहर और अपनी अकर्मण्यता के कारण पर कनफुसकियाँ शादी के दो सालों में भी दो ही रहने पर टिप्पणियाँ। ताई जी और मौसी जी ने तो उसके लौटने के अगले दिन ही कहा था, 'दोनों इतनी दूर रहोगे तो कैसे चलेगा? परिवार बढ़ाओ बहू, घर में ख़ुशी आए, सबके आँसू रुकें।'

जब मीरा ने इंजीनियरिंग में पूरे विश्वविद्यालय में प्रथम स्थान प्राप्त किया था तो घर के लोग ही नहीं, नाते-रिश्तेदार, दूर-पास के सगोती तक बधाई देने आए थे। लेकिन साथ ही दबी जुबान में सलाह दे गए थे, ब्याह करो छोरी का, हाथ से न निकल जाए। कॉलेज में चयन के लिए कंपनियों में से सबसे अग्रगामी तकनीकी कंपनी ने उसे चुना तो किसी को आश्चर्य नहीं हुआ था। लेकिन जब उसने न्यूयॉर्क के बजाय कंपनी के छोटे-से दिल्ली वाले दफ़्तर में काम करना चुना तो उसके सहपाठी कुलबुलाए थे। 'वॉट क्रेज़ीनैस मीरा,' कॉलेज के प्लेसमेंट निदेशक गुस्साए 'क्या बेवकूफ़ी कर रही हो। न्यूयॉर्क में टैक्नोलॉजी डिवेलपमेंट के बजाय दिल्ली में फुटकर किस्म का काम। इससे अच्छा होता कि तुम इस कंपनी के इंटरव्यू में जातीं ही नहीं, किसी और को मौक़ा मिलता।' मीरा ने चुपचाप सुन लिया था, नहीं कहा था कि कानपुर से दिल्ली जाने के लिए ही उसे कितनी दलीलें देनी पड़ी थीं। दिल्ली में अकेली कैसे रहेगी छोरी, आए दिन दुर्घटनाएँ होती हैं, जवान लड़की के सौ दुश्मन। परिवार में सबकी कुछ-न-कुछ राय थी। मम्मी-पापा ने अलबत्ता उसका पक्ष लिया था, दिल्ली ही जा रही है विदेश नहीं, कानपुर

से दिल्ली कौन दूर है, आती-जाती रहेगी, कोई-न-कोई बना रहेगा उसके पास। लेकिन उसके लिए रिश्ता खोजने की सरगर्मी उन्होंने बढ़ा दी थी। मनु का रिश्ता आने पर उनकी ख़ुशी बेहिसाब थी। आगरा का परिवार, पढ़ा-लिखा सुलझा हुआ लड़का दिल्ली में बैंक में, एतराज़ का सवाल ही कहाँ उठता था। 'उन्हें नौकरी वाली ही चाहिए,' पापा ने कहा था, 'आजकल दो जने कमाएँ तभी बरकत है, बहनें थोड़ी तेज़ हैं लेकिन लड़का समझदार है, पढ़ाई-लिखाई की कद्र समझेगा।' यह कि मीरा को नौकरी करते पूरा साल भी नहीं हुआ कि एक-दो मुलाक़ातों में अपरिचय दूर नहीं होता, कि अभी वह कुछ और जानना चाहती है, समझना चाहती है, ये सब बेकार के चोंचले थे और इन व्यर्थ की बातों से ज़िंदगी नहीं चलती थी।

शादी के बाद मीरा मनु के वसंत कुंज वाले फ़्लैट में आ गई थी। गुड़गाँव का उसका मकान जो उसने नौकरी के शुरुआती दिनों में चाव में सजाया था, छोड़ना पड़ा था। दफ़्तर से दूरी बढ़ गई थी। सप्ताह भर की भाग-दौड़ के बाद सप्ताहांत पर अक्सर आगरा जाना होता। 'भरे-पूरे परिवार में ऐसा ही होता है,' मम्मी थकान से निढाल मीरा को कहतीं, 'कुछ-न-कुछ लगा रहता है तो मन अच्छा रहता है।' 'गाड़ी से आते-जाते हैं, दो-तीन घंटे का तो रास्ता है,' मनु कहता, 'लोग तो इतना अप-डाउन रोज़ करते हैं।' 'दोनों जने अकेले करोगे भी क्या,' मीरा के ससुर कहते, 'अभी तुम लोग आ जाओ, हमारा पोता आ जाएगा तब हम आ जाएँगे।' इस सबके बीच उसने काम पर ध्यान केंद्रित कैसे रखा वह ही जानती है। एक दिन उसके बॉस ने बुलाया था। 'छह महीनों का स्पेशल प्रोजेक्ट है न्यूयॉर्क में। टैक डिवेलपमेंट का। वैरी एकसाइटिंग। तुम्हारा नाम दे दिया है। यू'ल फ़ाइंड इट रिवार्डिंग।' कई दिन तक मीरा ने मनु को नहीं बताया। जब बताया तो मनु की भौंहें चढ़ गई थीं। 'छह महीनों के लिए कैसे जाओगी, मीरा? यहाँ जॉब एक बात है, यू.एस. जाना दूसरी। हमें अपनी फ़ैमिली प्लान करनी है।'

'जुलाई से सितंबर तुम्हारा बिज़ी सीज़न होता है, बिज़नेस ट्रिप्स बहुत होते हैं, छह महीने ऐसे ही निकल जाएँगे।'

'उस समय साल भर के टार्गेट्स पूरे करने का दबाव रहता है और उसी समय खाली घर में आओ और अकेले खाना गर्म करके खाओ...एनी वे दो नावों में सवारी नहीं कर सकतीं तुम।'

मीरा ने अपने बॉस से बात की थी। 'वन ऑफ़ अ काइंड है ये मौका, मीरा। मुझे तो अपनी टीम से तुम्हें स्पेयर करने में मुश्किल ही होगी लेकिन मैं तुम्हारे बारे में सोच रहा हूँ। एक बार जावेद से बात करो, वह लीड कर रहा है यह प्रोजेक्ट।'

जावेद कंपनी भर में सबसे अग्रगामी तकनीकों और नवीनतम् समाधानों पर अपने काम के लिए प्रसिद्ध थे। उनकी इनोवेशन टीम में चुने हुए तकनीकज़ थे। 'देखो मीरा, यह स्ट्रैच प्रोजेक्ट है। जटिल और बेहद दिलचस्प। मैं अपनी टीम के बाहर से सिर्फ़ तीन लोगों को इस पर काम करने के लिए आमंत्रित कर रहा हूँ। कमिटमेंट, कन्विक्शन एंड क्रिएटिविटी के छह महीने। सोच लो।' मीरा ने दिन भर सोचा था।

'आज प्रोजेक्ट लीडर का कॉल आया था। पूरी इंडस्ट्री में फ़ेमस हैं अपने काम के लिए।' शाम को खाने की मेज़ पर मनु की थाली में गर्म रोटी परोसते हुए उसने बात उठाई थी। 'बहुत ज़बरदस्त थीम है, घरेलू उपकरणों में आर्टिफ़िशियल इंटेलिजेंस का इन्टेन्सिव प्रयोग।' मनु का मुँह बन गया। 'सुनो तो सही, एकदम साइंस फ़िक्शन है, घर के उपकरण से अपनी प्रोग्रामिंग को खुद-ब-खुद मोडिफ़ाइ करें, समय, मौसम, वातावरण और दूसरे पैरामीटर्स के अनुसार। बहुत एक्साइटिंग है।'

'इन बातों का क्या फ़ायदा मीरा? हम इस बारे में बात कर चुके हैं। आधे साल के लिए यू.एस. जाना संभव नहीं है तुम्हारा।'

'लेकिन आधे साल के लिए नहीं जाना है, सिर्फ़ तीन महीने के शुरुआती काम के लिए। फिर यहीं दिल्ली से काम कर सकती हूँ। प्रोजेक्ट लीडर मान गए हैं,' मीरा ने जल्दी से कहा।

'खाना खाओ। सोचते हैं,' मनु ने पानी का घूँट लिया।

रात बिस्तर में मनु ने मीरा को नज़दीक खींचा था। मनु की छाती पर हथेलियाँ रखकर मीरा उठंग हो गई थी। 'इट मीन्स ए लॉट टू मी मनु। बड़ा मौका है मेरे लिए।'

'तीन महीने, तीन महीने होते हैं मीरा।'

'ज़्यादा नहीं हैं और हो सकता है पिछले साल की तरह तुम्हारी मार्केटिंग ट्रिप हो यू.एस. में। हम छुट्टी ले सकते हैं। प्रोजेक्ट के बाद...'

'अंहऽऽ...' मनु की उँगलियाँ मीरा की नाइटी के बटनों से उलझने लगी थीं।

'मैं कल ''हाँ'' कह दूँ? सचमुच समय का पता नहीं चलेगा...'

'ठीक है। मूड मत बिगाड़ो, मीरा। कम हियर।' मनु ने भारी गले से कहा था। उसके हाथ मीरा की देह को मसलने लगे और उसका शरीर एक परिचित लय में डोलने लगा था। मीरा मन-ही-मन स्वीकार की ईमेल का प्रारूप बनाने लगी। एक बार प्रोजेक्ट पर काम करने लगे, तीन महीने के बाद का तब देखा जाएगा। क्या पता जावेद वाक़ई उसे दिल्ली से काम करने देने के लिए राज़ी हो जाएँ या मनु ही एतराज़ न करे...

मैनहैटन में एक पुराने ब्राउनस्टोन में मीरा और फिलीपीन्स के दफ़्तर से आई नीना के लिए फ़्लैट का प्रबंध किया गया था। नीना, मीरा और टिम वैंग को छोड़ कर प्रोजेक्ट दल के बाक़ी सभी सदस्य जावेद की इनोवेशन टीम से थे, लेकिन टिम न्यूयॉर्क का ही बाशिंदा था और नीना के साथ उसका मँगेतर आया था टूरिस्ट वीज़ा पर। मीरा ने ज़रूरत भर का न्यूयॉर्क अकेले ही संधाया। पहले ही दिन उसने घर से दफ़्तर और सुपर मार्केट का रास्ता फ़ोन के जी.पी.एस. में दर्ज कर दिया। एवन्यू और स्ट्रीट के ज्यामितीय सुनियोजन से वह प्रभावित हुई और हडसन के चौड़े, नील प्रवाह और सैंट्रल पार्क के हरे विस्तारों से भी। जुलाई के धूप-करारे नीले दिनों में, असंख्य काँच-खिड़कियों में चिलकते और नियोन बत्तियों में रात जगाता न्यूयॉर्क उसे भाया, शोर, गुंजार और चमत्कृत करने वाली रंग-बिरंगी भीड़ समेत। वह अक्सर दफ़्तर पैदल आती-जाती। नीना और उसका मँगेतर दफ़्तर के बाद इकट्ठे बाहर जाते, कभी बार तो कभी कोई रेस्तराँ या सिनेमा। एकाध बार उन्होंने और दफ़्तर के दूसरे सहकर्मियों ने साथ बाहर जाने का प्रस्ताव रखा किंतु मीरा को अकेले घर में लौटना, टी.वी. पर कोई हिन्दी या अंग्रेज़ी पिक्चर देखते या किताब पढ़ते हुए दूध-कार्नफ़्लेक्स या सैंडविच खाना ज्यादा आरामदेह लगता। उसे अच्छा लगता कि देर तक ऑफ़िस में काम करने के बाद जब लौटती तब से लेकर सुबह तक के सारे घंटे उसके अपने होते। मनु दिल्ली में दफ़्तर जाते समय गाड़ी में से फ़ोन करता, बीते दिन के ब्यौरे, परिवार, दोस्तों के हालचाल, नौकरानियों के निकम्मेपन के बारे में बताता। टी.वी. पर आँखें गड़ाए मीरा सुनती रहती और बीच-बीच में हुँकारा भर देती। 'चलो, दफ़्तर पहुँच गया। कल फ़ोन करूँगा। मिस यू,' मनु कहता। मीरा दुहरा देती। फिर फ़ोन रख, झटपट दाँत साफ़ कर बिस्तर में घुस जाती। सोने से पहले वह अपने सहज, एकल जीवन पर एक आश्चर्य भरी दृष्टि डालती। अक्सर नीना और उसके मँगेतर के प्यार करने की आवाज़ें उसकी नींद में छेद करतीं मगर वह करवट बदल, कान पर तकिया रख सोती रहती। कमरे की खिड़कियों पर लगे ब्लैक आउट परदों के पहरे में अँधेरा गहरा होता और उसी अनुपात में उसकी नींद भी।

जब तीन हफ़्ते पहले आधी रात को फ़ोन की घंटी बजी तो मीरा कुएँ-सी नींद से यत्न से उबरी। 'मीरा...मम्मी बीमार हैं...बहुत ज्यादा बीमार, समझ नहीं आ रहा क्या करूँ...' मनु के शब्द अंत में एक लम्बी साँस में बदल गए। मीरा पलँग के सिरहाने की टेक लगाकर बैठ गई। लैंप की रोशनी से उनींदी आँखों को बचाते हुए घड़ी देखी। रात का एक बज रहा था। 'तुम सुन रही हो, मीरा?'

'हाँ मनु। क्या हुआ अचानक? मम्मी से कुछ दिन पहले ही तो बात हुई

थी।' मम्मी ने हाजमे के पुराने मर्ज़ का ज़िक्र किया था, उसके लौटने की तारीख़ के बारे में पूछा था, पापा के डॉक्टर का कहा न मानने की शिकायत की थी। फिर गैस पर पकते आँवले नरम पड़ गए थे और उन्होंने मीरा को सदा सुहागिन रहने का आशीर्वाद देकर फ़ोन रख दिया था। 'मम्मी अभी कहाँ हैं?'

'यहीं गवर्नमेंट हॉस्पिटल में। मैं दो घंटे पहले पहुँचा हूँ। सुबह पापा ने फ़ोन करके बताया था कि मम्मी को साँस लेने में तकलीफ़ है।'

'हॉस्पिटल में? डॉक्टर से बात हुई? क्या बताया?'

'मीरा...डॉक्टर कह रहे हैं कैंसर है...'

'कैंसर? बायोप्सी के बिना कैसे कह सकते हैं?'

'ओफ़्फ़ोह, मीरा दो दिन से एडमिट हैं, मुझे आज ही बताया। बायोप्सी हुई है शायद, मुझे पूरा पता नहीं, यहाँ उथल-पुथल मची हुई है। डॉक्टर्स कह रहे हैं, उम्मीद कम है...' मनु का गला भर आया। बगल के कमरे में पलंग ज़ोर से हिला और नीना ने एक ऊँची सिसकी ली जो अंत को दबी हँसी में बदल गई। 'तुम वापस आ जाओ। वैसे भी तीन महीने करीब-करीब पूरे हो गए हैं। कैसी आवाज़ है ये?'

'कहाँ?' मीरा ने आँखें हाथ से ढाँप लीं। 'यहाँ कुछ नहीं शायद कनेक्शन गड़बड़ है।'

'तुम टिकट बुक कराओ जल्दी। बड़ी जीजी तो दो दिनों से अपने घर एक बार भी नहीं गई हैं।' मनु की बड़ी बहन आगरा में ही रहती थीं, मनु से पंद्रह साल बड़ी थीं। 'कल कावेरी जीजी आ रही हैं कानपुर से और ताई जी वगैरह भी एकाध दिन में आ जाएँगे फ़रीदाबाद से। तुम भी कल-परसों में आ जाओ।'

'सोलह घंटों की तो फ़्लाइट ही है, मनु, फिर काम भी एकदम ''पीक'' पर है।'

'काम? काम इंपोर्टेंट नहीं है इस समय। सब तुम्हारे बारे में पूछ रहे हैं। तुम ऑफ़िस में बोल दो और अमित भाई को कहो टिकट करा दें।'

'मैं कल बात करती हूँ बॉस से। तुम डॉक्टर से बात करो, अगर दिल्ली या बॉम्बे में दिखाने से कुछ हो सके।'

'उन्हें बहुत तकलीफ़ है मीरा...मुझसे देखा नहीं जाता...तुम आ जाओ बस।'

'ठीक है। इतना घबराओ मत मनु। अपना ध्यान रखो।' फ़ोन रखकर मीरा ने अपना लैंप बंद कर दिया और करवट बदल ली।

प्रोजेक्ट का काम तेज़ी से चल रहा था, मीरा तो शनिवार, रविवार भी दफ़्तर जा रही थी। अगले हफ़्ते बोर्ड की एक कमिटी के सामने महत्त्वपूर्ण प्रस्तुति थी और

प्रस्तुति के बाद पूरी टीम फ़िलाडेल्फ़िया जा रही थी दो दिनों के लिए। जावेद की योजना थी। 'तुम लोग इस क़दर मेहनत कर रहे हो, देखें पार्टी करना भूल तो नहीं गए। प्रेज़ेंटेशन के बाद सब साथ में फ़िली* चलते हैं।'

'बहुत महँगा है फ़िली। आपके लिए ही ठीक है, बॉस, हमारी औक़ात नहीं है,' दल के सदस्य ने पेंच कसा था।

'गाइज़, इट्स ऑन मी, तुम कंजूसों से मुझे कोई उम्मीद ही नहीं है!'

अगले दिन दफ़्तर में मीरा की आँखें भारी थीं। कॉफ़ी का तीसरा कप लेने ऑफ़िस के दूसरे छोर पर धरी कॉफ़ी-मशीन तक गई थी। न्यूयॉर्क की चित्र-विचित्र इमारतों के नज़ारे वाला, चालीसवीं मंज़िल पर का यह दफ़्तर इतने दिनों बाद भी उसे चमत्कृत करता। जहाँ-तहाँ, गुच्छों में या एकाकी रखी मेज़-कुर्सियाँ, काम करते वक्त बैठने के लिए पॉस्चर बॉल्स, पारदर्शी प्लास्टिक के ज्यामितिक आकारों के मीटिंग पॉड्स, लेज़र और होलोग्राफ़ के ज़रिए प्रस्तुति करने के लिए बड़े-बड़े पटल, मनोरंजन-कक्ष में मनुष्य जैसे रोबोट के साथ पूल या शतरंज के खेल। कॉफ़ी मशीन भी किसी भविष्य-विज्ञान वाले सिनेमा से निकली हुई लगती, रोबोटिक हाथ कॉफ़ी का कप पेश करते और एक मधुर स्वर समय और तापमान बताकर हालचाल पूछता। 'साढ़े नौ भी नहीं बजे और तीसरी कॉफ़ी?' कॉफ़ी मशीन के पास खड़े जावेद ने टिप्पणी की।

'अच्छा? इतनी कॉफ़ी आपकी सेहत के लिए अच्छी नहीं।' मीरा ने हल्की मुस्कान के साथ कहा।

'मैं अपनी नहीं तुम्हारी कह रहा हूँ, मोहतरमा हाज़िर जवाब! बाइ द वे कोड तुम्हारा लाजवाब निकला। वर्क्ड लाइक ए ड्रीम।' मीरा सारी थकान भूल गई। दो हफ़्तों की दिन-रात की मेहनत सफल हुई। 'और तुमने इतनी आसानी से लिख डाला सो अगला मुश्किल असाइनमेंट भी तुम्हारा!'

'ठीक है। फिर कॉफ़ी की संख्या पर कमेंट मत कीजिएगा!'

जावेद हँस पड़े, 'न्यूयॉर्क का हवा-पानी अच्छा है तुम्हारे लिए। परमानेंटली रहना चाहिए तुम्हें यहाँ।'

मीरा के कानों में मनु का स्वर तैर गया, 'तुम आ जाओ...जल्दी...'

दफ़्तर से निकलते-निकलते दस बज गए। लिफ़्ट में नीना, मीरा और टीम के दूसरे सदस्यों के साथ जावेद भी घुसे। 'क्या बात है? यह टीम जल्दी जा रही है

---

*फ़िलाडेल्फ़िया को फ़िली भी कहते हैं।

आज ? टाइम-लाइन्स कसनी पड़ेगी!' जावेद ने फुलझड़ी छोड़ी। लिफ़्ट में नकली कराहों का कोरस गूँजा। 'बॉस स्लीपिंग-बैग्स मँगवा दीजिए। घर तो बस कुछ घंटे सोने ही जाते हैं!'

'अच्छा ? मुझे एच.आर. से कोई मेमो नहीं आया इस बारे में,' जावेद नकली गंभीरता से बोले। लिफ़्ट भूमितल पर आ रुकी।

'बॉस, ऐसी बात कहने के बाद ड्रिंक्स बनती है!'

'ओ.के., ओ.के.।' जावेद ने हाथ खड़े किए, 'तुम लोग मुझे बहुत बुली करते हो! परसों फ्राइडे को चलेंगे!' हँसते हुए और बाय बोलते हुए सब तितर-बितर हो गए। मीरा ट्रैफ़िक-जंक्शन की ओर चल पड़ी।

'तुम अकेली जा रही हो ?' जावेद ने उसके साथ कदम मिलाए। 'नीना और तुम साथ रहती हो ना ?'

'हाँ, लेकिन उसका मँगेतर आया है। दोनों दफ़्तर के बाद बाहर जाते हैं, न्यूयॉर्क की नाइट-लाइफ़ एंजॉय कर रहे हैं,' मीरा मुस्कुराई।

'अच्छा। मुझे ये मालूम नहीं था।' जावेद कुछ सोचने लगे। क्रॉसिंग पर पद-यात्रियों वाली बत्ती लाल थी। गाड़ियाँ रवानी से निकल रही थीं। 'मुझे बिलकुल पता नहीं था...' बत्ती का रंग बदला और वे सड़क पार करने लगे। 'तुम्हारे लिए न्यूयॉर्क नया है, हमने तुम्हारे रहने का इंतज़ाम यही सोच कर किया था कि नीना और तुम्हें कंपनी रहेगी एक-दूसरे की।'

मीरा ने जावेद की ओर आश्चर्य से देखा। वे सामने देख रहे थे।

'मुझे कोई परेशानी नहीं है, जावेद। बहुत समय यों भी होता नहीं। आठ से पहले ऑफ़िस पहुँच जाती हूँ और लौटने में देर हो जाती है।'

'ये तुम मुझसे शेयर कर रही हो या बॉस के नाते ताना दे रही हो ?'

'दोनों।'

जावेद मुस्कुराए। 'ठीक है। चलो तुम्हें खाना खिलाता हूँ। साथ में जी भरकर तुम मुझे ताने खिला देना।' मीरा हिचकिचाई। शायद मनु फ़ोन करे। उसे बाल भी धोने हैं, सुबह धोने-सुखाने का समय नहीं मिलता। जावेद तब तक एक छोटे से रेस्तराँ के सामने रुक गए। 'साइज़ पर मत जाओ, ग्यूसिप्पी का रेस्तराँ है, ऐसा लज़ीज़ खाना बनाते हैं मियाँ-बीवी। रोमानो टमाटर और इटालियन बेज़िल इटली के अपने गाँव से मँगवाते हैं।' उन्होंने द्वार पर आए कैप्टेन को दो अँगुलियाँ दिखाईं। छोटे, नीची छत वाले कमरे के एक कोने में उन्हें बिठाकर कैप्टेन मैन्यू ले आया। 'तुम तो शायद शाकाहारी हो ?' मीरा ने सर हिलाया। 'पास्ता ? यहाँ का ऐरेबियाटा

पास्ता बहुत स्वादिष्ट होता है। या तुम पेस्तो पसंद करोगी? और एंटीपास्तो?'

'जो भी आपको ठीक लगे...आप यहाँ से परिचित हैं...'

'लेकिन तुम अपनी पसंद से तो परिचित हो! बताओ, क्या अच्छा लगता है?' उन्होंने मैन्यू कार्ड मीरा के सामने सरका दिया।

'मुझे वाकई पता नहीं क्या पसंद है...'

जावेद ने उसके चेहरे पर एक निगाह डाली। 'अच्छा, तो आज मेरी पसंद का ही सही।' वेटर के जाने के बाद जावेद कुर्सी की पीठ से लग कर आराम से बैठ गए। 'तो बताओ। यहाँ ठीक लग रहा है? थोड़ा अजीब लगता है यह शहर लेकिन है ख़ूब।'

'अच्छा शहर है, जितना देख पाई हूँ।'

'माने? मैनहैटन में रहकर न्यूयॉर्क न देख पाने के लिए कोई बहाना नहीं हो सकता।'

'घर और ऑफ़िस के अलावा कहीं गई नहीं हूँ। मुझे अकेले जाने-आने की बहुत आदत नहीं है, लेकिन देखूँगी, धीरे-धीरे।'

'बड़ी भारी गलती हुई मुझसे, मैं इसी ग़फ़लत में रहा कि नीना और तुम साथ में हो। तुम मुझे कोसती होगी इस प्रोजेक्ट पर काम के लिए राज़ी करने पर।'

'कैसी बात करते हैं...मैं तो बहुत ग्रेटफुल हूँ, इतना कटिंग एज काम करने का मौका मिल रहा है।' खाना आ गया। जावेद ने ब्रुशैटा और ताज़ा हरा सलाद मीरा की प्लेट में परोसा। 'भई खाकर देखो। अच्छा न लगे तो कुछ और मँगाएँ...'

'बिना खाए ही कह सकती हूँ कि अच्छा है। रोज़-रोज़ ''दूध-सीरियल'' खा कर मन उकता गया है।'

'दूध-सीरियल? या अल्लाह।' जावेद ने काँटा फिरकी की तरह घुमाकर 'स्पग्हैटी' उस पर लपेटी। 'ये अकेला रहने के कारण है।'

'अकेला रहना बुरा नहीं लग रहा। मेरे लिए नया अनुभव है। हमेशा कोई -न-कोई साथ रहा है। काम के बाद जो मन आए करना अच्छा लग रहा है।'

जावेद ने भवें उठाई और उसकी ओर गौर से देखा। 'बाहर कहीं जाती नहीं, डिनर में सीरियल खाती हो, जाने क्या मन का करती हो ऐसा?'

'ये भी तो मन का हो सकता है,' मीरा मुस्कुराई।

रेस्तराँ के बाहर मीरा ने जावेद को धन्यवाद दिया। 'खाना वाक़ई अच्छ था। थैंक्स!'

'थैंक्स कैसा? मैं घर जाकर अकेला खाता। यहाँ साथ में बढ़िया पास्ता खाया।'

'आपका परिवार यहाँ नहीं रहता?' वे सड़क के किनारे आ पहुँचे थे।

'तुम कैसे जाओगी? मैं सबवे से ट्रेन लूँगा।'

'पैदल। नज़दीक ही है।'

जावेद ने इशारे से एक ख़ाली टैक्सी रोकी। 'चलो, तुम्हें छोड़ देता हूँ। देर हो गई है पैदल जाने के लिए।'

'मैं कई बार जा चुकी हूँ, जावेद आप प्लीज़ परेशान न हों...'

'बैठो-बैठो कोई परेशानी नहीं। इसी टैक्सी से स्टेशन चला जाऊँगा।'

मीरा ने ड्राइवर को पता बताया। 'आपको मेरी वजह से बहुत देर हो गई है...'

'कोई बात नहीं,' जावेद ने रेडियो पर बजते गीत पर पैर से ताल दी। 'मेरा परिवार लंदन में रहता है। दो साल पहले डिवोर्स के बाद मेरी एक्स बच्चों को लेकर लंदन चली गई, वहाँ उसके माता-पिता रहते हैं और बाकी परिवार।'

'ओह...सॉरी...'

'नहीं, सॉरी की कोई बात नहीं, रिश्ता टूटा नहीं है, बदल गया है। अपने बच्चों के माता-पिता हम हमेशा रहेंगे।' टैक्सी मीरा के घर के सामने रुकी। 'बाय। कल मुलाक़ात होती है।'

दरवाज़े के ताले में चाभी लगाते हुए मीरा के फ़ोन की घंटी बजी।

'मीरा? सो गई थीं क्या?'

मीरा ने घड़ी पर निगाह डाली। पौने बारह। उसे याद आया कि उसने टिकट के लिए एजेंट को फ़ोन नहीं किया, जावेद से छुट्टी की बात भी नहीं की। 'अंह... नहीं...मम्मी कैसी हैं?'

'वैसी ही। बल्कि पहले से कुछ ख़राब ही। शरीर में पानी भर गया है, बहुत कमज़ोर हो गई हैं। चम्मच भी नहीं उठा पातीं। तुम्हारे टिकट का क्या हुआ?'

मीरा ने हाथ का बैग कुर्सी पर रखा और पलँग पर बैठ गई। 'अमित भाई देखेंगे। मम्मी की बायोप्सी की रिपोर्ट का क्या हुआ?'

'मृदुल जीजा जी ने डॉक्टर से बात की है। कैंसर है, जीजा जी कह रहे थे कि बहुत अग्रेसिव (तेज़ी से बढ़ने वाला) है ट्यूमर...'

'जीजा जी आगरा में हैं?'

'नहीं कानपुर में। वे कैसे आएँगे? सारे हॉस्पिटल की ज़िम्मेदारी है उन पर। अपने फ़ादर की डेथ के बाद अकेले डॉक्टर रह गए हैं परिवार में। अभी नई सी.टी. स्कैन की मशीन खरीदी है, कावेरी जीजी कह रही थीं। फ़ोन पर बात की उन्होंने। कह रहे थे कि हर बात के लिए तैयार रहना चाहिए...तुम्हारा टिकट किस तारीख़ का है?'

'कल बताती हूँ। जल्दबाज़ी में महँगा मिलेगा। सीज़न भी है अभी।'

'अमित भाई को कहो ठीक प्राइज़ में देख दें, जल्दी-से-जल्दी का।'

'ठीक है। वापसी का कब कहूँ? मेरा प्रोजेक्ट पूरा नहीं हुआ है मनु।'

'अभी कह नहीं सकते। तुम आओ, फिर सोचते हैं। शायद लम्बी छुट्टी लेनी पड़े तुम्हें। डॉक्टर्स कह रहे हैं कि महीनों भी खिंच सकते हैं। तुम छह महीनों की छुट्टी के बारे में पूछ लो।'

'यानी सबैटिकल? बीच प्रोजेक्ट में? ये पॉसिबल नहीं है मनु, नौकरी है...'

'तो नौकरी छोड़ देना।' मनु ने गला भींच कर कहा। 'मम्मी से ज़रूरी नहीं है तुम्हारी नौकरी।' फ़ोन कट गया। मीरा ने गुसलखाने में जाकर मुँह धोया, क्रीम लगाई, पलँग पर आ लेटी।

'यू लुक टायर्ड,' सुबह किचन में दूध गर्म करती हुई मीरा को नीना ने कहा। 'वी वर क्वायट लास्ट नाइट।' वह शरारत से मुस्कुराई। मीरा हल्के से हँस दी। दिन भर काम के दौरान उसका सिर भारी रहा। जावेद उसकी मेज़ के पास से गुज़रे तो वह उठ खड़ी हुई। 'जावेद आपसे बात कर सकती हूँ पाँच मिनट? थोड़ा पर्सनल है।'

'ऑफ़कोर्स। सब ठीक-ठाक तो है?'

'जी...दरअसल...नहीं, ठीक नहीं है।'

'चलो कोने के बरिस्ता पर इन्सानों की बनाई कॉफ़ी पीते हैं। बात भी हो जाएगी और मशीन की बदमज़ा कॉफ़ी से भी बच जाएँगे।' बाहर बेहद रंगारंग सूर्यास्त हो रहा था। हवा में शिशिर की ठंडक थी। मीरा ने अपनी जैकेट के बटन लगाए।

'फ़ाल जल्दी आएगा अब की बार। अगली टीम-ट्रिप पेंसिलवेनिया की रखेंगे, नेक्स्ट माइलस्टोन प्रेज़ेंटेशन के बाद। ऑटम के रंग इस कदर ख़ूबसूरत होते हैं वहाँ।'

'फ़ाल तो दूर है अभी...'

'इतनी दूर नहीं। मिड या एंड सेप्टेंबर में रखेंगे, बहुत दबाव है इस प्रोजेक्ट में, बीच में ब्रेक नहीं लिया तो सब पागल हो जाएँगे। टू कैपूचिनोज़ प्लीज़।' ऊँची स्कर्ट में लंबी चौड़ी, मैक्सिकन लड़की मेज़ पर लकड़ी के दो टोकन रखकर चली गई।

'मेरी मदर-इन-लॉ की तबीयत बहुत ख़राब है, जावेद। मुझे वापस आने को कह रहे हैं...' मीरा ने बिना भूमिका के कहा।

'ओह...मुझे दुःख हुआ सुनकर। ज़रूर जाओ। मुझे आशा है कि जल्दी ही अच्छी हो जाएँगी।'

'कैंसर डाइगनोस हुआ है...हॉस्पिटल में हैं...' मीरा की आँखों में जैसे कुछ करकने लगा, 'कुछ कह नहीं सकते कि क्या होगा...'

जावेद ने मीरा की बाँह थपथपाई। 'ज़िंदगी और मौत खुदा के हाथ है। न अफ़सोस करना चाहिए, न शिक़ायत। कैंसर डरावना शब्द है लेकिन सभी कैंसर फ़ेटल नहीं होते। जैसा होना चाहिए, वैसा ही होगा। कब जाना चाहोगी ?'

'जल्दी आने को कहा है...'

'अगले हफ़्ते पहला माइलस्टोन प्रेज़ेंटेशन है। मैनेजमेंट और बोर्ड के सामने आने का मौक़ा है। तब तक रुक सको तो अच्छा है।'

अनचाहे ही मीरा की आँखें भर आईं, आँसू तिरमिराने लगे। उसने पलकें झपकाईं और सर दूसरी ओर घुमा लिया। वही मैक्सिकन युवती उनकी कॉफ़ी ले आई। चीनी-मिट्टी के गोलाकार प्यालों-से कप उनके सामने रखकर वह मीरा की ओर झुकी, 'हनी, तुम्हारा काजल फैल गया है।' उसने तर्जनी आँख की कोर पर रखकर कहा।

'धन्यवाद,' मीरा ने नैपकिन से आँखें पोंछ लीं और कॉफ़ी का एक लंबा गमकता घूँट भरा। 'ठीक है। प्रेज़ेंटेशन के बाद जाऊँगी।'

'गुड गर्ल! और परेशान मत होओ। जब जहाँ हो, वहीं मन रखो, वरना सेहत और काम दोनों पर असर पड़ेगा।'

मीरा ने प्याले को दोनों हथेलियों में भर लिया। 'मैं अकेली बहू हूँ, बहुत प्रेशर है...'

'समझ सकता हूँ, मीरा। लेकिन तुम बहू के अलावा भी हो, ये भूलना तुम्हारे खुद के लिए अच्छा नहीं होगा। मेरी टीम में एक ओपन हैडकाउंट है। मैंने पिछले हफ़्ते ही तुम्हें ऑफ़र करने का तय कर लिया था। आसान नहीं होगा, न निर्णय और न ही काम। एकदम चुनौती भरा और इसीलिए सबसे सैटिस्फ़ैक्ट्री।'

मीरा का जैसे मन मसोस उठा। इस टीम में शामिल होने का मौका, जिसके लिए कंपनी का हर इंजीनियर ललचाता है। 'मेरे बारे में सोचने के लिए धन्यवाद, जावेद, मगर मुश्किल होगा मेरे लिए। मनु यहाँ आना नहीं चाहेंगे। मैंने आपको कहा नहीं लेकिन प्रोजेक्ट पर काम के लिए आने का ही काफ़ी विरोध हुआ घर पर...'

'देखो मीरा, मैं दबाव नहीं डाल रहा, प्रस्ताव है। अभी जवाब देने की ज़रूरत नहीं। सोचकर कहो। लोकेशन के बारे में हल ढूँढा जा सकता है, कुछ अरेंजमेंट कर सकते हैं, जैसे छह महीने न्यूयॉर्क और छह महीने दिल्ली। मैं सिर्फ़ ये कहूँगा कि निर्णय लेने से पहले तुम अपने बारे में भी सोचो। पछतावे बेहद बुरे होते हैं।

तरह-तरह के रिज़ेन्टमेन्ट पैदा करते हैं।' उन्होंने कॉफ़ी का आख़िरी घूँट लिया और दस डॉलर का नोट हवा में लहराया। वही मैक्सिकन लड़की आई। 'बाक़ी तुम्हारा।'

दफ़्तर की बिल्डिंग में घुसते हुए जावेद ने कहा, 'रिश्ते अपनी जगह होते हैं, मीरा, व्यक्ति अपनी जगह, अनुमान से नहीं, अनुभव से कह रहा हूँ। अपने आप से वफ़ादार रहना ज़रूरी है। अपनी मेहनत और क़ाबिलियत को बिट्रे (धोखा) करने से और चाहे जो मिले, तसल्ली नहीं मिलती। घर जाओ, आराम करो आज। थकी हुई लग रही हो।'

'नहीं, कोड आगे बढ़ाऊँगी। अच्छा फ़्लो है आज। खूब प्रोग्रेस हुई है।'

जावेद मुस्कुराए, 'जो सैटिस्फ़ैक्शन सफल कोड लिखने में है, बहुत ही कम चीज़ों में है।' लिफ़्ट उनके फ़्लोर पर रुकी। 'फ़िली का ट्रिप दिलचस्प रहेगा।'

मीरा का फ़ोन बजा, सघन नींद की दीवार में सेंध लगाता। मनु था। 'मीरा... तुरंत आओ, मम्मी जा रही हैं...'

उसके स्वर का आतंक महाद्वीपों और सागरों को पार कर मीरा के कान में अटक गया। 'क्या...क्या मतलब?'

'क्या का क्या मतलब? डोंट बी स्टुपिड मीरा। डॉक्टर्स कह रहे हैं बहुत समय नहीं है...एक-एक साँस के लिए तड़प रही हैं...'

'लेकिन...कैसे...जीजा जी ने कहा था समय है...'

'गॉड...पहले क्या कहा, अब क्या कहा...ये बहस नहीं है, मीरा...ट्यूमर बहुत तेज़ी से बढ़ रहा है, सारे 'ऑर्गन्स' पर दबाव डाल रहा है। मैंने अमित भाई को फ़ोन कर दिया है। तुम तुरंत एयरपोर्ट पहुँचो,' मनु ने फ़ोन काट दिया।

बाथरूम की तेज़ रोशनी में चौंधियाई आँखें अपने रंगहीन चेहरे पर गड़ाए मीरा ने दाँत माँजे। बुधवार को बोर्ड वाली प्रस्तुति थी। एक ट्रेनिंग के लिए उसका नाम दिया था जावेद ने। 'प्रोमोशन की तैयारी है ये ट्रेनिंग। बहुत बढ़िया काम कर रही हो तुम।' ह्यूमन रिसोर्स वाली लड़की ने कहा था। किसी तरह नहा कर उसने सूटकेस से फ़िलाडेल्फ़िया के लिए रखे जींस, जैकेट्स आदि निकाले और उनकी जगह जो इने-गिने भारतीय कपड़े साथ लाई थी, रखे। फ़ोन पर टैक्सी एप से गाड़ी मँगाने के बाद उसने नीना के लिए एक नोट लिखा और रेफ्रिजिरेटर पर चुंबक से चिपका दिया। लॉबी में टैक्सी का इंतज़ार करते हुए उसने अमित भाई को फ़ोन किया। 'मीरा बेन, कोई फिकर न करो। मैंने मनु भाई को जबान दी है। तमे कल रात तक आगरा पहुँचाने नू ज़िम्मा हमारा।'

'जी। मैं एयरपोर्ट ही जा रही हूँ।'

'तमे, पहुँचो, टिकट ईमेल कर दूँगा, कन्फ़र्म होते ही। बहुत दु:ख है तमारे अने मनु भाई के लिए।'

टैक्सी में बैठकर मीरा ने जावेद को ईमेल लिखा, अपने काम का ब्यौरा दिया, बचे कार्यों की फ़ेहरिस्त और उन्हें पूरा करने में सहायक जानकारी। अंत में अचानक जाने से होने वाली असुविधा के लिए क्षमा माँगी। घर की ज़िम्मेदारियाँ हैं, अभी कह नहीं सकती कितने दिनों की छुट्टी चाहिए, यदि प्रोजेक्ट की तिथियों के चलते मेरा काम किसी और को देना चाहें, तो मैं पूरे तौर पर समझ पाऊँगी।

एयरपोर्ट पहुँचने तक अमित भाई का ईमेल आ गया। चार घंटे बाद की फ़्लाइट थी। चैक-इन करके मीरा ने वेंडिंग मशीन से कॉफ़ी ली और प्लास्टिक की कुर्सी पर बैठ गई। कॉफ़ी के बावजूद सर झनझना रहा था और आँखों में जलन लग रही थी। उसने फ़िलाडेल्फ़िया की यात्रा वाले व्हाट्सऐप ग्रुप पर संदेश लिखा— *पारिवारिक कारणों से अचानक भारत लौटना पड़ रहा है, सप्ताहांत की तस्वीरों की प्रतीक्षा रहेगी।* कॉफ़ी का आखिरी घूँट लेकर, वह कप को डस्टबिन में डालने उठी। पौ फट रही थी। लोग जहाँ-तहाँ कुर्सियों पर आड़े-तिरछे सो रहे थे। सलेटी उजाले में सब कुछ बुझा-बुझा सा था। मीरा का फ़ोन बजा।

'जॉगिंग के लिए जा रहा था कि तुम्हारा व्हाट्सऐप मैसेज देखा। तुम ठीक हो? किसी भी तरह की मदद चाहिए? फ़्लाइट बुक हो गई?'

'जी। फ़्लाइट तीन घंटे में है। अचानक हालत बिगड़ गई वहाँ, रात को एक बजे फ़ोन आया, छुट्टी के लिए फ़ॉर्मली लिखने का वक्त ही नहीं मिला...'

'उसकी कोई बात नहीं, मीरा। एयरपोर्ट कैसे जाओगी?'

'एयरपोर्ट पर ही हूँ, ढाई-तीन बजे से।'

'इतनी जल्दी पहुँचने की क्या ज़रूरत थी? कुछ देर और आराम करना चाहिए था। दुआ करूँगा कि वहाँ हालत उतनी बुरी न हो लेकिन तुम्हें ताक़त की ज़रूरत होगी, बिना खाए और सोए सेनाएँ भी लड़ नहीं सकतीं। कुछ खाओ और उन सख्त बेआराम कुर्सियों पर ऊँघने की कोशिश करो।'

मीरा के आँसू बहने लगे। धीरे से गला साफ़ किया। 'काम आधा छोड़ कर जा रही हूँ...वेरी सॉरी...'

'तुम्हें ही आकर पूरा करना होगा। तुम्हारे डेलिवरेब्ल्स अगले फ़ेज़ के लिए मुल्तवी कर रहा हूँ। घर की ज़िम्मेदारियाँ पूरी करके आओ।'

'थैंक्स...'

'फ़ोन करना चाहूँगा तुम्हारा हाल जानने के लिए। कोई परेशानी तो नहीं होगी?'

'नहीं, कोई परेशानी नहीं...'

'ठीक है। अपना ध्यान रखो। गो सेफ़ली।'

प्लेन में बैठकर मीरा ने मनु को संदेश भेजा—फ़्लाइट 3 बजे रात उतरेगी दिल्ली। आशा है, मम्मी आराम में हैं।

बीस घंटों की लंबी उड़ान में इकॉनोमी क्लास की सिकुड़ी सीट से अकड़ी देह को साधती मीरा ने दिल्ली हवाई अड्डे पर चारों ओर घूमकर परिचित चेहरा तलाशा। मनु का कोई संदेश नहीं आया था। इतनी रात गए फ़ोन करे या नहीं, इस पशोपेश में कुछ मिनट अनिश्चित खड़े रहने के बाद वह प्री-पेड टैक्सी के काउंटर पर पहुँची। जब वह टैक्सी की पुश्त से सिर टिका कर बैठी तो आकाश के कोने मैले होने लगे थे। शुरू सितंबर की उमस से हवा बोझिल थी। पिछले चौबीस घंटों में बमुश्किल तीन-चार घंटे की नींद, प्लेन की बासी हवा की घुटन और जाने कब की थकान का बोझ उसकी पलकों, गर्दन, कंधों और कमर पर था।

आगरा पहुँचते-पहुँचते दिन उग आया। घर का बाहरी दरवाज़ा बंद था। लोहे के जँगले से सामने के छोटे से लॉन में बेतरतीबी से रखी प्लास्टिक की कुर्सियाँ और भीतरी द्वार के बाहर जूते-चप्पलों का अंबार दिखाई पड़ रहा था। साँकल खोलकर मीरा अपना सूटकेस घसीटती हुई भीतर दाख़िल हुई। जाली के दरवाज़े से फ़र्श पर जहाँ-तहाँ सोते लोग दिखे। मीरा ने मनु के ममेरे भाइयों और बड़ी जीजी के बेटे को पहचाना। दीवार से सटी चौकी पर उसकी सास की कुछ धुँधली, मुस्कुराती तस्वीर रखी थी। उस पर गुलाब और गुलदाऊदी का मुरझाता हार लटका था। धरती पर एक दीपक जल रहा था। मीरा घर की सीढ़ी पर बैठ गई। लाल से पीला पड़ता सूरज नीम, अशोक के पेड़ों के ऊपर उठ आया था और अमरूद के वृक्ष में तोते शोर मचा रहे थे।

'हाय राम, बहू तुम कब से यहाँ बैठी हो?' मीरा ने उठ कर मौसी के पैर छुए। 'हाय बहू, सब खत्म हो गया। सरोज कल चली गई...' उनके आँसू झरने लगे। 'हममें सबसे छोटी सबसे पहले गई, बहूऽऽ...' उनके रोने की आवाज़ से घर में हलचल हुई। सोते पुरुष करवट बदलने लगे।

'मीरा...तुम अभी पहुँचीं? कैसे?' मनु भीतर से निकला।

'सुबह तीन बजे दिल्ली लैंड किया फिर टैक्सी से...'

'तुम्हारा दिमाग ख़राब है? अकेले चली आईं रात में? कोई बात हो जाती इस समय में तो?'

'मैंने मैसेज किया था प्लेन बोर्ड करते समय। उतर कर भी...'

'मैसेज देखने का वक़्त है ये? तुम फ़ोन नहीं कर सकती थीं? वाकई कॉमनसेन्स नहीं है तुममें।'

मौसी जी ने बीच-बचाव किया। 'गलती हो जाती है, समय ही ऐसा आया है, सभी की मति औंधा गई है। बेचारी सात समंदर पार से आई है हाल-हाल...'

'गई क्यों थी?' देहरी पर आईं बड़ी जीजी ने तल्ख़ स्वर में कहा, 'सब होने के बाद आई है अब। सास की कोई सेवा नहीं की।' मीरा ने झुककर उनके पैर छुए। 'बाल बाँध लो तुम,' मीरा के खुले रूखे बालों को लक्ष्य करके बोलीं, 'तेल-शैम्पू नहीं करना है, सूतक लगा है तब तक।'

घर में मेहमानों की रेल-पेल थी। मीरा ने पूजाघर में जाकर पापा के पैर छुए। उन्होंने मम्मी की तस्वीर की तरफ़ इशारा कर भरी आँखों से मीरा को क्षण-भर देखा और मूक माला जपते रहे। मीरा नहाकर जल्दी से रसोईघर जा पहुँची। ताई जी पीढ़े पर बैठीं दही बिलो रही थीं। 'गौ-ग्रास और मनु के लिए खाना पकाना है जल्दी। गैया को खाना नहीं देंगे तब तक घर भर दाना नहीं डाल सकता मुँह में।' मीरा ने चुपचाप साड़ी का पल्ला कमर में खोंसा और आटा गूँधने लगी। सबको खिलाते-पिलाते, दक्षिणा और रीतियों का सामान जुटाते दोपहर हो गई। *गरुड़-पुराण* का पाठ होने लगा और परिवार के लोग बैठकर आत्मा की यंत्रणाओं के बारे में सुनने लगे। मीरा को ध्यान आया कि उसने सुबह से कुछ खाया-पिया नहीं है। ठंडी दाल के साथ एक रोटी जैसे-तैसे खाकर वह बैठक में लौटी तो बड़ी जीजी ने कड़ी आँखों से देखा। 'बैठ कर सुनो। आख़िरी समय तक तो आई नहीं, इतना तो उनकी आत्मा के लिए करो।' मीरा एक ओर बैठ गई। उसकी कमर और पीठ दर्द से अकड़ रहे थे। जाँघों के बीच जब गर्म तरलता महसूस हुई तो वह समझी कि दर्द सिर्फ़ थकान का ही नहीं था। वह सँभलकर बैठ गई, साड़ी का पल्ला पीछे की ओर फैला लिया। सब आराम करने जाएँ तब ही गुसलखाने में जाकर 'टैम्पून' लगा पाएगी।

'अरे बहू कहाँ दौड़ी जा रही हो? देखकर, गिर-गिरा पड़ोगी।' जल्दबाजी में मीरा का पैर कोने में रखी चौकी से टकरा गया था और हल्की नींद सोने वाली ताई जी जाग पड़ी थीं।

'कहीं नहीं, ताई जी, बस बाथरूम जा रही हूँ। आप आराम कीजिए।'

'बाथरूम? इस समय? सब ठीक तो है? जी घबरा रहा है?'

मीरा बिना जवाब दिए बाथरूम में घुस गई। प्लास्टिक रैपर की आवाज़ को दबाने के लिए उसने नल चला दिया और साड़ी और पेटीकोट ऊपर उठाया।

जल्दी-जल्दी मुँह-हाथ धोकर बाहर निकली तो ताई जी और मौसी जी दोनों को गलियारे में पाया। रसोईघर में जाकर वह चाय की तैयारी करने लगी। मेहमानों का ताँता लगा था। रिश्तेदार, अड़ोसी-पड़ोसी, पापा के पुराने सहकर्मी, मम्मी की किटी की सदस्याएँ, जिसको पता चल रहा था, आ रहे थे। 'फिरने आने वाले सूखे मुँह न जाएँ, बहू।' ताई जी का निर्देश था और मीरा चाय और सूखे नाश्ते की तश्तरियाँ तैयार कर लगातार बाहर भिजवा रही थी। 'मम्मी के बनाए लड्डू-मठरी किस काम आ रहे हैं...' मनु क्षण-भर को रसोई में आया। मुँडे सिर और कई दिनों की दाढ़ीवाला उसका चेहरा मीरा को अनपहचाना लगा। 'बुआ जी आई हैं, पैर छू लो आकर उनके।'

रात को मीरा मम्मी के कमरे में चादर बिछा रही थी। फ़ोन की घंटी बजी। जावेद थे।

'मीरा कैसी हो? आराम से पहुँच गईं?'

'मेरी सास का देहांत हो गया, जावेद...'

'ओह। बहुत अफ़सोस है। अपने परिवारवालों को मेरी कॉन्डोलेंस कहना।'

'जी, कहूँगी।'

'किसी तरह की चिंता मत करो काम के बारे में, परिवार के साथ रहो, उन्हें ढाढस दो।'

'जी।'

'तुम्हारा ज्यादा वक़्त नहीं लूँगा। अपना ध्यान रखो, थकी-सी आवाज़ आ रही है तुम्हारी। सेना वाली बात याद रखो।'

मीरा ने पलकें झपकाकर आँसू रोके। 'तकिये और चादरें चाहिए। तुम्हें पता है क्या मम्मी एक्स्ट्रा बिस्तर कहाँ रखती थीं?' पूछता हुआ मनु कमरे में घुसा। मीरा ने फ़ोन अपने बैग में रख दिया। 'अंदर के कमरे की अलमारी में। लाती हूँ।'

दसवें के ब्रह्म-भोज की तैयारी हो रही थी। मीरा आँगन के पीछे वाले कमरे में सामान से घिरी, फ़ेहरिस्त पढ़कर चीज़ें थैलों में सँजो रही थी।

'हो गया क्या मीरा?' बड़ी जीजी कमरे के द्वार पर आईं।

'बस जीजी, तीन और बचे हैं।'

'क्या-क्या रखा?'

'लिस्ट में जो था, सब। एक साड़ी, एक शॉल, एक जोड़ी चाँदी के बिछिया और पायलें, एक तौलिया, एक साबुन।'

'चाय और शक्कर नहीं रखे?'

'हाँ, मम्मी का तो दिन नहीं कटता था पाँच-छह कप चाय के बिना...' कावेरी जीजी भी आ गईं।

'वो तो पंडितों के सीधे की लिस्ट में है, सुहागिनों की लिस्ट में तो बस इतना ही था।'

'इनमें भी रखो, जो इन्हें देंगे, मम्मी को मिलेगा। मैं दीपू को कहती हूँ, बाज़ार से और ले आए,' वह चली गई।

दीपू बड़ी जीजी का बेटा है। इसी साल इंजीनियरिंग कॉलेज में दाख़िला लिया है। मीरा ने लक्ष्य किया कि इस बार वह उसके आस-पास मंडराता रहता, बर्तन उतारने, सामान उठवाने के बहाने उसके निकट होने की कोशिश करता। अपनी देह पर मीरा को उसकी दृष्टि महसूस होती और मन में उसकी सत्रह-साला कामनाओं के लिए कुछ करुणा। वह सतर्क रहती और दीपू से दूरी बनाए रखती।

दीपू सामान के थैले ले आया। 'मैं मदद कर दूँ मामी? बहुत से थैले हैं।'

'नहीं बेटा, बस हो गया है। कावेरी जीजी,' उसने आँगन के पार खड़ी ननद को आवाज़ दी, 'प्लीज़, देख लेंगी एक बार कोई गलती तो नहीं हुई?'

शाम को पूजा घर में धुले बर्तन रखते कमरे में सहसा पड़ी छाया से मीरा चिहुँक उठी। मनु था। 'पापा की जापवाली माला यहाँ है क्या?' मीरा ने पूजा के सामान की टोकरी में से माला निकालकर मनु की ओर बढ़ाई। सात-आठ दिनों में पहली बार मनु से अकेले में मिल रही थी। वह घर के भीतर काम में लगी रहती थी और मनु बैठक में लोगों की भीड़ में घिरा सारा दिन पूजा और पंडित के बताए अनुष्ठानों में बिताता। 'जल्दी ख़त्म करो यहाँ। खाने का वक़्त हो रहा है पापा के।' मीरा सीधी खड़ी हो गई। 'मेरे लौटने की डेट तय करनी है। मैंने छुट्टी पंद्रह दिनों की ली थी...'

'लौटना?' मनु ने अपने सिर के छोटे-छोटे बालों को हथेली से मसला, खसखसाहट हुई। 'यानी यू.एस.?'

'हाँ। मैं सब बीच में छोड़कर आई हूँ...'

'सोचना पड़ेगा। मुझे नहीं लगता तुम्हारा जाना संभव होगा। पापा अकेले पड़ गए हैं। बड़ी जीजी और कावेरी जीजी अपने-अपने परिवारों को देखेंगी। ऑफ़िस री-जॉइन करने पर मुझ पर भी काम का प्रैशर ज़्यादा होगा। सोच रहा हूँ कि पापा को दिल्ली ले चलें। कम-से-कम साल-छह महीने के लिए। तुम भी वापस दिल्ली पोस्टिंग ले लो। घर से काम कर लेना। तुम्हारी टैक कंपनियों में तो होता है। मैं कोशिश करूँगा कम ट्रैवेल करूँ, पर मेरा काम तुम जानती हो।'

'मनु, जावेद ने मुझे इन टीम जॉइन करने का ऑफ़र दिया है। प्रमोशन के लिए भी नाम रखा है। बहुत बड़ा कदम है मेरे लिए। मुझे कम-से-कम एक बार जाना होगा।'

'ओफ़फ़ोह मीरा,' मनु खीझ गया, 'ये समय है सैलफ़िश होने का? हमारी प्रायोरिटी पापा हैं। मम्मी का द्वादशा भी नहीं हुआ है और तुम्हें अपने काम की चिंता है।' वह कमरे से बाहर चला गया।

रात सब काम निबटने पर रोज़ की तरह मीरा मौसी जी और बड़ी जीजी के बगल में गद्दे पर लेटी। फ़ोन पर जावेद का मैसेज था—'गुड न्यूज़ ऑन मैनेजमेंट प्रेज़ेंटेशन। आई विल कॉल।' जवाब देने से पहले ही फ़ोन की घंटी बजी।

'मीरा! कैसी हो?'

'जी, ठीक।'

'मैंने सोचा कि तुम्हें बोर्ड का रिएक्शन बता दूँ। बहुत अच्छा रहा प्रेज़ेंटेशन। तुम्हारा काम बहुत सराहा गया।'

मीरा मुस्कुरा उठी। 'थैंक्स। बहुत अच्छ लगा जानकर।'

'मैं भी बहुत खुश हूँ। इन-टीम का ऑफ़र मेल कर दिया है तुम्हें।'

'थैंक्स...लेकिन मैं अभी सोच नहीं पा रही हूँ कुछ...यहाँ माहौल ऐसा है...'

'मैं समझ सकता हूँ लेकिन शेयर करना चाहता था। तुम्हें सोचने के लिए समय है। ऑफ़र हाथ में है तुम्हारे।' मीरा ने फ़ोन कान के और पास सटा लिया। 'टीम में सबने याद किया है और प्रेयर्स भेजी हैं। हैंग इन देयर। अपना ध्यान रखो। बाय।'

मीरा ने फ़ोन रख दिया।

'कौन था?' बड़ी जीजी उसे देख रही थीं।

'मेरे बॉस थे।'

'इतनी लम्बी बात करता है तुम्हारा बॉस?' बड़ी जीजी बोलीं, 'इतनी रात गए? कोई काम नहीं उसको?' मीरा लेट गई।

देर दोपहर द्वादशा का भोजन और हवन संपूर्ण हो गया। लोग थककर जगह-जगह सो गए। बैठक के बीचो-बीच ताँबे का हवन पात्र अब भी धुआँ उगल रहा था। पूजा के लिए निकाले चाँदी के थाल, दरियाँ, आसन जहाँ-तहाँ धरे थे। मीरा ने हवनकुंड को सरकाकर दरवाज़े के बाहर किया। कल से मेहमान विदा होने लगेंगे। घर ख़ाली हो जाएगा। मंडी से टोकरियों सब्ज़ी और गोशाला से बाल्टी भर दूध लाने की ज़रूरत नहीं रहेगी। सब रीति-रिवाज, जो दिनों को बाँटकर सहने योग्य

बनाते हैं, निबट जाएँगे। मनु भी तीन-चार दिनों में दिल्ली लौटने को कह रहा था। पापा ने साथ जाने से मना कर दिया था। 'हम यहीं रहे हैं हमेशा से, ये घर छोड़कर नहीं जाएँगे। मिलने आ जाएँगे। तुम दोनों आना-जाना बनाए रखना।'

'आना-जाना क्या? मीरा को यहाँ रहना चाहिए अभी कुछ महीने। मनु शनिवार-रविवार आ जाए। बहू-बेटा किस दिन के लिए होते हैं,' ताई जी बोलीं।

'हाँ बहू, बुआ जी तुम्हारी बूढ़ी हुईं, उनसे ये घर नहीं सँभलेगा। सरोज ने एक-एक तिनका कितने मन से जोड़ा इसका...' मौसी जी रो पड़ी थीं। मीरा झुक कर आसन वगैरह समेटने लगी। कमर में कौंधती पीड़ा की लहर को उसने होंठ दबा कर साधा।

'मामी, लाइए, मैं उठा देता हूँ। आप सुबह से दौड़ रही हैं।' दीपू ने उसके हाथ से आसन ले लिए।

'थैंक्स दीपू बेटा।' मीरा ने एक-में-एक रखकर चाँदी के थाल उठाए। 'ये आसन वगैरह पीछे के कमरे में रख आओ।'

'ठीक है, मामी। बता दीजिए, वहीं रख दूँगा।'

मीरा आँगन पार करके सामान वाले कमरे में घुसी। उतरती दोपहर की धूप की चौंध के बाद कमरे का धुँधलका उसे अंधा कर गया। वह दीवार पर हाथ से बिजली का स्विच टटोलने लगी। 'मामी, स्विच यहाँ है।' दीपू ने आसन और दरियों का गट्ठा ज़मीन पर पटक दिया और उसका हाथ पकड़ लिया। अगले ही क्षण दीपू की बाँह मीरा की कमर के गिर्द थी और उसकी गहरी साँसें मीरा के कानों में। एक हाथ में थाल थामे मीरा ने दूसरे हाथ से दीपू को धकेलने की कोशिश की। 'मामी' दीपू फुसफुसाया, 'मामी, प्लीज़...' मीरा सिर-से-पाँव तक काँप गई। हाथ के थाल तीखी खनखनाहट के साथ नीचे गिर गए। दीपू चौंक कर कमरे के बाहर हो गया। 'क्या हुआ, क्या हुआ' की गुहार लगातीं मौसी जी और ताई जी आँगन में आए। पीछे-पीछे मनु और बड़ी जीजी भी।

'कुछ नहीं, मौसी जी, थाल छूट गए हाथ से।'

'सारे घर भर को जगा दिया तुमने। दीपू, तू धूप में क्या कर रहा है?'

'कु...कुछ नहीं...' दीपू हकलाया।

'सॉरी जीजी।' मीरा मनु की ओर मुड़ी, 'मैं दो दिन बाद वापस जा रही हूँ यू.एस.।' वह एक साँस में बोली और रसोई की ओर बढ़ गई।

हरसिंगार के फूल

मोना नहाकर निकली। उसके गीले बालों से बूँदें झर रही थीं। मोना के बाल ख़ूबसूरत थे, लम्बे और मुलायम और रोशनी पड़ने पर ताँबई ओप वाले। रेशमी बाल और उसकी गहरी, तरल आभा वाली आँखें, सुंदरता पर उसके बस यही दो दावे थे। विश्वा ने एक बार कहा था—कैसी हैं तुम्हारी आँखें? तुमसे अलग व्यक्तित्व रखती हैं। देखने भर से झनझनाहट...वह मुस्कुरा पड़ी। बालों से झरती बूँदों को तौलिये में समेटती गा उठी—

मैं बूँद बनी सतरंग तुम्हारे संग पिया हो....

मैं राख से बन गई आग तुम्हारे साथ पिया हो...

रंजू कमरे में दाख़िल हुआ। मोना ने उसको कुहासी आँखों से देखा, उसके होंठ इंद्रधनुष होने के सपने में मुस्कुराते रहे।

'मोना' रंजू का स्वर सघन था। उसकी आँखों के गिर्द माथे और कनपटी पर की त्वचा कसी हुई थी। 'मोना...पापा की तबियत...एमरजेंसी है...उन्हें अस्पताल ले जाना पड़ा है...'

मोना की गुनगुनाहट रुँध गई। 'क्या हुआ उन्हें? किस अस्पताल...' उसने रंजू की ओर ग़ौर से देखा। 'क्या हुआ है रंजू?'

रंजू उसके निकट आ गया, ठीक सामने। 'मोना, ही इज़ नो मोर...पापा नहीं रहे।'

मोना की आँखें चौंधिया गईं। सीला तौलिया हाथों से फिसल गया। उसकी देह रस्सी-सी तनी, ऐंठी और ढलक गई। वह धरती पर गिर पड़ी। रंजू के शब्द उसके कानों के खोखल में ठकठका रहे थे और उनको काटता पापा का कंठ स्वर गूँज रहा है—'मैं ठीक हूँ बच्ची, यह तो तुम्हारी माँ यूँ ही घबराती रहती है। मैं इन दिनों एक नया गीत लिख रहा हूँ—एक डरी हुई स्त्री का गीत! वह कुछ इस तरह है—अगर मैं खाँसा तुम कराहीं, अगर मैं छींका तुम कँपकँपाईं!' पापा हँस रहे हैं। फ़ोन के स्पीकर से सब कुछ सपाट हो जाता है। लेकिन पापा की हँसी, लहरती, खीझ और चुहल के बीच डोलती हँसी। आज दोपहर ही सुनी हँसी ठकठकाते

शब्दों के बीच बजती है। मोना ने स्वयं को साधना चाहा, स्थिर हो कर ध्यान से सुने तो पापा का स्वर साफ़ सुनाई देगा—'बच्ची'...लेकिन उसके कानों में अर्थहीन ठकठकाहट गूँज रही है, सब कुछ हवा में घास-सा लरज रहा है। कोई रो रहा है। उसकी कराहें मोना के कंठ में क्यों हैं? उसके कंधों को किसी ने नरमी से थामा। उसने पूरी शक्ति से उन हाथों को झटका। छुए जाने पर सब कसकता है, दुखता है। उसकी पूरी देह एक फफोला है। मुझे छुओ मत, मुझे छुओ मत, उसने कहना चाहा पर उसके शब्द ठकठकाहट में खो गए। 'ही इज़ नो मोर।' वह घुटनों पर उठ आई। देह थरथरा रही थी, छाती में साँस घुट रही थी। लेकिन उसके फेफड़ों की छटपटाहट में साँस फँसी भर, रुकी नहीं। उसके नथुनों से अपनी ही साँस के लिए घृणा-भरी फुत्कार निकली। उसने रंजू के थामते सँभालते हाथों में अपनी देह को झटका। उसका सर पलँग के पैताने रखी मेज़ से जा टकराया। ठकठकाहट कान-फाड़ू गूँज बन गई। उसने अपनी मुट्ठी अपने मुँह में भर ली।

~

रंजू ने उसे अपनी बाँहों में भरकर पलँग पर बैठा दिया। मोना ने अपने गले में आई उबकाई को रोका। 'मुझे उनके पास जाना है रंजू...प्लीज़...'

'हाँ, मोना। मैंने फ़्लाइट्स देखी हैं। पहली फ़्लाइट कल सुबह पाँच बजे की है।'

'सुबह? मैं सुबह तक नहीं रुक सकती...मुझे जाना है...आए हैव टू...' रंजू की बाँह उसके अकड़े कंधों को घेरे थी। 'मैं कोशिश करता हूँ, मोना।'

'व्हाट हैपेंड माँ?' अंशुमाली खेलकर लौटा था। उसके कपड़े पसीने से गीले थे। उसने अपनी आँखें मोना के चेहरे पर गड़ा दीं। 'क्या हुआ मम्मी?'

अंशु को उसकी आँखें मिली थीं। उसकी अपनी डरी, घबराई, आँखें उसे ही अकुला कर देख रही थीं। 'मैं नीचे गार्डन में जाना चाहती हूँ कुछ देर...' रंजू उठ खड़ा हुआ। 'न, मैं अकेले जाऊँगी तुम अंशु को देखो।'

~

बाग़ में अँधेरा था। रात की मर्मर-ध्वनियाँ और सरसराहटें चारों ओर थीं। लाल ईंटों का पथ उसके नंगे पैरों तले ठंडा था। कितनी बार उसने पापा को इस पथ पर पीठ-पीछे हाथ बाँधे, धीमे क़दमों घूमते देखा था। एक किनारे खड़े बड़े पीपल के

पेड़ को हवा में झूमते देखकर अक्सर कहा करते थे—कैसे दोहरा हो तालियाँ बजा रहा है! आज भी पीपल के पत्ते खड़क रहे थे। लेकिन तालियाँ नहीं। अब पीपल तालियाँ नहीं बजाएगा न बूँदों से झनकेगा। पीपल अब एक मामूली पेड़ है। अँधेरे में अकेला भूत-सा खड़ा। मोना की आँखों से धारासार आँसू बहने लगे। उसका कुर्ता भीग उठा, बालों के छल्ले गालों पर चिपक गए। हर रुलाई के साथ उसका शरीर मरोड़ उठता। वह केवड़े के पेड़ तले बैठ गई। 'रात को ही केवड़ा-गंध आती है,' पापा कहते थे। 'रात पड़े केवड़ा पेड़ के पास कौन जाता है? साँपों का घर होता है रात को केवड़ा,' मम्मी कहतीं। पापा हँसते, कहते—अब हम साँपों से भी कम रसिक रह गए, अगर वे हमारे बावजूद गंध-गंध से खिंचे आते हैं तो क्या हम उनके जितना भी साहस नहीं कर सकते? तुम भी आओ, धर्मपत्नी, दरअसल कोई साँप-वाँप केवल सर्पिल, लरजती, सम्मोहक गंध है। मोना ने माथा केवड़े के तने से टिका दिया। एक तीखी आवाज़ गूँजी। प्रेत सी श्वेत एक बिल्ली क्यारी में किसी अनदेखे से लड़ रही थी। रंजू बाग़ की सीढ़ियों पर खड़ा था। 'मोना आज रात सम्भव नहीं है। प्राइवेट प्लेन भी नहीं। फ़्लाइट शिड्यूल घंटों पहले फ़ाइल करना पड़ता है। सुबह तक रुकना ही होगा।' उसने मोना की बाँह पकड़ी और वे घर की ओर चल पड़े।

'अंशु ने खाना खाया? और तुमने? अंशु हमारे साथ जाएगा।'

'अगर तुम चाहती हो तो। वैसे बच्चे ऐसे समय में...'

'पापा उसे देखना चाहते थे, रंजू।' मोना ने गला साफ़ किया। 'मुझे ऑफ़िस जाना होगा कुछ देर के लिए। अधूरे काम हैंड-ओवर करने हैं। पता नहीं कब लौटना होगा मेरा'...रंजू ने बाँह बढ़ा कर उसके कंधे घेर लिए। 'तुम ड्राइवर को बुला दोगे? मैं कपड़े बदल कर आती हूँ।'

रंजू ने घर का उढ़का दरवाज़ा खोला। 'तुम जानती हो तुम्हें ये सब करने की ज़रूरत नहीं मोना। मैं स्टीव को ईमेल कर दूँगा।'

मोना ने उसकी बाँह हल्के से अलग की। उसकी नाक, आँख और हाथ सूज गये थे। बाईं भौंह के ऊपर नील उभर आई थी। 'मुझे ये ख़ुद करना है रंजू। स्टीव हाँगकाँग से अकेला सब कुछ नहीं सँभाल सकता। टीम के लोगों को काम सँभलाना होगा। एक-दो दिन की बात नहीं।...' उसकी साँस छाती में फँस रही थी। कमरे में अंशु पलँग पर पैर लटकाए बैठा था। उसकी आँखें गीली थीं, मुँह के कोने झुके हुए। 'अंशु गिव मम्मी अ हग।' मोना के स्वर पर अंशु ने सिर उठाया। उसकी दुबली बाँहें मोना के इर्द-गिर्द कस गईं। मोना ने दाँत भींच कर सिसकी रोकी, उसके बाल और

कंधे सहलाए। 'बेटा, स्टोर में से सूटकेस निकालो। सामान पैक करना है।' अंशु का सिर फिर भी उसके कंधे पर झुका रहा।

'मोना, द कार इज़ हियर,' रंजू ने कमरे में घुसते हुए कहा।

अंशु को हल्के हाथों से अलग कर मोना ने आलमारी खोली। खिलते ख़ुशनुमा रंगों के कपड़ों को अलग हटाकर फीके सलवार क़मीज़ ढूँढने लगी।

'ऐसे मौक़े पर सफ़ेद रंग पहनना चाहिए। तुम्हारे पास सूटेबल कपड़े न हों तो...'

'अब कुछ भी सूटेबल नहीं है, पापा नहीं हैं...' उसका गला रुँध गया। सामान सूटकेस में सहेजकर उसने हाथ-मुँह धोया और कपड़े बदल डाले। अंशु अब भी पलँग पर बैठा था, घुटनों पर रखी किताब में आँखें गड़ाए। रंजू लैपटॉप पर टाइप कर रहा था। 'मैं आती हूँ, तुम अंशु के पास रहो।'

रंजू ने लैपटॉप बंद कर दिया। 'मैं तुम्हारे साथ चल रहा हूँ। अंशु गो टू बेड प्लीज़। मैं अभी मम्मी को वापस लेकर आता हूँ।'

~

गाड़ी में मोना ने अपनी ओर की खिड़की का काँच नीचे उतारा। नवम्बर की रूखी हवा में उसके आँसू नीचे गिरते ही सूख गये। अपने दफ़्तर पहुँचकर मोना ने ज़रूरी कामों की फ़ेहरिस्त बनाई और उन्हें निपटाने-सँभालने में जुट गई। जब तक वह काम करती रही, उसके कानों में ठकठकाते शब्द मद्धिम पड़े रहे। काम निपटाकर वह उठ खड़ी हुई। मेज़ पर एक कोने में पापा की तस्वीर रखी थी। नाक पर सरक आई ऐनक के ऊपर से भौंहों को चढ़ाए पापा देख रहे हैं। दाढ़ी-मूँछों में विलीन महीन हँसी आँखों में झलक रही है। हाथ में थमी किताब के पन्ने पर अँगुली टिकी है, कोई कविता पढ़कर सुना रहे हैं। मम्मी नहाने के लिए खीझ रही हैं, खिड़की से धूप और हरसिंगार की गंध आ रही है...उसने अपना दफ़्तर बंद किया और चाभी सेक्रेटरी की मेज़ पर रख दी।

~

'बिल्डिंग' की लॉबी में रंजू फ़ोन पर बात कर रहा था। 'हम लोग सुबह आठ बजे तक पहुँच जाएँगे, जीजो सा। मोना ठीक है। शॉक में है। आपको और काको सा को सब सँभालना है।' गाड़ी में रंजू ने कहा—'मम्मी से बात करोगी मोना?'

मोना ने अपनी रूखी आँखें उसकी ओर घुमाईं—क्या बात? क्या बात की जा सकती है अब? बात हमेशा पापा की ही होती थी—समय से दवाई नहीं लेते, मीठा ज्यादा खाते हैं, रात-रात भर जागते हैं, तुम ही कहो कुछ मोना।

'भई अब उसके कहने के लिए बचा क्या? सब तो तुमने ही कह दिया!' पापा की हँसी गूँजती है।

~

घर पर अंशु किताब लिए बैठा मिला। मोना ने उसके हाथों से किताब ले ली, मुड़े-अकड़े हाथ-पाँव हल्के हाथों से सहलाए और उसका सिर-माथा नरम उँगलियों से थपकती रही। अंशु के सोने के बाद मोना रसोई में गई। घर में काम करने वाली रेखा सो चुकी थी। उसने कुछ रुपए घर-ख़र्च वाले डिब्बे में रख दिए। दूध, अख़बार और गाड़ी साफ़ करने वाले को पैसे देने होंगे। एक कोने में रखे धनिए, पुदीने और रोज़मरी और बैसिल के गमले एक-एक कर बाहर वाले कमरे की खिड़की के नीचे रख आई। कैलेंडर में वॉटर-फ़िल्टर और फ्रिज की सफ़ाई की तारीखें लाल पेंसिल से चिह्नित कीं। रात को पापा अनखना कर दूध पीते, 'भई बच्ची, तुम वापस आ जाओ। तुम्हारी माँ तुम्हारे जाने के बाद से मुझे ही हर वक़्त बच्चा समझने लगी हैं। नहाओ, खाओ, दूध पियो। कोई भरोसा नहीं कल से यूनिवर्सिटी के बजाय मुझे स्कूल जाने को कहने लगें!' मोना ने घर का एक चक्कर लगाया। ज़ाहिर है जो ढूँढ रही हूँ, वह अब नहीं है, उसने अपना गीला चेहरा फड़कती उँगलियों से छुआ, वह अब कहीं नहीं हैं। रंजू पीठ के बल सीधा सोया था, हल्के खर्राटे ले रहा था। मोना चुपचाप पलँग के दूसरे छोर पर लेट गई।

~

प्लेन से उतरते ही शुरुआती सर्दी की हवा ने मोना के सुन्न शरीर को जगा दिया। वह भूल गई थी कि पापा के जाने के बावजूद सर्दियाँ आ गई हैं। 'रंग और गंध मन को कुनकुना रखते हैं, सर्दियों में, बच्ची, ये शॉल, स्वेटर वग़ैरह बेकार की नहूसते हैं।' मोना ने हाथ बढ़ाकर अंशु की जैकेट का ज़िप बंद कर दिया। अंशु ने उसका हाथ पकड़ लिया। 'माँ, नानू...' घर का दरवाज़ा खुला था। सीढ़ियों के नीचे जूते-चप्पलों का अंबार लगा था। अगरबत्ती के गुच्छे गमलों में खुँसे सुलग

रहे थे। पोर्च में लड़कों की भीड़ थी। पापा के विद्यार्थी। 'भई धर्मपत्नी, चाय बनवाओ बीस-पच्चीस। इस मौसम में तो गुरु-गृह में ही क्लास लगेगी आज!' मोना के बर्फ़ से ठंडे हाथों से दरवाज़ा फिसल रहा था। आँखों में नम धुँधलका था। पापा फ़र्श पर लेटे थे। इतनी ठंड में एक रज़ाई से क्या होगा? उन्हें पलँग पर क्यों नहीं लिटाते? सिर के नीचे तकिया है क्या? कौन कराह रहा है? क्या...? 'मोना मोना,' मामी सा उसे हिला रही थीं, 'ऐसे नहीं करते मोना। उठो देखो, अपनी माँ को सँभालो, मोना...'

मोना उठकर बैठ गई। पापा रज़ाई के नीचे चुपचाप लेटे थे। दरअसल अब पापा नहीं थे। मोना मामी सा की बाँहों से निकल गई। 'मैं ठीक हूँ, मामी सा। पापा को देखने दीजिए, छोड़िए मुझे।' सूजे होंठों के बावजूद उसका स्वर संयत था। उसने पापा के चेहरे पर से रज़ाई हटा दी। बंद आँखें, संपुट होंठ, माथा सहल। जैसे हमेशा सोते थे। 'गम्भीरता से सपने देखता हूँ बच्ची, सपने हमेशा गंभीरता से देखने चाहिए, बस जीवन को लीला-भाव से लेना चाहिए।' मोना ने पापा के नरम अधपके बाल सहलाए, उनकी आँखें, दाढ़ी, कंधे। अब पापा नहीं हैं, यहाँ, इस तरह, मेरे हाथों से छुए जाते हुए भी, मेरी आँखों के सामने होते हुए भी अब वे नहीं हैं। मोना ने धीरे-धीरे पापा का चेहरा ढँक दिया। मम्मी दीवार से लगी कराह रही थीं। नैना जीजी औरतों के जमघट में निःशब्द रो रही थीं। हॉल में रंजू काको सा, जीजो सा और दूसरे रिश्तेदारों के साथ खड़ा था। 'अंशु अपनी नानी के पास जाओ बेटा।' अंशु का सिर उसके कंधों के बीच झुका था। मोना उठ खड़ी हुई।

'कम-से-कम ग्यारह पंडित तो बुलाइये काको सा। हमारे गुरु जी आकर सब नेम-रीति बता देंगे।'

'जीजो सा, पापा को कर्मकांड में कभी भरोसा नहीं था। जो उन्होंने कभी नहीं किया, वह उनके साथ नहीं करने दूँगी।'

'मोना...' रंजू की भौंहों में बल पड़ गए।

'काको सा, आर्यसमाज से वेदपाठी जी को बुलाइए। वह और उनके साथी आकर सब करवाएँ और शांति वाचन करें।'

'ठीक कहती हो मोना, भाई सा तो पंडों को बंड-भूसंड कहते थे। उनके मन का ही हो, यही ठीक,' काको सा की आँखें भर आईं।

'देर मत कीजिए प्लीज़। दोपहर से पहले पापा को ले चलिए। तेज़ धूप उन्हें बिलकुल पसंद नहीं।'

'भई, इस धूप में तो हिरण भी काले हो जाएँ, इस धूप में कहीं जाने की ज़िद मत करो बच्ची, ज़रा तिपहरी तक रुको। देखो, कैसे धूप छाँव की कूची से धीरे-धीरे पूरा बाग़ और चहारदीवारी पोतती है। ज़रा टिक कर बैठो, धूप का बटोना सुनो। घर के भीतर चली गई।'

~

रसोई में शांतिबाई जी और कमला नंगे फ़र्श पर बैठी बिसूर रही थीं। 'मोना बेबी सा, मोना बेबी सा...' शांतिबाई जी उसके गले लिपट गईं। 'बेबी सा क्या हो गया...क्या हो गया?' उनके रुदन से रसोईघर की बासी हवा की खटास बढ़ गई। शांतिबाई जी नैना जीजी और मोना की धाय हैं, उन्हें बचपन से सँभाला है। दोनों की विदा पर सबसे ज़्यादा रोई हैं, तीज-गणगौर के सिंजारे नियम से भेजे हैं और करवा चौथ पर मीठे करवे और शक्कर के खिलौने। अंशु की पैदाइश पर पीले में लिपटी मोना की नज़र उतारते पापा को कितने ताने दिए थे, बेटी को दूर देश ब्याह देने के लिए। 'अगर तुम कभी चुनाव लड़ने का सोचो, तो अपनी शांतिबाई जी को प्रचार के लिए ज़रूर ले जाना बच्ची, उनसे बड़ा समर्थक तुम्हें नहीं मिलेगा और मेरा भी भला हो जाएगा, दिन में दो चार-बार ज़रूर तुम्हारी तारीफ़ करती हैं और मुझे कटखनी निगाह से देख जाती हैं।'

'शांतिबाई जी, आपकी समझ को क्या हो गया है? रात भर के जागों के लिए चाय बनाइए। कमला, पानी गरम करो। नैना बाई सा को हॉट वॉटर बॉटल दो। कमर अकड़ गई होगी उनकी।' शांतिबाई जी घुटनों पर हाथ रख कर कुरलाती उठीं। 'आँसू पोंछिए। अपने आँसू अब हमें ख़ुद ही पोंछने हैं,' मोना का स्वर रूखा-सूखा बना रहा।

मोना बैडरूम से तकिये, मसनद ले आई, नैना जीजी की पीठ-पीछे मसनद लगाया और गरम पानी की बोतल कमर के नीचे सरका दी। 'चाय लीजिए, जीजी। बहुत कुछ करना है आज।'

'मोना...' जीजी का गला बैठ गया था, 'मोना...'

'जीजी प्लीज़ चाय पी लीजिए।' अपनी गोद में ढलकी जीजी को मोना ने पुचकारा। तुम समझती हो कि सब कुछ छाया-सा बढ़ता-घटता है लेकिन नैना नहीं, बच्ची, तुम छोटी होकर भी बड़ी रहीं। मोना ने मनुहारों से नैना जीजी को चाय पिलाई। शांतिबाई जी मम्मी का पैर सहला रही थीं। मोना ने मम्मी के घुटनों पर

सिर टिका दिया। मम्मी के निर्जीव हाथ में हरकत हुई। वे मोना का सिर सहलाने लगीं। बड़ी मुश्किलों से मम्मी और नैना जीजी को मोना भीतर ले गई। 'थोड़ा आराम कीजिए। जीजी, मामी सा, मम्मी को देखिए। मैं बाहर देखती हूँ।' बाहर, माने पापा को। लेकिन पापा अब कहाँ? वह अलमारी से पापा के नए कपड़ों का जोड़ा निकाल लाई। बाहर वेदपाठी जी और दूसरे लोग आ चुके थे। पापा को नहलाने के लिए मोना ने गरम पानी की बाल्टी कमला के हाथों से ले ली। 'बेटी तुम भीतर जाओ। यह आख़िरी सेवा हमारी है...' काको सा और वेदपाठी जी दोनों रो पड़े। 'रुकिए, पापा का कोलोन लाती हूँ। उसके बिना स्नान...' वह तेज़ी से अंदर चली गई।

~

बाँस की अर्थी पर लाल दुशाले में लिपटे पापा लाल-पीली मौली की डोरियों से बँधे थे। उनके विद्यार्थियों ने गुलाब और गेंदे के फूलों से लाद दिया था। 'फूल वहाँ रख दो, मैं छींकने लगूँगा और तुम्हारी माँ झींखने लगेगी। बस हरसिंगार और मोगरा, गंधवान यही दो फूल मेरे भाग्य में लिखे गये हैं, शुक्र है रंगों को देखने से एलर्जी नहीं है वरना तुम्हारी मम्मी दुनिया भर को काला-सफ़ेद कर देतीं!' कंधा देने वालों की भीड़ थी। उसने अंशु के दुबले कंधों पर बाँस का डंडा क्षण भर को टिकते देखा। उसके पैर डगमगाए और नैना जीजी के बेटों ने आगे बढ़कर अंशु को अँगोट में ले लिया। मोना पीछे-पीछे चली। 'न, न मोना बाई सा' मंगल भाई सा ने हाथ जोड़े, 'शमशान नहीं, वहाँ औरतें नहीं जातीं।'

'पापा मुझे हर जगह साथ ले जाते हैं, भाई सा।' मोना अर्थी के पीछे वाली गाड़ी में बैठ गई।

'रीति-रिवाज का कुछ तो ख़याल करना चाहिए मोना। सब कुछ अपने मन से...' मोना ने रंजू को देखा भर, कुछ कहा नहीं। शारदीय धूप में पापा के मुँह में यम के उत्कोच के लिए रखे मोती-मूँगा चमक रहे थे।

आम और चंदन की पीली सुनहरी ओप वाली लकड़ियों में पापा खो गए। मोना ने लम्बी डाँड वाली खुवा थामी और आग में अभिमंत्रित घी डाला। मंत्र-पाठ लकड़ी की चटचटाहट, रुदन के स्वरों में पापा चुप रहे। घर लौट कर देह पर ठंडा पानी डालने पर मोना ने जाना कि चिता की गर्मी से उसकी बाँह पर फ़फ़ोले पड़ गये थे। शाम को मोना ने सामान खोला, अपने और अंशु के कपड़े पापा की अलमारी में

रख दिए। रंजू अपना सामान काको सा के घर में रख आया था। सभी पुरुष रिश्तेदार कड़वा-ग्रास के बाद वहीं रुक रहे थे। मोना ने अपना फ़ोन निकाला, सहकर्मियों के सांत्वना के मैसेज थे। एकाध पड़ोसियों के भी। और विश्वा का छोटा-सा मैसेज : हर मोड़ पर तुम्हें ढूँढ रहा हूँ!' विश्वा और मोना ने लम्बे समय तक एक ही कम्पनी में काम किया था। मोना ने विश्वा की उपस्थिति में हमेशा एक अंतर्निहित सहानुभूति, एक नामहीन ऊष्मा लक्ष्य की थी। वह सतर्क रहती थी। फिर विश्वा ने इस्तीफ़ा दे दिया। एक कॉन्फ्रेंस में अचानक फिर मुलाक़ात हुई। 'आए डोंट वॉन्ट टू लूज़ साइट ऑफ़ यू,' विश्वा ने कहा था। 'अब हम सहकर्मी नहीं हैं।...' लेकिन क्या हैं यह अनकहा ही रहा। जब-तब मिलने लगे, विश्वा एक प्रतिद्वंद्वी कम्पनी में काम करने लगा था लेकिन दोनों जानते थे कि उनकी मुलाक़ातें नेटवर्किंग नहीं हैं। मोना के मन में दुहेलापन था, जानकर अनदेखा करने की ज़िद। लेकिन मिलना छूटा नहीं। उसने फ़ोन रख दिया और बाहर आकर पत्तल लगाने लगी। आज सबको पापा के बिना यह कसैला-फीका भोजन खाना था। अब सब दिन खाना था।

~

रात को हॉल में गद्दों पर स्त्रियाँ पौढ़ी थीं। मम्मी की कनपटियों और माथे पर बादाम-रोगन की बूँदें हल्के हाथों मलकर मोना नैना जीजी की बग़ल में आ लेटी। यहीं, सुबह पापा थे, निःशब्द, आँखें मूँदे। मोना धीरे से उठी। भीतर जाकर फ़ोन निकाला। कुछ देर दूसरी ओर घंटी बजती रही। 'मोना ? इस वक़्त कैसे ? सब ठीक ?' विश्वा का स्वर उनींदा था।

'पापा नहीं रहे विश्वा।'

'गॉड...कब ? क्या हुआ ?'

'कल शाम, हार्ट अटैक।'

'ओह गॉड...तुम मिल पाई ? कहाँ हो ? जयपुर में ?'

'हाँ।'

'मैंने आज ही तुम्हें मैसेज किया था, मुझे पता नहीं था...'

'हाँ। मैंने देखा।'

'मैं जयपुर में ही हूँ मोना, तीन दिन, कॉन्फ्रेंस के लिए। कुछ कर सकता हूँ तुम्हारे लिए ?'

'पता नहीं। करने को कुछ नहीं है। पापा को सुबह विदा दे दी है।'

'बहुत कुछ कहना चाह रहा हूँ मोना, लेकिन तुम कल रात भर की जागी होगी, अब सोने की कोशिश करो। मैं कल फ़ोन कर सकता हूँ?'

'मैं करूँगी।'

'हम अभी भी बात कर सकते हैं अगर तुम चाहो।'

'नहीं, तुम भी आराम करो।'

'कल फ़ोन करना भूलना नहीं। मैं इंतज़ार करूँगा।'

'हाँ।'

'मोना...'

'बाय विश्वा।'

मोना ने सामान में से ढूँढकर चार्जर निकाला। फ़ोन चार्जिंग पर लगा कर वह बाहर निकल आई। पापा ने पिछले सालों में लॉन में तरह-तरह के पेड़-पौधे लगाए थे—आँवला, सीताफल, अमरूद, अनार। घास तो व्यर्थ पानी पीती है और रेगिस्तान में इस क़दर वन्ध्य घास पर पानी बर्बाद करना? अब इन पेड़ों में देखो चिड़ियों की कैसी बस्ती है, बच्ची। ये छोटी मुनियाएँ नैना और तुम्हारी तरह झगड़ती-बतियाती हैं और बुलबुलें और मैनाएँ तुम्हारी माँ से ज़्यादा उठाया-धरी करती हैं। वह बूढ़ा कौवा एकदम मेरे जैसा है, नीम पर बैठा सबका मुजरा लेता है!' पापा के हरसिंगार से सुगंध उड़ रही थी। ओस से शॉल जब एकदम भीग गई तब मोना उठी। आकाश के छोरों पर सुबह के घाव रिस रहे थे। परछाइयाँ फीकी पड़ गई थीं।

~

सुबह-सुबह काको सा, जीजो सा के साथ रंजू और अंशु भी अस्थियाँ चुनने श्मशान गये। मोना ने चुपचाप दिग्देवताओं के लिए मीठे चावल, दही-मिठाई की सौग़ातें और आत्मा के लिए चावल के पिंड दोनों-पत्तलों में सहेज कर दे दिए। आसन, बर्तन, लिहाफ़, जूते महा ब्राह्मण के लिए अलग से। महाब्राह्मण को कुछ भी देने में पापा को एतराज़ नहीं होता। 'देखो कितना विचित्र विधान है, बच्ची, जिसे सब दिन अस्पृश्य मानते हैं, मरने पर उसी की चिरौरी करते हैं। यूँ यम और महाब्राह्मण को कोई कौड़ी में नहीं पूछता लेकिन अंत में उन्हें दूध-भात, अन्न-वस्त्र! ठीक है, सारे जीवन की अवहेलना का क़र्ज़ एकबारगी उतर जाता है!' शाम को अस्थि चुनने वाले कलश लेकर हरिद्वार चले गये। जाने से पहले कलश को अंतिम प्रणाम

करती मम्मी गिर पड़ीं। नैना जीजी ने सिर दीवार में मार लिया। मोना सूखी आँखों सबको सँभालती रही। उसने हल्दी वाला गरम दूध बनाया और निहोरे करके मम्मी और नैना जीजी को पिलाया। फिर वह मम्मी की *रामचरितमानस* ले आई और पीठिका पर टिका कर सस्वर पढ़ने लगी। कंठस्थ चौपाइयों पर मम्मी के अभ्यस्त होंठ अनजाने हिलने लगे। नैना जीजी गरम तेल से उनके पैर मलने लगीं।

~

रात रसोई निबटने पर मोना ने घर व्यवस्थित किया। शांतिबाई जी और कमला के साथ मिलकर कमरों में बिखरे दरी-चादरें, तकिए समेटे। दान के लिए ख़रीदे आसन, वस्त्र, चावल, दाल, शक्कर, घी और बर्तन, पत्तल-दोने-सकोरे, घर के पिछले हिस्से में बने भंडार घर में रखवाए। घर सहेजते देर हो गई। मम्मी और नैना जीजी, मामी सा, भाभी सा के साथ हॉल में बिछे गद्दों पर पस्त लेटी थीं। मोना ने घर भर की बत्तियाँ बुझा दीं।

बाग़ में कल रात के मुक़ाबले अधिक अँधेरा था। आँवले और अनार की सुबुक छायाएँ अँधेरे में अदृश्य थीं। हरसिंगार के झाड़ पर फूल जुगनू-से झलक रहे थे। हरसिंगार तले पापा की बैठने की पसंदीदा जगह पर शाम को अस्थि-कलश रखा गया था। संगमरमर की बैंच पर राख का धूमिल वर्तुल दिखाई दे रहा था। मोना ने कुर्ते की जेब से फ़ोन निकाला।

'मोना, एट लास्ट...सारा दिन तुम्हारे बारे में सोचता रहा हूँ। तुम कैसी हो ?'

'मैं हरसिंगार के नीचे खड़ी हूँ विश्वा। फूल झर रहे हैं। उनकी ख़ुशबू से शायद मेरे कपड़ों, बालों, देह में जज्ब धुएँ की गंध धुल जाए।'

'मोना...'

'फूल मेरे चेहरे पर, बाँहों पर, वक्ष पर गिर रहे हैं। धुएँ की जलाँध के बावजूद मैं इन्हें सूँघ पा रही हूँ, महसूस कर पा रही हूँ। तुम्हें याद है जब हम महीनों बाद अचानक उस कॉन्फ्रेंस में मिले थे ?'

'मोना, हनी, आए नो इट इज़न्ट द राइट टाइम, बट तुम जानती हो कि मैं तुम्हारे बारे में...व्हाट आए फ़ील अबाउट यू...'

'हरसिंगार के फूल रात के रात झर जाते हैं, विश्वा। कल तुमने कहा था कि अगर मेरे लिए कुछ कर सको।'

'ऑफ़कोर्स।'

'अभी आ सकते हो ?'

'अभी ? इस वक़्त ?'

'हाँ। सब हरिद्वार गये हैं। बाक़ी घर सोया है। बस हरसिंगार और मैं...' मोना का कंठ भर आया। पेड़ पर ज्यों-त्यों अटके फूल हवा से झरते रहे।

'मोना, आर यू...आर यू श्योर ?'

'हाँ। पता मैसेज करती हूँ। सिविल लाइंस में है। सी-यू।'

~

घर का पता विश्वा को भेजने के बाद वह बाहर के रास्ते से भंडार घर में गई। कमज़ोर बल्ब की रोशनी में भंडार घर छायाओं से भरा था। उसने कुर्सी पर चढ़कर दीवार में बना रोशनदान खोल दिया। हरसिंगार की भीनी महक यहाँ तक आ रही थी। दरियों के ढेर से उसने एक रंग-बिरंगी दरी निकाली और बर्तन वग़ैरह सरका कर एक ओर बिछा दी। दरवाज़े पर आकर वह विश्वा का इंतज़ार करने लगी। गाड़ी रुकने की मद्धिम आवाज़ पर उसने मेनगेट धीरे से खोल दिया। 'मोना...' अँधेरे में एक-दूसरे को देख पाना कठिन था। मोना ने विश्वा का हाथ पकड़ लिया।

भंडार घर की पीली रोशनी में विश्वा ने मोना को देखा—काजल विहीन सूजी आँखें और पीछे को बाँधे बाल। माथे और गाल की नाज़ुक त्वचा पर नील के निशान। कासनी रंग के कुर्ते पर ओस और पराग के दाग़। उसने मोना को निकट खींचकर बाँहों में ले लिया, उसके बाल खोल दिए, होंठ चूम लिए। 'मोना...' विश्वा की साँस से मोना के माथे और कनपटियों के पास के रेशमी बाल लरज उठे। विश्वा की उँगलियाँ उसके कुर्ते के काज-बटनों से उलझने लगीं। मोना ने आँखें बंद कर लीं और धीरे से ज़मीन पर बिछी दरी पर ढलक गई। दरी के लाल-पीले रंग उसकी नग्न देह के गिर्द लपटों से फैल गये। विश्वा उसकी छातियाँ, नाभि, जाँघें चूम रहा था। 'मोना...हनी...' मंत्र-सा गूँज उठा। आँखें मूँदे-मूँदे मोना ने हाथ से टटोलकर दीवार से सटे कुंडे में उँगलियाँ डुबोई और विश्वा और अपनी गुँथी देहों को घी की बूँदों से अभिषिक्त कर दिया...

इंसेक्टा

'म' जाग उठा। गुनगुन-गुनगुन की आवाज़ ऐसे आ रही थी जैसे भौंरे गा रहे हों। नींद टूटने पर पहला ख़याल आया—अब वे दिन में भी आने लगे। उसने मुश्किल से अपनी बोझिल पलकें खोलीं। खिड़की के परदे पर धूप जरी-गोट की तरह झिलमिला रही थी। उसने चौंधियाई आँखें फिर से कसकर बंद कर लीं। 'शिट'...इतनी धूप चढ़ आई। आज तो कमाल हुआ, किसी ने जगाया नहीं वरना रोज़ सुबह सात बजे से दरवाज़ा तोड़ने लगते हैं दोनों...'उठो, उठो, कुम्भकर्ण की तरह सोते हो, पढ़ने वाले बच्चों को ऐसे सोना चाहिए?' और भी न जाने क्या-क्या। आज क्या हुआ? गुनगुन की आवाज़ बंद हो गई थी और कमरे में फिर घनी शांति छा गई थी। नींद की ढलान पर फिसलते हुए वह सहसा चौंक उठा। अरे...आज ही तो...'टुडे इज़ द डे।' वह एकबारगी उठ बैठा। उसने चादर उतार फेंकी। सर भन्ना रहा था और पैर बर्फ़ की तरह सर्द, आँखें रोज़ की तरह बोझिल। इतनी रातों की उखड़ी, अधूरी नींद एक दिन देर तक सो लेने से थोड़े ही पूरी होगी...

जब से रात वाले हमले शुरू हुए हैं, एक भी रात वह पूरी नींद नहीं सो पाया है। रात भर खिड़की की रन्ध्रों, दीवार की दरारों, फ़र्श के छेदों से दाख़िल होने वाले असंख्य हमलावरों से जूझता रहता है, यह जानते हुए भी कि यह लड़ाई वह शुरू से ही हारा हुआ है। एक अकेले की झुण्ड-के-झुण्ड घुस आये आतताइयों के सामने क्या बिसात? वे आनन-फानन में कमरे पर काबिज़ हो जाते हैं और वह चारों ओर से घिरा, पलँग पर खड़ा होकर अख़बारों के हथियार बना जैसे-तैसे उन्हें ऊपर चढ़ आने से रोकने लगता है। ब्लडी! अभिमन्यु भी एक बार लड़कर मर गया था, यहाँ तो रोज़-रोज़...उसने दाँत किटकिटाए। अभिमन्यु के बाप ने कम-से-कम उसे लड़ना तो सिखाया था...या शायद उसकी माँ ने सिखाया था? एनी वे, अभिमन्यु को जिसने भी सिखाया हो, मुझे इन दोनों ने कुछ नहीं सिखाया, न बचना, न अटैक करना...सिखाना क्या, उन्हें मुझ पर विश्वास ही नहीं। 'कुछ हो तो कभी तो किसी और को भी दिखे, सिर्फ़ तुम्हें ही क्यों दिखता है ये सब? हमें तो कुछ नहीं दिखता? बेकार की बेवकूफ़ी...'

क्या जवाब दूँ इस बात का ? कहूँ कि रात को जब दोनों बैडरूम का दरवाज़ा बंद कर मस्ती कर रहे होते हैं, तब आते हैं वे ? कभी अपने आराम में खलल डालकर मेरे कमरे में रहें रात-भर तो पता चले...सुबह जब वे वापस गार्डन में लौट जाते हैं तब कैसे दिखेंगे ? 'गार्डन से अच्छी दुश्मनी है तुम्हारी। लोग ऐसे गार्डन के लिए करोड़ों रुपए ख़र्च करने को तैयार रहते हैं इस शहर में और तुम हो कि सारा वक़्त बस ये शिक़ायत वह शिक़ायत...'

'दैट ब्लडी गार्डन'...उससे बहुत प्यार है दोनों को, अपने इकलौते बेटे से भी ज़्यादा...मैं मरूँ, जिऊँ, कोई परवाह नहीं...एक भी रात अगर दरवाज़ा खुला छोड़ दूँ अपने कमरे का तो ? जब उनके 'टीक' और 'महोगनी' के महँगे फ़र्नीचर और सिल्क-मढ़े सोफ़ों पर अपनी दुर्गंध भरी राल छोड़ते वे घिनौने जीव उनके बैडरूम तक पहुँच जाएँगे तब उन्हें पता चलेगा। डर से काँपता बच्चा नहीं हैं वे कि गलियारे में कुछ देर खड़े रहने के बाद चुपचाप लौट जाएँ, हमलावर हैं, सीधे घुस पड़ेंगे।...लेकिन मैं अब और इन्तज़ार नहीं कर सकता...इस तरह रात-रात भर जागकर इतने स्ट्रेस में मैं ज़्यादा दिन नहीं बच पाऊँगा...मेरे दिल की धड़कन हर वक़्त मेरे कानों में धमाकों की तरह गूँजती हैं, वक़्त-बेवक़्त नौज़िया, ठंडा पसीना...हर आवाज़ चौंका देती है, रोशनी में आँखें जलती हैं। 'आई कान्ट होल्ड आउट मच लॉन्गर,' वह हाँफ़ता हुआ सोचने लगा।

कीड़ों के आक्रमण 'म' के लिए नए नहीं हैं। पुराने बग़ीचे के बीच बना यह फैला-पसरा बँगला भले ही देखने वालों को मोहक लगता हो, वह जानता है कि असल में तरह-तरह के कीट-पतंगों से भरा नरक है। घर की दीवारों में पुरानी सीलन जज़्ब हो गई है। ऊपर से उसके कमरे की बड़ी खिड़की भी घने, नम, अँधेरे बग़ीचे में खुलती है। खिड़की की चौखट को नमी ने आड़ा-टेढ़ा कर दिया है और चौखट और दीवार के बीच की जगह में से तरह-तरह के कीड़ों के झुंड उसके कमरे में अक्सर धावा बोलते हैं। उनकी गिलगिली या करारे कवचों वाली देहों की दुर्गन्ध उसके कमरे में सदा भरी रहती है। 'बस थोड़ी-सी सीलन है और कोई बात नहीं। पुराना घर है, थोड़ी-बहुत तो रहेगी ही। वाटर प्रूफ़िंग तो करवा दी है, अब और क्या करें ? घर तुड़वा दें या बाग़ कटवा दें ?' हाँ, तुड़वा दो, 'डेस्ट्रॉए इट'...कुछ तो शांति मिले, 'म' ने दाँत भींच लिए। जैसे उन्हें पता ही नहीं कि वाटर प्रूफ़िंग की तीसरी ही रात दीमकों की क़तारें उसके कमरे में घुस आई थीं...दोनों भूल गए कि उस रात दीमकों ने उसकी फ़िज़िक्स की कॉपी-क़िताबें नष्ट कर दी थीं, टर्मिनल एक्ज़ाम से

दो दिन पहले ? मैं दीमकों से घिरा पूरी रात चिल्लाता रहा लेकिन इस मनहूस मकान के दूसरे छोर पर बंद दरवाज़ों के पीछे सोते उन दोनों को कुछ सुनाई नहीं दिया... 'फ़किंग क्रीचर्स' मेरे इतनी मेहनत से बनाए सारे 'नोट्स', 'प्रैक्टिकल शीट्स' सब चबा गए...पूरी 'टर्म' की मेहनत चिन्दियाँ कर गए...लेकिन टुकड़े-टुकड़े हुई क़िताबों को देखकर भी उन्होंने नहीं माना, नहीं माना...'एक्ज़ाम्स से ठीक पहले सब क़िताब-कॉपी फाड़ डालो और फिर ख़ुद ही बिसूरो। अच्छा बहाना है। मालूम है पढ़ाई-लिखाई की नहीं, सो ख़राब नम्बर्स के लिए बहाना पहले से तैयार। इतना दिमाग़ पढ़ाई में लगाओ तो...नाक कटवा रहे हो हमारी...' एक-एक शब्द उसके दिमाग़ में दग़ा हुआ है। सिर्फ़ नम्बर, रैंक, एक्ज़ाम ...इन्हीं की परवाह...साला मैं मरता हूँ तो मर जाऊँ, रात भर इन गंदे, घिनौने कीड़ों के बीच...

हमेशा से 'म' को कीड़ों से घिन या परेशानी रही हो, ऐसा नहीं है। पहले तो दिलचस्पी थी उसे कीट-पतंगों में। वह उत्सुकता से उनके जीवनचक्र देखता, क्या खाते हैं, कहाँ रहते हैं, कीड़ों से जुड़ा सब कुछ उसे चमत्कृत करता। वह उन्हें बाक़ायदा डिब्बों, ग़त्ते के बक्सों और बोतलों में बंद करके रखता। तरह-तरह के भौंरे, गुबरैले, बीर-बहूटियाँ, इल्लियाँ, यहाँ तक कि गोज़र, कनखजूरे और ततैये तक, बाग़ और अड़ोस-पड़ोस से इकट्ठा कर लाता। किस प्रजाति का कीड़ा कौन-सा पत्ता या फूल-फल खाता है, डिब्बे-बोतलों में क़रीने से जमाई मिट्टी या सूखे पत्ते या घास कब बदलनी चाहिए, सब उसे ज़ुबानी याद रहता। कीट-पतंगों के बारे में तरह-तरह की जानकारी का अंबार था उसके पास, इंसेक्टा श्रेणी के सब ऑर्डर फ़ैमिली, उनके जीनस और स्पीसीस उसने रट डाले थे। मम्मी-डैडी, सबको उसके शौक़ के बारे में गर्व से बताते थे कि कैसे उसने एक बार अपनी दादी को एक शानदार रत्न की तरह चमकता, हरा-सुनहरा गुबरैला देने की कोशिश की थी, कैसे किसी उत्सव में शामिल होने आए मेहमानों की भीड़ में जेब में से एक बड़ा कत्थई कनखजूरा या मटमैले रंग का कोई भौंरा निकाला था, औरतों, बच्चों में कैसी चीख़-पुकार मच गई थी, वे हँस-हँस कर गर्दन हिलाते हुए कहते। कितनी पुरानी बात है ये, तब की जब वह उनका बेटा राजा बेटा था, इम्तिहान, खेलकूद, प्रतियोगिताओं सब में पहले नम्बर पर आता था। 'आय वाज़ देयर गोल्डन बॉय देन (तब मैं उनका राजा बेटा था) '...लेकिन तीन साल पहले नए स्कूल में जाने पर सब बदल गया...उन्हीं की ज़िद थी कि वह शहर के सबसे मशहूर और पुराने स्कूल में जाए। उसके पिता, दादा, चाचा यहाँ तक कि डैडी के चचेरे-ममेरे भाई भी

उसी स्कूल में गए थे। सातवीं कक्षा तक जिस छोटे स्कूल में पढ़ा था, जहाँ उसके दोस्त और पसंदीदा टीचर्स थे, वहाँ से निकालकर आख़िरकार उसे उस बड़े स्कूल में डाल दिया था। 'ऑवर थर्ड जेनेरेशन! हमारी तीसरी पीढ़ी है इस स्कूल में। बेटा परम्परा चला रहा है!' डैडी ने कितने अभिमान से कहा था। सबको बताते फिरते थे, 'बिलकुल मेरे जैसा, हमारा होनहार बेटा...' मेरी ज़िन्दगी तो 'जस्ट लाइक मी' और 'हमारी नाक कटा दी' के बीच झूलती रही है... 'आय एम नॉट ए पर्सन', उनके लिए तो मैं कुछ हूँ ही नहीं, कीड़ों से भी गया-गुज़रा, यहाँ से उठाकर वहाँ डाल दो...डेढ़ सौ साल के इतिहास वाला स्कूल और 'थर्ड जेनेरेशन' का बोझ, सब मेरे ऊपर...किसी को जानता नहीं था वहाँ। सारे 'कूल' लड़कों के पहले से ही दोस्त थे। ऊपर से पुराने स्कूल की तरह 'ओनली बॉइज़' (केवल लड़कों के लिए) नहीं, को-एड...मधुमक्खियों की तरह भिनभिनाती और डंक मारती लड़कियाँ... सब हँसते थे मुझ पर, मेरे पुराने स्कूल पर, मेरे इंसेक्ट कलेक्शन पर, यहाँ तक कि मेरे बालों पर भी...एक बार ज़रा लम्बे हो गए तो हैडमिस्ट्रेस मैम ने सिर पर टोपी रखकर सारे स्कूल के सामने कटवा दिए थे...दो दिन स्कूल नहीं गया था, पेट दर्द का बहाना करके, लेकिन उन दोनों ने कुछ नहीं कहा, न बालों के बारे में पूछा, सिर्फ़ दवा दे दी थी...स्कूल के लिए एक शब्द नहीं सुन सकते, सारा दोष हमेशा मेरा ही। उस बार स्टैग बीटल का जोड़ा ले गया था स्कूल, नैचुरल साइंस के प्रोजेक्ट के लिए। कितनी मुश्किल से मिला था यह जोड़ा। धरती के नीचे छिपे रहते हैं, सिर्फ़ कुछ हफ़्तों के लिए बाहर निकलते हैं। रोशनी और नई जगह से घबराकर वे बक्से के एक कोने में दुबक गये थे, एक पर एक चढ़कर। 'दिस सीम्स टू बी देयर मेटिंग सीज़न!' टीचर ने फब्ती कसी थी और जाहिलों से भरी क्लास खिलखिला पड़ी थी। सब उसे तब से मेटिंग सीज़न कहने लगे थे, ख़ासकर आँखें नचाने वाली लड़कियाँ। 'यू...मेटिंग सीज़न!' जहाँ-तहाँ उसे देखकर चिल्ला पड़ती थीं, क्लास में, गलियारे में, खेल के मैदान में...मुझे 'बुली' करते हैं सब, मम्मी-डैडी को बताया था लेकिन उन्हें क्या? 'बी स्ट्रॉन्ग...स्कूल में नया होने पर थोड़ा-बहुत होता ही है। एंड वाई टेक सच क्रीचर्ज़ टू स्कूल? (और तुम स्कूल में कीड़े-मकोड़े क्यों लेकर गए?)ले ही क्यों जाओ ये भद्दे कीड़े हर जगह? तुम्हारी एडवाइज़र कह रही थी तुम झींगुर और टिड्डे इकट्ठे कर लाते हो मैदान से। अपने क्लासमेट्स के बारे में भी सोचो। सबको कीड़े-मकोड़े पसंद नहीं होते।' सब मुझे ही सीखना चाहिए, सब मेरी ही ग़लती है...'म' ने अपना सिर दोनों हाथों से दबा

लिया। मेरा क्या ? मेरी तरफ़ से कुछ सोचना ज़रूरी नहीं ?

भनभनाहट फिर शुरू हो गई। 'मोबाइल फ़ोन' की घंटी है। दो दिन पहले ही यह सस्ता वाला ख़रीदा था। 'आई-फ़ोन' तो डेढ़ा की भेंट चढ़ चुका है पिछले ही हफ़्ते। शायद डेढ़ा का ही फ़ोन हो शाम के बारे में ! 'टुडे इज़ द डे !' (आज ही वह दिन है !) 'म' ने फ़ोन उठाया। डेढ़ा नहीं मयूर था। 'व्हाट द फ़क मैन। डेढ़ा आधे घंटे से फ़ोन कर रहा है। तू है कहाँ ? फ़ोन क्यों नहीं उठा रहा ?' मयूर उसका एकमात्र दोस्त है नए स्कूल में। मम्मी-डैडी को बिलकुल पसंद नहीं। 'ही इज़ रॉन्ग काइंड ऑफ़ इन्फ़्लूयन्स। ग़लत क़िस्म का लड़का है। ड्रग्स-वग्स के झमेले में मत पड़ जाना उसके साथ।' उन्हें कोई परवाह नहीं कि मयूर ही सिर्फ़ उसको बचाए हुए है, वरना पागल हो गया होता वह अब तक।

'साले एम. सी. ! कुछ बोल...ख़ुद मरेगा, मुझे भी मरवाएगा...'

'म' ने फ़ोन काट दिया और काँपते हाथों से डेढ़ा का नम्बर मिलाया। 'साले, मादर...' फ़ोन उठाते ही डेढ़ा धड़ल्ले से गालियाँ देने लगा। 'डे...डेढ़ा भाई'...'म' हकला उठा, 'डेढ़ा भाई...सब तैयारी है, कोई दिक्क़त नहीं होगी, डेढ़ा भाई...जैसा आपने कहा सब वैसा ही तैयार रखूँगा, डेढ़ा भाई...' एक क्षण की ख़ामोशी के बाद फ़ोन कट गया। 'म' ने कलाई पर दृष्टि डाली। घड़ी तो फ़ोन के साथ ही डेढ़ा को दे दी थी। दिन बहुत चढ़ गया है, नहाना चाहिए और कुछ खाना भी...जल्दी करनी होगी, आज सब ठीक हो जाएगा, सब। वह बाथरूम में घुस गया।

～

जब नए स्कूल का पहला रिज़ल्ट आया था और वह फ़र्स्ट नहीं आया था तो मम्मी-डैडी हतप्रभ हो गये थे। कैसे ? उनका होनहार बेटा पाँचवें नम्बर पर ? उसने बताना चाहा था—डैडी, मम्मी, कुछ भी ठीक नहीं है...मेरे कमरे में गार्डन से कीड़े घुस आते हैं, झुण्ड-के-झुण्ड...आँधी-जैसी तितलियाँ, कान-फाड़ू शोर करने वाले झींगुर और ''सिकाडा''...कमरा उनसे भर जाता है, साँस तक लेना मुश्किल हो जाता है...पढ़ा-लिखा नहीं जाता...इम्तिहान के दिनों में रोज़ एमरल्ड मॉथ्स का झुण्ड हरे बादल की तरह मेरे कमरे में घुमड़ आता था, बिजली की बत्ती को ढाँक लेता था...''मॉथ्स'' मेरे कान, नाक में घुस जाते थे, मुँह पर पट्टी की तरह चिपक जाते थे...मैं चिल्ला भी नहीं पाता...मैं सो नहीं पाता मम्मी, मेरे कान में हमेशा खरखराहट सी होती रहती है, डैडी...फ़र्श पर गिलगिले घोंघे और स्लग्स छा जाते

हैं...हर रात ये होता है...यह घर बेच दीजिए डैडी, कहीं और चलिए। समुद्र के पास जहाँ खारी हवा में कीड़े नहीं पनपेंगे...वह कितने दिनों तक गिड़गिड़ाया था। लेकिन उन्होंने सुना? उसकी हालत पर थोड़ी भी दया आई उन्हें? 'पढ़ने-लिखने में मन नहीं लगता, वाहियात दोस्त बना लिए और कम नम्बर आने पर पागलों जैसी बातें करते हो। कीड़े-मकोड़े! ...कहाँ हैं कीड़े? सिर्फ़ तुम्हारे सर में भरे हैं। शर्म आनी चाहिए तुम्हें!...' जैसे उन दोनों को शर्म आने लगी है मेरे कारण...दोस्तों, परिवारवालों से झूठ बोलते रहते हैं—'फिर फ़र्स्ट आया है, ऑनर रोल में है...' और जब कभी झूठ पकड़ा जाता है तो उससे नए सिरे से नाराज़ हो जाते हैं। 'किसी अच्छी यूनिवर्सिटी से ऐक्सेप्टन्स नहीं आई अब तक। लाखों ख़र्च किए तुम्हारी ट्यूशन और काउन्सलिंग पर और नतीजा ज़ीरो। नालायक...'

'म' ने शॉवर बंद कर दोनों हाथों से कान भींच लिए। बस, आज सब ठीक हो जाएगा। डेढ़ा और डेढ़ा का घोड़ा, सब ठीक कर देंगे...

जब मयूर ने पहली बार डेढ़ा से मिलवाया था तो 'म' को थोड़ी निराशा हुई थी। पतला-दुबला छोटे से क़द का आदमी। सड़क पर जा रहा हो तो कोई दोबारा न देखे। 'शर्ट' के खुले बटनों से झाँकती हड़ीली गर्दन और पसलियाँ, लगा जैसे किसी दुकान में कपड़ा बेचता होगा या किसी दफ़्तर में क्लर्क होगा। ग़ौर से देखने पर ही उसकी आँखों की तेजी और चौड़े मज़बूत हाथों पर ध्यान जाता था।

'डेढ़ा भाई तेरी सारी प्रोब्लम ही सॉल्व कर देंगे ब्रो! देखने में बकरी, काम में शेर हैं अपने डेढ़ा भाई। नाम की तरह डेढ़ आदमी की ताक़त है इनमें।' मयूर ने आज़िज़ी से दाँत दिखाए थे।

'काम बोल।' डेढ़ा ने पलक भी नहीं हिलाई थी।

'मेरे मम्मी-डैडी को...म...मम्मी-डैडी...' 'म' बुरी तरह हकला उठा था।

'ऐ, तू अकेला नहीं जिसके मम्मी-डैडी हैं। सबके होते हैं। उनका गेम बजाना है?' 'म' के मुँह से आवाज़ नहीं निकली थी। 'फुल काम करना है उनका? मैं यही करता है। तू पहला नहीं मम्मी-डैडी वाला! साफ़ बोल।'

'मैं...मतलब उन्हें मारना नहीं...बस कुछ दिन के लिए अस्पताल में रहने जैसा...मतलब तब तक मैं यह घर बेच दूँगा...फिर सब ठीक हो जाएगा। यहाँ इतने कीड़े हैं...टरमाइट्स और...और कनखजूरे...रहना मुश्किल है...'

'ये येड़ा है क्या?' डेढ़ा ने मयूर की ओर देखा था। 'देख हाफ़ काम, शैतान का काम। हर क़िस्म का रिस्क उसमें। और तेरे भेजे में भूसा है अगर तुझे लगता है कि मम्मी-डैडी के ''ऑफ़'' हुए बिना तू इस घर का ईंट भी छू सकता है।'

'डेढ़ा भाई क्या सॉलिड बात कही है,' मयूर चापलूसी में झूम रहा था। 'देख, जब तू डॉक्टर के पास जाता है, तो उसे इलाज करना सिखाता है? डेढ़ा भाई भी तेरी बीमारी का डॉक्टर है, बस डॉक्टर डेढ़ा पर छोड़ दे सब और जो ये कहे वह कर।'

'तू चमड़गिरी बंद कर,' डेढ़ा ने शांत स्वर में मयूर को कहा था, 'और सुन बे पप्पू, काम करवाना है तो हाँ बोल, टाइम खोटी मत कर।'

'म' के कंठ से आवाज़ नहीं निकली थी लेकिन बात पक्की हो गई थी। 'फुल पेमेंट करना होगा, एडवांस। वरना बाद में तेरा काम फ्री में करना पड़ेगा।' इस बार डेढ़ा हल्के-से मुस्कुराया था।

'पैसे तो नहीं हैं...मतलब अभी नहीं हैं...'

'डेढ़ा भाई, माँ-बाप इसके बहुत पैसेवाले हैं। बड़ी नौकरी, यह बँगला।' मयूर के कहने पर डेढ़ा को घर दिखाने ले आया था उस दोपहर जब मम्मी-डैडी दफ़्तर में थे और कामवाली कहीं ऊँघ रही थी। 'अभी जो कुछ दे सकता है, ले लो। आपसे बचकर वैसे भी कहाँ जाएगा,' मयूर ने पैरवी की थी।

आख़िर में 'म' ने अपना आई-फ़ोन, आई-पैड, घड़ी, जेबख़र्च के पैसे, सब दे दिए थे। 'कामवाले दिन गार्डन वाले गेट से आऊँगा। घर का दरवाज़ा खुल्ला रखने का जिससे बस इन और आउट,' डेढ़ा ने चुटकी बजाई थी। 'म' ने रट लिया था—'गार्डन' वाला गेट, घर का दरवाज़ा, भीतर घुस कर...बस 'इन' और 'आउट'...शनिवार को दोपहर एक से दो के बीच। शनिवार यानी आज...

'म' नहाकर कमरे से निकला तो घर में फैली शांति से आश्चर्य में पड़ गया। इस समय तो मम्मी-डैडी लिविंग रूम में बातें कर रहे होते हैं, घर में पुराने गाने बज रहे होते हैं, किचन से मटन-मसाले की ख़ुशबू आ रही होती है। आज सब शांत...लिविंग रूम की दूसरी ओर लम्बे गलियारे के अंत में मास्टर बेडरूम का दरवाज़ा खुला था। उसने झाँककर देखा—सब कुछ तरतीब से लगा, सिर्फ़ एक साड़ी पलँग पर पड़ी थी। वह लौट कर खाने के कमरे में आया। किचन के दरवाज़े पर कामवाली खड़ी थी।

'साब-मेमसाब क्लब गए हैं, बाबा, घोड़ा-रेस के लिए। लंच के बाद लौटेंगे।'

'म' सन्न रह गया। ब्लडी रेस वाला सैटरडे...कैसे भूल गया वह? हर महीने का तीसरा शनिवार, चाहे आँधी, बारिश हो, या उसको टायफ़ाइड, रेस सैटरडे नहीं छोड़ा जा सकता। डेढ़ा को बताना होगा। वह अपने कमरे की ओर दौड़ा।

'डेढ़ा भाई थोड़ा चेंज है...वह हॉर्स रेसिंग है आज...वे दोनों लंच तक बाहर

हैं...मतलब आप चार से पाँच के बीच में आओ...'

'देख बे, तू मुझे जमूरा समझता है? वे घोड़ा दौड़ा रहे हों या कबूतर उड़ा रहे हों, अपनी ''सेटिंग'' हुई थी...' 'म' कुछ देर तक डेढ़ा की गालियों के परनाले के उस ओर नाक दबाए खड़ा रहा। 'डेढ़ा भाई, चार बजे से पहले आ जाएँगे, दोनों। सब जैसा आपने कहा था वैसा ही रहेगा, दरवाज़ा खुला रखूँगा...'

'तूने फिर फ़फड़गिरी की तो तेरी...'

कामवाली अब भी रसोई और खाने के कमरे के बीच मँडरा रही थी।

'बाबा दाल-चावल तैयार है।'

'दाल-चावल तुम खा लो और जाओ रात को मत आना अब।'

'मगर मेमसाब कहकर गया कि...'

'हमने बात किया मेमसाब से। तुम जाओ, आज रात की छुट्टी।' कामवाली की आँखों में संशय बना रहा लेकिन वह चली गई।

'म' ने डोमिनोज़ से दो बड़े पिज़्ज़ा मँगवाए और कोल्ड ड्रिंक की बड़ी बोतल। दिमाग़ पर कुछ काई के जैसा जमा लग रहा था, कान में रात वाले सिकाड़ा की सीटियाँ अब भी गूँज रही थीं। उसने मयूर को फ़ोन किया। 'अभी आ जा। प्रोग्राम में थोड़ा चेंज है...'

'चेंज के बच्चे, साले तेरी वजह से डेढ़ा की गालियाँ खा रहा हूँ...साले...'

'अब पिज़्ज़ा खा। दस मिनट में पहुँच जा ठंडा हो जाएगा वरना।'

मयूर पिज़्ज़ा डिलीवरी वाले लड़के के पीछे-पीछे ही घर में घुसा। 'यार फ़ट गई आज तो, क्या करता है तू? डेढ़ा के साथ सँभल कर काम करना चाहिए। साँप-बिच्छू है एकदम।'

'म' ने पिज़्ज़ा का डिब्बा खोला। 'मुझे ध्यान नहीं रहा आज रेस है...'

'कुछ का कुछ हो जाता तेरी लापरवाही से,' मयूर मुँह का ग्रास निगल कर बोला। 'तुझे ध्यान रखना था।'

'मुझसे कोई बात ही नहीं करते आजकल...बस इसके इतने नम्बर आए, वह सेट में इतना स्कोर लाया...मैं तो कुछ हूँ ही नहीं अगर नम्बर नहीं लाता...'

'चिंता मत कर, ब्रो, अब सब सही हो जाएगा।' मयूर ने ज्वाईंट सुलगा कर उसकी ओर बढ़ाया।

तीन बजे के कुछ बाद दोनों लौटे। 'म' ने अपने कमरे की खिड़की से गाड़ी देख ली थी। नहीं भी देखता तो उनकी बातों और हँसी की आवाज़ से पता चल जाता। मयूर को गए कुछ देर हो चुकी थी और उसने सब खिड़कियाँ खोल दी थीं

फिर भी मम्मी ने घर में घुसते ही नाक सिकोड़ी। 'स्ट्रेंज स्मेल ...' वह पढ़ने का बहाना करता हुआ कमरे के खुले दरवाज़े से उन पर आँख रख रहा था। वे दोनों कपड़े बदलकर लिविंग रूम में अख़बार और मैग्ज़ीन्स पढ़ने लगे। चार से कुछ पहले वह अपने कमरे से निकला और डाइनिंग रूम के रास्ते घर के दरवाज़े की ओर बढ़ा। सिटकनी खोल देगा ताकि डेढ़ा के धकेलने से खुल जाए। दरवाज़े के पास पहुँचा ही था कि घंटी बजी। 'म' चिहुँक उठा। एक क्षण लगा डेढ़ा समय से पहले आ गया शायद...दरवाज़ा खोलते ही उसी पर गोली...फिर थोड़ा संयत हुआ, डेढ़ा घंटी थोड़े ना बजाएगा। दरवाज़ा खोलने पर बग़ल वाले पुराने पड़ोसी खड़े थे। गली में बच रहे दो-तीन बँगलों में एक बँगला उनका भी था।

'कैसे हो बेटा? देखो कौन आए हैं!' आंटी ने अपने पीछे छुपे दो छोटे-छोटे बच्चों को आगे किया। 'ये दोनों कल ही आए। आरती और आदित्य लंदन गये हैं, पंद्रह दिनों के लिए।' वे सब लिविंग रूम में आ गये।

'अरे वाह! नानू-नानी के घर आए हैं? कितने दिनों बाद देख रहे हैं इन्हें।' मम्मी ने बच्चों को बाँहों में भर लिया।

'भाई बड़े हो गए तुम दोनों तो,' पापा मुस्कुराए, 'याद ही नहीं जब हमारा बेटा इतना छोटा था।'

'म' के हाथ-पैर ठंडे हो गये थे। कान फिर सरसरा रहे थे। ये लोग कैसे आ गये? अब क्या करे? डेढ़ा को फ़ोन...

आंटी ने उसका हाथ पकड़कर पास खींचा। 'तुम कैसे हो बेटा? कितने दुबले लग रहे हो...'

'रात-रात भर पढ़ता है,' मम्मी बोलीं, 'यूनिवर्सिटी एडमिशन की तैयारी है।'

'इसे तो सबसे अच्छे कॉलेज में जगह मिलेगी, इतना होशियार है।' अंकल ने संतरे की फाँक छीलकर नातिन-नाती को खिलाई। 'हमें तो याद है जब छोटा था तब कैसे कीट-पतंगे इकट्ठे करता रहता था!'

'हाँ! रात में भी मुँह में टॉर्च दबाए हाथ में जाली थामे' आंटी हँसीं। 'बच्चे बड़े हो जाते हैं, बचपन भूल जाते हैं...' 'म' ने धीरे से अपना हाथ आंटी के हाथ से छुड़ाया। कान में गूँजती सीटियों के बावजूद उसे गार्डन के दरवाज़े की हल्की घिसट सुनाई पड़ गई। डेढ़ा...बँगले में आ गया है वह...कुछ करना है...

'हमारा तो एक ही बेटा है, सारी उम्मीदें इसी से...' पापा ने महीनों में उसकी तरफ़ पहली बार प्यार से देखा। आंटी-अंकल के आने के बाद दरवाज़ा

बंद करना शायद भूल गया...अब ? डेढ़ा दरवाज़ा खुला देखकर सोचेगा कि...अपने दिल की घड़घड़ाहट के ऊपर उसे डेढ़ा के पैरों की चाप सुनाई दे रही है...बाग़ के सूखे पत्तों की चरमराहट, सीढ़ी पर जूतों की आहट...सब कमरे में घुस जाओ, उसने चिल्लाना चाहा, दरवाज़ा बंद करो, इन बच्चों को बचाओ...इन्हें बचाओ... पर उसके सूखे गले से आवाज़ ही नहीं निकल रही है...वह बेतहाशा दरवाज़े की ओर भागा। दरवाज़ा बंद करना होगा...उसे घर में घुसने से रोकना होगा किसी भी तरह...'म' ने दोनों हाथों से अधखुले दरवाज़े के पल्ले को अपनी ओर खींचा, पर देर हो चुकी थी। दरवाज़ों की खुली फाँक से कीड़ों की बाढ़ उमड़ी आ रही थी—लाल-काले, भौंरे, बीर-बहूटियाँ, गुबरैले, गोज़र, हर परिचित कीट जो उसने कभी मनोयोग से इकट्ठा किया था अब एक विराट जुगुप्सामय लहर में घर में घुस रहा था...वह डूब रहा था...घर डूब रहा था...

छिपकली

छिपकली से जद्दोजहद वाला दिन अप्रैल अंत का एक मामूली दिन था। मामूली माने सूर्य-संत्रस्त, उमस भरा। लेकिन अप्रैल के दिनों से और क्या अपेक्षा की जा सकती है? अप्रैल वसंत तो नहीं कि नरम-नील आकाश हो और वासंती हवा। बम्बई में अप्रैल मानसून से पहले की साँस-रोक नमी से थका-घुटा महीना है। फ़ुटपाथ के पत्थरों तक को पसीना आ जाता है और हर भाटे में समुन्दर शहर से और पीछे चला जाता है। धूप में चटखती चट्टानें देखी नहीं जातीं। ख़ैर, तो ऐसा ही दिन था। सफ़ाईवाली देरी से आई थी और आते ही अपनी सफ़ाई देने लगी थी, शराबी पति से तंग, कमर के दर्द से नींद गायब और उस पर मिनिस्टर के बँगले का अनाप-शनाप काम। गली में और गली जिस सड़क से मिलती है, उस सड़क के दोनों ओर, बँगलों की बहार है! लहीम-शहीम बँगले, फैले-पसरे प्रांगणों और बाग़ों से घिरे। इन्हें अंग्रेज़ों ने उन दिनों में बनवाया था, जिन दिनों मालाबार हिल की फ़िज़ा बेदम गर्मियों में भी ख़ुशनुमा होती थी। इन सुबुक ऊँचाइयों पर बने बँगलों से वे शहर, प्रदेश, देश पर शासन करते थे। जब अंग्रेज़ विदा हुए तो इन बँगलों को देश के नए शासकों ने अपना विरसा समझा और इनमें बैठकर पुराना शासन-तंत्र नए हाथों से चलाने लगे। मालाबार हिल के बाशिंदों को इन बँगलों से कोई एतराज़ नहीं। बल्कि इन बँगलों से हमें एक बड़ा फ़ायदा ही है। इनकी चहारदीवारियों से सटे कोटर-सरीखे कमरों में बसी गृहस्थियों में रहने वाली औरतें और लड़कियाँ बँगलों में खटने के बाद आस-पास की बिल्डिंगों में काम करने आती हैं। हमारे घरों के फ़र्श और खिड़कियों के शीशे इन्हीं के हाथों चमकते हैं। सफ़ाईवाली जानती है कि चार हाथ का उसका रहवास बेश-क़ीमती है। इनके लिए बँगलों के दसियों कमरे झाड़ने पड़ें या पचासों बर्तन धोने पड़ें तो पड़ें। ये बिलनुमा कमरे, खचाखच भरे इस शहर में सोने, बैठने और खाना पकाने, प्यार करने और समय की पुरानी लकड़ी को सपनों की छैनी से छीलने-खरादने के लिए आश्रय हैं। ये कमरे हैं तो बँगलों की ग़ुलामी के बाद बिल्डिंगों के रहवासियों से जीविका कमाई जा सकती है, जब तक हाथ-पैर साथ दें। बाद की बाद में

देखी जाएगी और भगवान सबका है, ऐसा मेरी सफ़ाईवाली अपनी टीसती बाँहों पर मलहम लगाती अक्सर कहती है। वह नहीं जानती और कोई उसे यह बताएगा भी नहीं कि वह और उसके-से दूसरे दरअसल इन बँगलों के सच्चे उत्तराधिकारी हैं। आख़िर वे इन चहारदीवारियों से सटे कमरों में तब भी रहते थे जब बँगलों के आजकल के बाशिंदे को उनके द्वार पर आने की भी मनाही थी।

ख़ैर बात कामवाली या बँगलों की नहीं अप्रैल के उस मामूली दिन की है। मैंने सफ़ाईवाली को आधे मन से डाँटा—'अगर समय से नहीं आ सकतीं, तो बता दो। मैं दूसरी देख लूँगी।' उसने हमेशा की तरह मुँह फुला लिया और दरवाजे भड़भड़ाने और झाड़ू फटकारने में जुट गई। मैं जानती हूँ कि सफ़ाईवाली और धोबन और खाना पकाने वाली और घर में ऊपर का काम करने वाली, सब यही सोचती हैं कि इस महँगे शहर के महँगे इलाक़ों में रहने वाले हम लोगों का जीवन आसान है। ऐसा है नहीं। आसान कुछ भी नहीं। यहाँ तक कि अप्रैल के एक मामूली दिन की कहानी कहना भी आसान नहीं, जब भी कहना शुरू करती हूँ, कहीं का सिरा कहीं और जा निकलता है। सो उस सुबह सफ़ाईवाली को डाँटकर और ऊपर का काम करने वाली लड़की को उस पर आँख रखने के लिए कहकर मैं अपनी जूम्बा क्लास के लिए निकली। हालाँकि मैं जानती हूँ कि मेरे निकलते ही दोनों काम-धाम छोड़कर, घुटनों पर हाथ धर बैठ जाएँगी, दूध-शक्कर से चिपचिपी चाय की प्यालियाँ पियेंगी और गप्पें मारेंगी। मैं तो इसी बात का शुक्र मनाती हूँ कि बिल्डिंग में काम करने वाली और लड़कियों की तरह ये कम-से कम नीचे ड्राइवर और गार्ड लोगों के साथ मटरगश्ती नहीं करतीं। आलस और चटोरपन फिर भी बर्दाश्त किया जा सकता है, दूसरे झमेले नहीं। फिर मैं इन्हें ज़्यादा मौका भी नहीं देती। अपनी दिनचर्या के बारे में इन्हें कभी पूरी या निश्चित जानकारी नहीं देती। फिर भी ये इतना तो निश्चित रूप से जानती हैं कि हफ़्ते में पाँच दिन दोपहर के दो घंटे मैं घर से बाहर रहूँगी क्योंकि हर दोपहर मैं अपने बेटे को लेने उसके स्कूल जाती हूँ। दोपहर के उस वक़्त सड़कों पर स्कूली ट्रैफ़िक की बेतहाशा भीड़-भाड़ होती है। उस भीड़ और शोर में, चिलकते दिन के ठीक बीचोबीच मैं ख़ुद गाड़ी चलाकर उसे लेने क्यों जाती हूँ, मेरे रिश्तेदार और परिचित पूछते हैं—ड्राइवर को क्यों नहीं भेज देतीं? ऐसा भी नहीं कि बेटा बहुत छोटा है, बारह साल का है, स्कूल-बस से आ-जा सकता है तो फिर इस कवायद की क्या ज़रूरत? दोपहर के उन दो घंटों में कितना कुछ किया जा सकता है—अलसाया जा सकता है, सालसा डांस सीखा जा सकता है, प्रेम किया जा सकता है (ये आख़िरी सलाह मेरा पड़ोसी आँख

दबाकर मुझे एकाध बार दे चुका है) । लेकिन मैं ऐसा नहीं करती। हर दोपहर बेटे को लेने चली जाती हूँ। दरअसल, मुझे अपने बेटे की संगति बहुत पसंद है। बड़ी दिलचस्प बातें करता है, मेरे सब जानकार, परिजन और मेरा पति सब मिलाकर महीनों में जितनी दिलचस्प बातें करते हैं, उनसे कहीं ज्यादा वह उस एक घंटे में कर लेता है। बड़े मज़े-मज़े की बातें। यह सच है कि कभी-कभी वह नासमझी की बातें भी कह जाता है, अभी बारह ही साल का तो है। मैं कोशिश करती हूँ कि उसे न टोकूँ, धूप-हवा में उगते नए पेड़-सा अकुंठ रहने दूँ। वैसे भी समझदार लोगों की भरमार है, जहाँ देखो अपनी समझदारी को तमग़े-सा पहने, अकड़ते फिरते हैं। वैसे भी मेरे मत में समझदारी को खामख्वाह महत्त्व दिया जाता है। समझदारी दरअसल कल्पना का अभाव है। ख़ैर मैं अपने बेटे के बारे में कह रही थी। अभी एक दिन स्कूल से लौटते समय वह बताने लगा कि स्कूल की एडवाइज़री कमिटी के लोग आये थे। उसके स्कूल में कॉरपोरेट उच्चाधिकारी, बैंकर, निवेशक और ऐसे ही दूसरे लोगों की एक एडवाइज़री कमिटी है। कमिटी के सदस्यों को सफलता का मापदंड बनाकर प्रस्तुत किया जाता है। वे समय-समय पर स्कूल आते हैं, बच्चों को बताते हैं कि कैसे दो दिन पहले लंदन में थे और अगले सप्ताह न्यूयॉर्क जाएँगे, फ़लाँ मिनिस्टर से मिले थे और फ़लाँ उद्योगपति से मिलेंगे, उन्हें आँकड़े दिखाकर समझाएँगे कि कामगारों को कम पैसे देने से और किसानों की ज़मीनें लेने से दरअसल ग़रीबी कम होगी। कुछ उकताए, कुछ चमत्कृत बच्चे पिज़्ज़ा खाते हैं और एकाध चतुर जुमले सीख लेते हैं। लेकिन मेरा बेटा नहीं। उसने कहा—'मैंने मिस्टर पी. को स्कूल दिखाया। वो इन्वेस्टर हैं। मिस ऐलन कहती हैं—कुछ क्रेज़ी हैं। उन्हें साइंस लैब अच्छी लगी और हमारा मल्टी पर्पस हॉल। उन्होंने हॉल की छत ऊँची-नीची करवा कर देखी। बोले—यहाँ तो रॉक-कॉन्सर्ट हो सकता है! उसने आँखें नचाईं, 'रॉक तो बस बहुत बूढ़े लोग सुनते हैं!' (फ़िलहाल उसके लिए उन्नीस साल से बड़ी उम्र का हर व्यक्ति बूढ़ा है।) फिर बोला, 'उन्होंने मुझसे पूछा—तुम क्या करते हो, तो मैंने कहा—मैं फुट्बॉल खेलता हूँ और टीचर्स की निगाह से बचने की कोशिश करता हूँ!'

'तुमने उनसे भी ऊटपटाँग बात की। तुम्हें बताना चाहिए था कि तुम किस क्लास में हो, क्या पढ़ते हो।'

'रिलैक्स, मम्मी। वे हँसे और बोले—इन दोनों में ज्यादा अच्छ क्या करते हो।'

'तुमने क्या कहा ?'

'मैंने सच कहा। कहा कि मैं फ़ुटबॉल ज़्यादा अच्छा खेलता हूँ!'

उस दिन की जूम्बा क्लास भी एकदम साधारण थी। मैंने हाल में ही जाना शुरू किया है। क्लास में ज़्यादातर छरहरी, चुस्त-दुरुस्त, बनी-ठनी औरतें हैं, जैसे वर्ज़िश करने नहीं 'कॉफ़ी मॉर्निंग' के लिए आई हों। उभरी-गुँथी मांसपेशियों वाला इंस्ट्रक्टर हमेशा की तरह तरल गति से जूम्बा के नाच-पैंतरे दिखा रहा था। बावजूद अलमारी जैसे चौड़े कंधों और बेलन-सी बाँहों के उसका लाघव देखते बनता है।

'ग़ज़ब है, नहीं?' मैंने अपने बग़ल में बेताल पैर पटकती औरत से कहा।

औरत ने अपने हाथ लहरों-सी नरमी से झुलाने के बजाय बाँस के डंडों से फेंके। 'ही इज़ गे, (वह तो 'गे' है)।' उसने कहा।

'रियली? तुम उसे जानती हो?'

औरत ने मुस्कुराते हुए पलकें फैलाकर मुझे देखा, 'न बिलकुल नहीं।'

'ओह!' मैं अचकचाई, 'मैंने सोचा...क्योंकि तुमने कहा कि गे है तो शायद जानती हो। मेरा मतलब किसी को बिना जाने आप कैसे कह सकते हैं कि वह समलैंगिक है? लोग अपनी सेक्सुअल पसंद-नापसंद अपने नाम-पट्ट पर थोड़े ही लगाते हैं, देशी-विदेशी डिग्रियों की तरह—अलाना-फलाना, एम.ए.सी.एस, गे।' इंस्ट्रक्टर पंजों के बल तेज़ी से घूमा। हम दोनों भी घूम गईं। जब फिर से आमने-सामने हुईं तो उस औरत ने एक नज़र मुझ पर डाली। 'गे है या नहीं पता होने के लिए मुझे इसे जानने की ज़रूरत नहीं है डियर। कोई मर्द ऐसे कूल्हे हिला ही नहीं सकता।' इतने विश्वास से कह रही हो तुम, क्या दुनिया के सब मर्दों को जानती हो, मैंने कहना चाहा लेकिन जीभ काट ली। उसकी निश्चयात्मकता का आधार उसके यत्न से कटे-रंगे बालों और घिसे-चमकाए मुख-देह थे। इतने महँगे आत्मविश्वास को मैं हिलाना नहीं चाहती थी। सो मैंने हल्का मुस्कुरा भर दिया। मैं आजकल कोशिश कर रही हूँ कि व्यंग्य न ही करूँ। अभी परले दिन मैंने सफ़ाईवाली को नाम के लिए झाड़ू हिलाते देखकर कहा कि ये झाड़ू है, ब्रश नहीं कि तुम फ़र्श पर हल्के-हल्के फिरा रही हो। बेटे ने यह सुनकर मुझे ऐसी चुटीली आँखों से देखा। उसकी कच्ची-पतली संवेदनशीलता पर मुझे चिंता है, उसे खरोंचना नहीं चाहती लेकिन मुझे डर है कि जब वह चोट खाएगा अपने-आप से ही खाएगा। (मैंने जान-बूझकर 'जब' कहा है, 'अगर' नहीं क्योंकि चोटें नियति हैं, उनसे बचना असम्भव है, वैसे ही जैसे आख़िरी दिन तक अपनी साँसों से बचना असम्भव है) मैं यह उतनी ही निश्चयात्मकता से जानती हूँ, जितना कि बग़ल में कूदती औरत इंस्ट्रक्टर का समलैंगिक होना। जब भी ट्रैफ़िक सिग्नल पर गाड़ी का काँच गिराकर

गुब्बारे या रबर के खिलौने बेचती लड़की से बात करती हूँ, उसे बिस्कुट का पैकेट या केला पकड़ा कर अपना मन भरमाती हूँ तो बग़ल की सीट पर बैठे मेरे बेटे के दुबले कंधे और गर्दन तन जाते हैं, वह लड़की के मैले गालों और रूखे बालों पर आधी-सी दृष्टि डालता है, उसके होंठ सिकुड़ जाते हैं, मुँह कुम्हला जाता है। वह कुछ देर चुपचाप हो जाता है, जब तक कि मैं उसके पसंदीदा विषय—फुटबाल या वीडियो गेम या किताबों की बात छेड़कर उसे फुसला नहीं लेती। उसके उघड़े मन को मैं भुलावों से ढाँप देती हूँ। मैं सोचती थी कि वह खरोंचें-चोटें भूल जाता है, लेकिन ऐसा नहीं है, यह मैंने हाल में ही जाना जब नई कुर्सियाँ ख़रीदी थीं। 'अच्छा हुआ तुम नई कुर्सियाँ लाईं,' मेरे बेटे ने कुर्सी पर मढ़े हल्के नीले कपड़े को धीरे-धीरे छुआ। 'पुरानी कुर्सियाँ मुझे अच्छी नहीं लगती थीं, मुझे याद है कि मैंने कुर्सी गिरा दी थी और तुमने मुझे चाँटा मारा था। मैं शायद चार साल का था।' उसने गहरी आँखों से मुझे ताका। 'मेरा गाल बहुत दुखा था।' मेरी आँखें गीली हो गईं। मैंने पीछे देखने की कोशिश की, चार साल में तो वह बहुत ही छोटा था, मेरे घुटने जितना ऊँचा, उसके गाल उभरे हुए और कोमल थे। फ़ोटो-एलबम में कितनी ही तस्वीरें हैं। मुझे यह घटना याद नहीं। 'तुमने एक तरह की पर्पल ड्रेस पहनी थी। उस पर एक बड़ा ''बो'' था, यहाँ।' उसने उँगली से इशारा किया। मेरे पास शायद एक कासनी पोशाक थी जिसकी बेल्ट कमर पर बँधती थी। अभी भी हो कहीं शायद। मैं सब भूल जाती हूँ—कपड़े, दी और पाई चोटें। लेकिन मेरे बेटे को याद रहता है। वह अभी से दर्द पुनर्नवा करना जानता है। मेरी भूलने की आदत का फ़ायदा उठाना भी उसे आता है। 'हम स्टारबक्स पर रुकेंगे? तुमने वादा किया था मुझे फ्रापुचिनो दिलवाओगी।' वह कहता।

'मैंने वादा किया था?' मेरा पूरा ध्यान लेन बदलने पर केंद्रित है बिना बग़ल में झूमती एस.यू.वी. से कंधे टकराए। 'कब?'

'अगर दिलाने का वादा नहीं किया था तो नहीं दिलाने का वादा भी नहीं किया था!'

'एकदम बकवास बात है यह!'

'हाँ, है। तो फिर दिला रही हो?'

मेरा बेटा। मुझसे खिंची, मुझसे आगे दूर अदृश्य में जाती एक लकीर। जब मैं जूम्बा क्लास से लौटी तो सफ़ाई-पुँछाई हो चुकी थी और ऊपर का काम करने वाली गीता लम्बी फ़ेहरिस्त लेकर बाज़ार जाने को तैयार थी। मैंने गहरी साँस ली। मेरे पति कभी-कभी दोपहर के खाने पर घर आ जाते हैं। काम-काज की

व्यस्तताएँ हैं, सो अक्सर ऐन समय पर ही बता पाते हैं। नतीजतन, दोपहर कभी-कभी अफ़रा-तफ़री हो जाती है। पूरा दिन छोड़कर ठीक उसी समय बाज़ार जाने का तुक मुझे समझ नहीं आता। यों मुझे दिन के बीच, भाग-दौड़ में दफ़्तर से घर आ रोटी के ठंडे होने या सूप में नमक तेज़ होने जैसी आलोचनाएँ करने का भी तुक समझ नहीं आता। ख़ैर आज उनके आने की सम्भावना नहीं है। मैं जल्दी से नहा लेती हूँ। अकेले होने पर दोपहर का सादा खाना मनपसंद किताब के कुछ पन्नों के साथ झटपट खाती हूँ। पुरानी पढ़ी हुई जानी-पहचानी किताबें, जिनको न पढ़ने, न बीच में छोड़ देने का मन को कोई क्लेश हो। आज फ़ोस्टर की *हॉवड्र्स एंड* का मारग्रेट और हेनरी के विवाह-प्रस्ताव वाला हिस्सा पढ़ा। दुनिया भर में शायद ही किसी ने इतना रूखा-सूखा प्रणय निवेदन लिखा हो। मुझे प्रणय-निवेदन के बारे में किसी तरह का कोई अनुभव नहीं लेकिन मुझे लगता है कि सचमुच की दुनिया में प्रेम जैसे भी जताया या न जताया जाए, कम-से-कम किताबों में तो वह बचा रहे। यह क्या कि कहें 'एवी की शादी के बाद हम शादी कर लेंगे,' सिगार फेंकें, एक फीका अव्यक्त चुम्बन और बस। मैंने घड़ी देखी, बालों में कंघी फिराई और गाड़ी की चाबियाँ उठाकर निकल पड़ी।

ट्रैफ़िक अन्य दिनों के मुक़ाबले हल्का था। शायद दिन की गर्मी और बेतरह नमी का असर हो। मैं स्कूल जल्दी पहुँच गई। छुट्टी होने में कुछ मिनट बाकी थे। अप्रैल महीने में सड़क पर मृगतृष्णा पानी-सी चमचमा रही थी इस बार। सचमुच की गर्मियाँ बेहाल करने वाली होंगी। चमकती-लरजती सड़क पर एक मोटरसाइकिल गुज़री, फिर एक और। इतनी धूप-गर्मी में जवान लड़के ही बिना हैलमेट और बिना ख़ौफ़ फिरने का दुस्साहस करते हैं। बच्चे स्कूल से निकलने लगे थे। मेरा बेटा निकला, साथ दो-तीन लड़कियाँ। अपना स्कूल-बैग झुलाते और पैर बदलते उसने कुछ कहा और हँसती-चीख़ती लड़कियों ने उसकी बाँह पर एक धौल जमाया। दो उँगलियों उठा कर शांति चिन्ह दिखाता वह गाड़ी में आ बैठा।

'आज पी.टी. में इतना पसीना बहा! ठंडा पानी है?'

मैंने वॉटर-कूलर से पानी की बोतल निकालकर उसे दी और गाड़ी में चाभी लगाई। 'वे लड़कियाँ क्यों धौल-धप्पा कर रही थीं?'

'ओह,' उसने पानी का बड़ा घूँट गटका और गाड़ी का पंखा तेज़ कर दिया, 'वह इसलिए कि मैं उनके नाम नहीं जानता।'

'तुम्हारे साथ पढ़ती हैं फिर नाम क्यों नहीं जानते?'

'क्योंकि मैं सिर्फ़ इम्पोर्टेंट लोगों के ही नाम जानता हूँ!' उसने अपनी लम्बी

टाँगें फैलायीं और गाड़ी की सीट से सिर टिका लिया।

'तुमने उन्हें ये कहा?'

'हाँ!' वह मुँह खोलकर मुस्कुराया।

'तुम उन्हें चिढ़ाने पर तुले थे!'

'अरे मम्मी! वो ही मेरे पीछे पड़ गईं। शर्त लगाने लगीं कि मैं उन्हें नहीं जानता। मैंने कहा—जानता हूँ। तुम दोनों मेरे पीछे की सीट पर बैठती हो, फ़िज़िक्स क्लास में और मेरी कुर्सी को धक्के देती हो।

'अरे सच में?'

'बिलकुल सच में। मुझे कहने लगीं—यह थोड़े ही जानना हुआ, बताओ हमारे नाम क्या हैं? तो मैंने कहा—तुम नहीं जानतीं तुम्हारे नाम क्या हैं? उन्होंने तब मुझे पहला घूँसा मारा!'

'तो जो मैंने देखा वह दूसरा था?'

'तीसरा! दूसरा तब जब मैंने शेक्सपीयर को कोट किया।'

'शेक्सपीयर को?'

'हाँ, मैंने कहा कि नाम में क्या रखा है? मोज़े को किसी भी नाम से पुकारोगे, वह वैसे ही बदबू मारेगा,' वह खिलखिलाकर हँसा।

मैंने मुस्कान दबाई, 'ये शेक्सपीयर ने कहा था?'

'नहीं कहा, तो कहना चाहिए था मम्मी!' उसका चेहरा दिन सा जगमगाया।

'तो उन्हें चिढ़ाकर तुम्हारा दिन अच्छा हो गया।'

'न, नहीं हुआ, आज प्रिंसिपल के भाषण देने का दिन था, अच्छा हो ही नहीं सकता था।'

'तुम्हारे प्रिंसिपल अच्छा बोलते हैं, आदी।'

'अच्छा-वच्छा क्या, बस बोलते हैं।'

'आदी,' मैंने चेतावनी दी, 'टीचर्स के बारे में सम्मान से बोलो।'

उसने मुँह फुला लिया। 'हमेशा वही बातें कहते रहते हैं। ''प्रोपेगेंडा'' जैसी—यह करो तुम्हारी ज़िन्दगी बदल जाएगी, ऐसे सोचो तुम्हारी ज़िन्दगी बदल जाएगी। हमें अपनी ज़िन्दगी अपने आप ''फ़िगर आउट'' (समझने) क्यों नहीं करने देते? हम यहाँ क्यों रुक रहे हैं?'

'मैं बता दूँगी तो अपने आप कैसे ''फ़िगर आउट'' करोगे?' मैंने गाड़ी की चाभी क्लब के द्वारपाल को दे दी। 'मैंने सोचा कि आज क्लब में सैंडविच और आइसक्रीम खाई जाए।'

उसने अपनी हड़ीली बाँहें मेरे गले में डाल दीं। 'यू आर द बेस्ट! मैं एग्स केजरीवाल खाऊँगा और गंगा-जमुना जूस और चॉकलेट आइसक्रीम तीन स्कूप।'

'भूख नहीं लालच है,' वह फुदकता हुआ मेरे आगे-आगे चला।

घर में ढली दोपहर की मीठी छाया थी। 'साब का फ़ोन था।' गीता ने धीरे से कहा। मैंने उसका मुँह देखा। मेरे पति कभी-कभी तुर्श-तल्ख़ बोल देते हैं।

'कुछ कहा क्या?'

'आपको फ़ोन करने को बोला।...'

मैंने बैग खंगाल कर अपना मोबाइल निकाला। कई मिस्ड कॉल्स थीं।

'तुम अपना फ़ोन क्यों नहीं उठातीं?' मेरे पति फ़ोन उठाते ही झल्लाए। 'कितनी बार फ़ोन किया। कहाँ थीं?'

'आदी को लेकर क्लब चली गई थी। वहाँ मोबाइल की घंटी बंद कर देनी पड़ती है, तुम जानते हो।'

'गॉड, फ़ोन मेज़ पर तो रख सकती हो ताकि देख सको ''कॉल'' आए तो?'

मैंने कंधे हल्के से झटके, 'कहो, क्या काम है?'

'शाम को डिनर है। तुम्हें भी चलना है। कपल्स इनवाइट है।'

'मैं नहीं जा सकती, आदी का स्कूल है कल। उसे समय पर खिलाना-सुलाना होगा।'

आदी ने अख़बार के स्पोर्ट्स पेज पर से नज़रें उठाईं, 'तुम जाओ मम्मी। पार्टी में जाने से तुम्हारी ज़िन्दगी बदल जाएगी।' वह शरारत से हँसा। अभी भी नींद में उठकर मुझे बुलाने वाला आधा बच्चा, आधा किशोर अभी भी नींद में उठकर मुझे बुलाता है।

'तुम जाओ,' मैंने अपने पति को कहा। 'मेरा घर में रहना ज्यादा ज़रूरी है।'

फ़ोन रखकर मैंने आदी को एक थपकी दी। 'मुझे अपनी ज़िन्दगी और नहीं बदलनी। चलो, अख़बार रखो और कपड़े बदलो। होमवर्क नहीं करना है क्या?'

'तुम पापा के साथ जाओ, मैं अपना ध्यान रख सकता हूँ।'

मैं हल्का मुस्कुराई। 'पापा भी अपना ध्यान रख सकते हैं। वैसे भी ये पार्टियाँ वक़्त की बर्बादी हैं, वही लोग, वही बातें, ''बोरिंग''।' मैंने उसके हाथ से अख़बार लेकर मोड़ दिया।

'अगर बोर हो तो, तुम पापा से बात कर सकती हो।'

'हाँ, मैं पापा से कभी भी बात कर सकती हूँ। चलो तुम कपड़े बदलो।'

उसने मेरी ओर देखा। 'तुम पापा से प्यार करती हो मम्मी? लाइक रियली?'

'बिलकुल। तुम हिलोगे नहीं। मैं ही कपड़े लाती हूँ।'

मेरा बेटा! मेरे बेटे की आँखें अभी देखने की आदत से धुँधलाई नहीं हैं। उसे सब कुछ नज़र आता है। अभी एक दिन हम स्कूल से लौट रहे थे, मैंने लाल बत्ती पर गाड़ी रोकी। अचानक मेरी बाँह खींचकर बोला, 'देखो मम्मी, वे दोनों झगड़ रहे हैं, उस नीली गाड़ी में, देखो जल्दी।' मैंने गर्दन घुमाई। नीली हौंडा में एक आदमी और औरत। औरत सीट में मुड़कर आदमी की ओर मुख़ातिब, चेहरे पर जलती-बुझती चिंगरियाँ, आँखें आँसुओं से नम। आदमी की मुख मुद्रा तनी हुई, अलहदा। दोनों के बीच एक बड़ी घटना घट रही है, ये मेरे बेटे ने एक़बारगी ही देख लिया था। मैं रसोई में जाकर उसका पसंदीदा पुलाव बनाने लगी।

साँझ फूलकर बुझ गई और बासमती चावल पकने की महक उठने लगी। दरवाज़े की घंटी बजी। 'पुलाव! यस!' मेरे बेटे ने पुकार लगाई और पसीनातर मुझसे लिपट गया।

'आदी! जाओ नहाओ!'

'पहले खाना, तुम कैसी मम्मी हो, भूखे बच्चे को खाना नहीं दोगी!'

खाने की मेज़ पर वह फ़ुटबॉल की बारीकियाँ समझाता हुआ रुका। 'उन पपीज़ का क्या हुआ मम्मी? नानी ने कहा था डॉक्टर को दिखाएँगी।'

'आज देर हो गई, अब कल फ़ोन करके पूछ लेना।' सब बहनों की शादी के बाद मेरी माँ ने अपनी सारी ऊर्जा अब गली के कुत्ते-बिल्लियों की परवरिश में लगा दी है। हमारे घर को लोग अब कुत्ता-घर कहने लगे हैं, मेरे पिता अक्सर कहते हैं, 'घर इन जानवरों का हो गया है, हम मेहमान हो गए हैं।' मेरे बेटे को बीमार कुत्ते-बिल्लियों की मेरी माँ जैसी ही चिंता रहती है। जब मेरे मायके जाता है, तो दिन भर कुत्ते-बिल्लियों के झुंड से घिरा बग़ीचे और गली में डोलता रहता है, धूल सना और बेहद ख़ुश।

खाने के बाद मैंने पलँग पर लेटकर *हावड़्स एंड* खोली। विक्टोरियन युग की स्त्रियों का अर्थवान जीवन के लिए संघर्ष चल रहा है, अंतिम साँसें गिनते एक काल्पनिक अमीर आदमी की काल्पनिक सम्पत्ति बाँटी जा रही है। गुसलखाने से मेरे बेटे के गाने की आवाज़ आने लगी। वह बहुत रुचकर नहाता है, बल्कि नहा रहा है यही भूल जाता है। एक के बाद एक निरर्थक अंग्रेज़ी गाने उसकी हाल ही में बदली आवाज़ में शॉवर के तरल शोर में डूबते-उतराते हैं। मेरी आँखों के सामने किसी पत्रिका में देखी एक तस्वीर आ गई। धार में खड़ा, शरीर झटकारता एक युवा

झबरा भालू, पानी की बूँदें उसके गिर्द मणि-मालाओं सी बिखर रही हैं और उसकी कत्थई झलक वाली बालदार खाल पर धूप किरणें उचट रही हैं। कह नहीं सकती कि मुझे यह तस्वीर क्यों याद आई। शायद आशीष के तौर पर। किताब पढ़ते-पढ़ते दृष्टि के एक छोर पर मैंने कुछ गतिविधि भाँपी। आँखें किताब पर से उठाईं। फ़र्श पर एक छिपकली रेंग रही थी। मोटी, गहरे धब्बों वाली हल्की भूरी देह। मेरे देखते-देखते अपने चौंगुले पैरों पर थप-थप सरकती, दीवार से सटी-सटी, फ़र्श पर एक छोर से दूसरे को जाने लगी। मेरी साँस अटक गई। मुझे छिपकलियों से जुगप्सामय डर लगता है। उनकी लिजलिजी, रबर-सी तुड़ती-मुड़ती घिनौनी देह, साँप-से तिकोने मुँह...शरीर में घृणा की फुरफुरी दौड़ गई। यह ज़रूर खुली खिड़की को आमंत्रण समझ कर चली आई और अब बाहर जाने का रास्ता खोज रही है। मैं पलँग से हड़बड़ा कर उठी। 'गीता, गीता, झाड़ू लाओ, जल्दी।' गुहारती कमरे के बाहर आई। 'कमरे में छिपकली है।' सदा की सुस्त-क़दम गीता हाथों में झाड़ू और प्लास्टिक का तसला भांजती दौड़ी आई। गीता विदर्भ के एक गाँव से है। कीड़े-मकोड़े, छिपकली-गोज़र का उसे डर नहीं। पश्चिमी घाट की चट्टानों में बिच्छुओं और धान-खेतों में साँपों से साबिका पड़ चुका है। वह उत्साह से कमरे में घुस गई और पलँग के नीचे झाड़ू डालकर खँगालने लगी। 'पलँग के नीचे नहीं, वहाँ, उस कोने में।' मैंने कमरे के दरवाज़े के बाहर से इशारा किया। गीता ने झाड़ू-तसला खड़काया। छिपकली अपनी देह घिनौने ढंग से हिलाती भागी। मेरे मुँह से चीख निकल गई और मैंने कमरे का दरवाज़ा जल्दी से बंद कर दिया।

'क्या हुआ मम्मी ?' मेरे बेटे ने गुसलखाने से पुकारा।

'आदी, कमरे में छिपकली है,' मैंने दरवाज़े के उस ओर से कहा।

'बाबा, बड़ी सारी हैं, भागी फिर रही हैं!' गीता कमरे से खिलखिलाई।

'मुझे देखनी है! दीदी तुम उसे भगाना नहीं, मैं आ रहा हूँ।'

'आदी बाथरूम में रहो। गंदा कीड़ा है वह बेटा।'

गुसलखाने का दरवाज़ा खुलने की आवाज़ आई। मैं खीझ कर सोफ़े पर बैठ गई। गीता और आदी छिपकली भगाने के बजाय खिलवाड़ करने लगे।

'दीदी, देखो उधर टेबल के नीचे!'

'बाबा, पैर हटाओ, तुम्हारे ऊपर चढ़ जाएगी।'

'चढ़ जाने दो, दीदी, बड़ी क्यूट है!'

मैं धड़फड़ाकर दरवाज़े के पास आई।'आदी, बेटा, बेवक़ूफ़ी मत करो। जाने कितने जर्म्स होंगे उसमें। दूर रहो। गीता, झाड़ू से मारो उसे जल्दी।'

'नहीं, गीता दीदी, मारना मत। मम्मी, कितनी सुंदर है यह! कितना प्यारा तिकोना सिर, कैसे आँखें घुमा रही है। दीदी, दीदी, झाड़ू से मत मारो...'

'बाबा, ज़ोर से नहीं मारा, बस तसले के नीचे दबाया है।'

मेरा बेटा प्यार करने के लिए सबसे कुरूप प्राणियों को चुनता है। गली का सबसे खुजैला कुत्ता, बिल्डिंग की एक आँख वाली कनकतरी बिल्ली, खिड़की पर बैठने वाला पंख नुचा कौवा। कौवे के लिए रोज़ बाहर की सीढ़ियों में बनी गहरी खिड़की में पानी रखवाता है लेकिन वह गंदा कौवा लिविंग रूम की खिड़की में रखे काँच के मर्तबान में उगते 'मनी-प्लांट' की जड़ें नोचता, उसी का पानी पीता है।

कमरे का दरवाज़ा भड़ से खुला और झाड़ू से तसले को दबा कर घसीटती गीता निकली।

'दीदी इतना ज़ोर से मत दबाओ! छिपकली को लग जाएगी।' मेरे बेटे ने गीता की बाँह खींची।

'बाबा देखो, वह निकल गई। तुमने मेरा हाथ क्यों हिलाया?'

'गीता, मारो उसे रसोई की तरफ़ जा रही है।' मैं चीख़ी। गीता का झाड़ू फ़र्राटे से गिरा। छिपकली चारों खाने चित हो गई। गीता ने उसे फिर से तसले के नीचे दबोच लिया।

'तुमने उसे मार दिया...' मेरा बेटा सुबक उठा। 'तुम्हें वह अच्छी नहीं लगती थी तो तुमने उसे मार दिया। वह कितना तेज़ दौड़ी।...तुम्हें काट नहीं रही थी, बस भाग रही थी।....तुमने उसे क्यों मारा मम्मी?'

'मरी नहीं, आदी, बस बेहोश है...'

'नहीं...वह मर गई है। गीता दीदी ने झाड़ से मार डाला। आय हेट यू...'

'ओहो, आदी! छिपकलियाँ सख़्त जान होती हैं। अभी दौड़ने लगेगी। गीता, इसे वहाँ सीढ़ियों की खिड़की में रख दो, भाग जाएगी थोड़ी देर में। तुम हाथ धोकर खाना खाने आओ, आदी।'

'मुझे नहीं खाना...वह छिपकली वापस बाहर जाना चाहती थी और तुमने...' आदी की घनी पलकों में आँसू अटक गये।

'मैं बता रही हूँ, उसे कुछ नहीं हुआ। तुम्हारी नानी के घर माली खुरपी दे मारता था छिपकलियों पर और वे कुछ देर में उठकर भाग जाती थीं। चलो देर मत करो।' मैं रसोई में चली गई।

मेज़ पर खाना लगने के बाद और कई आवाज़ें देने पर आदी पैर घसीटता आया। मैंने उसकी प्लेट में मटर-पुलाव, कतरे हुए खीरे, टमाटर और पापड़ परोसे।

'मम्मी, वह छिपकली सचमुच नहीं मरी ?' वह कुर्सी की पीठ पकड़कर खड़ा रहा।

'और क्या! बताया तो, कड़ी जान होती हैं, ऐसे नहीं मरतीं। चलो बैठो, खाना ठंडा हो रहा है।'

वह अनमना-सा बैठ गया। 'तुम कल नाना से पूछ लेना। वहाँ तो गार्डन के कारण छिपकली और झींगुर भरे रहते हैं।' आदी के कंधे कुछ सहज हुए और होंठों के इर्द-गिर्द घिरता कुछ घुल गया।

'अब बताओ, इस बार चैम्पियंस लीग कौन जीतेगा ?' मैंने पूछा वह मुस्कुरा उठा।

अगले दिन सवेरे मैंने घर का दरवाज़ा धीरे से खोला। सीढ़ियों के बग़ल वाली खिड़की को सद्य-उगे सूर्य की किरणें सुनहरा कर रही थीं। मैंने झाँक कर देखा। कल रात वाली छिपकली का नामोनिशान नहीं था। मैंने लम्बी साँस छोड़ी। रसोई की ओर जाते समय लिविंग-रूम की खिड़की पर वही मनहूस, पंख नुचा कौवा बैठा था। उसके पंजों में कुछ जकड़ा था जिसे वह चोंच से बींध रहा था। मैंने ध्यान से देखा। रात वाली छिपकली थी।

जानकी और चमगादड़

पीपल का यह वृक्ष मुंबई के एक विरले शांत कोने में खड़ी इस रिहायशी इमारत के विस्तृत प्रांगण के पूर्व में स्थित है। उसकी धूप से पकी भूरी शाखाएँ चौड़े गिर्दाब में फैली हैं। उसके विशाल तने पर, जहाँ से छाल कुछ-कुछ छिल गई है, हल्के सलेटी धब्बे हैं। नाजुक पीताभ डंडियों से लटकी गहरी हरी पत्तियों की नुकीली चोंचें सदा लरजती, झूलती रहती हैं। उसके कद और फैलाव के सामने कंपाउंड के अन्य सभी वृक्ष ओछे हैं। हर सुबह उगते सूर्य की किरणें उस पर जिस गलबहियों की-सी नर्मी से पड़ती हैं, उससे साफ़ ज़ाहिर है कि वह सूर्य का पुरातन सखा है और तब से धरती का वह कोना अगोरे खड़ा है जब सूर्य एक जवान सितारा था। और जिस कदर वह हरा-भरा और छतनार है, उससे पता चलता है कि उसने कभी किसी तरह का प्रतिबन्ध जाना ही नहीं।

हालाँकि पीपल मनुष्य की स्मृति से अधिक पुराना है, इस रिहायशी कॉम्प्लेक्स से जुड़ी उसकी कहानी सब जानते हैं, मैनेजर से लेकर अदने से माली तक। वह कहानी कुछ यों है—पिचहत्तर-अस्सी वर्षों पहले, कुछ विलायती कंपनियों के देशी-विदेशी नियंताओं ने नगर की भीड़-भाड़ से अलग और आम जन की पहुँच से कतराते हुए घर बनाने का निर्णय किया। ये घर इतनी खूबी से बने होने चाहिए थे कि उनकी सहूलियतों में वे मुंबई के देशीपन का दुःख भूल जाएँ। चुनाँचे इस महत्त्वपूर्ण काम के लिए बहुत से पाउंड देकर लंदन से एक युवा वास्तुकार बुलवाया गया। वह वास्तुकार मुंबई के उजले आकाश और अरब सागर वाले सौन्दर्य पर मोहित हो गया। लेकिन युवा होने के बावजूद वास्तुकार अनुभवहीन नहीं था। देशी-विदेशी साहबों पर उसने अपना मोह ज़ाहिर नहीं होने दिया। जब भी वे मुंबई की गर्मी या भीड़ की शिकायत करते तो वह सिर हिलाना न भूलता। उसने कोलाबा से लेकर नेपियन-सी रोड तक के सारे इलाके देख डाले। कहीं पर समुद्र की नमकीन हवा की धार तीखी थी तो कहीं बच्चों, कुत्तों और नौकरों की जमातों के लिए सुविधा नहीं थी। घूमते-फिरते वह सागर तट से सभ्य दूरी बनाए, शाइस्ता गोलाई में शहर के ऊपर उठी मालाबार हिल पहुँचा। बस यह

जगह उसे ठीक जँची और उसने पहाड़ी का एक हिस्सा, जहाँ से सागर का नज़ारा दिखता था, चुन लिया। ज़मीन के मालिक की वह टुकड़ा बेचने की इच्छा नहीं थी। वह एक छोटा-मोटा राजा था और निकट ही एक विशाल हवेली में रहता था। लेकिन उसकी इच्छा-अनिच्छा से कहाँ अंतर पड़ता था? झटपट फ़रमान भेज दिया गया और मालाबार हिल के उस सुरम्य कोने के साथ वही हुआ जो बाकी हिन्दुस्तान के साथ हुआ था— उसे औने-पौने दामों में साहबों के लिए हथिया लिया गया।

वास्तुकार भूमि के निरीक्षण और नाप-जोख में जुट गया। पूर्व में खड़े महाकाय पीपल को उसने देखा, तो देखता रह गया। उस पर पीपल का श्याम-हरित जादू गहरा चला। वह देर तक उसके तने के चिकनेपन को उँगलियों से छूता रहा, उसकी नीली छाँव में पड़े हरे-सुनहरी धूप-धब्बों को देखता रहा। आस-पास के वट, ताड़ और नाग केसर के वृक्षों का पुरखा-सा यह पेड़ नहीं काटा जाएगा, उसने अपनी डायरी में लिखा, यह इसी प्रकार पूर्वाभिमुख, प्राचीन यतिवत सूर्यवंदना में हरिताभ बाँहें बढ़ाए रहेगा।

बस वहीं पीपल के नीचे बैठ कर उस युवा वास्तुकार ने बिल्डिंग का ख़ाका बनाया और अपनी निगरानी में पहाड़ी के सपाट किए कोने पर इमारतों का निर्माण करवाने लगा। इमारतों की संयोजना में पीपल का अहम स्थान था और उस पर आँच न आने देने के लिए इमारतों का संयोजन एक क़तार के बजाय अर्धचंद्र आकार में किया गया। जल्दी ही एक-दूसरे से एक सुसंस्कृत दूरी बनाए हुए पाँच-छह मंज़िला इमारतें मालाबार हिल की देह में गड़ गईं। हर मंज़िल पर एक बड़ा हवादार फ़्लैट, साहब लोगों और नौकरों के लिए अलहदा सीढ़ियाँ, गाड़ी-घोड़ों के लिए गैराज। पीपल को उचित पृष्ठभूमि देने के लिए वास्तुशिल्पी ने भारतीय और विदेशी फूलों से संपन्न, हरी मखमली घास से सजे एक उपवन की संकल्पना की। निर्माण सम्पूर्ण होने पर अंग्रेज़ वास्तुशिल्पी अपने देश लौट गया। वास्तुशिल्पी के कला-कौशल की निशानी के तौर पर उसके बनाए पीपल के स्केच बिल्डिंगों में अब भी जगह-जगह लटके हैं और बाग़ के एक छोर पर अब भी विशालकाय हरे गुलदस्ते-सा पीपल अपना आधिपत्य जमाए है।

इसी पीपल की शाखा-प्रशाखाएँ जानकी की खिड़की तक फैली हैं, उसके पत्तों से छनी धूप से कमरा हरियाया रहता है, शाम पड़े सुघड़ छायाएँ दीवारों पर बनती-मिटती रहती हैं। चाचा ने पीपल के इस निकट संसर्ग पर शुरू में ही आपत्ति उठाई थी।

'इस पेड़ की डालियों ने तमाम खिड़की को ढँक रखा है। कीट-पतंगे आएँगे

घर में इससे और मुंबई के मानसून में जो थोड़ी-बहुत धूप दर्शन देती है, उसे यह पेड़ हजम कर जाएगा। कमरे में सीलन रहेगी। इसकी छँटाई होनी चाहिए।'

'आप कैसे बॉटनिस्ट हैं, चाचा? आपसे इसकी हरियाली देखी नहीं जा रही? ऐसा सुंदर, मर्मर-भरा परदा लगाया है। इसने मेरी खिड़की पर और आप इस पर वायलेंस करना चाहते हैं?' जानकी ने पीपल की ओर से पैरवी की।

चाचा चिढ़ गए। 'अव्वल तो मैं बॉटनिस्ट नहीं हूँ। फ़िज़िसिस्ट यानी भौतिक विज्ञानी हूँ, इतने सालों में किसी कुंद-जेहन को भी यह पता चल गया होता। दूसरे इस पीपल को किसी की तरफ़दारी की ज़रूरत नहीं है, घोर अवसरवादी पेड़ है, फ़िग फ़ैमिली की सबसे कड़ियल और अड़ियल संतान। जहाँ जड़ जमा ले, भूकंप छोड़ किसी और तरह न निकले।'

'देखिए आपको पेड़ों के बारे में इतना मालूम है! बॉटनिस्ट आप कैसे नहीं? और अगर ये महानुभाव दूसरे के सिर पर पैर रखकर इतने बड़े हुए हैं तो उसमें बुराई क्या? आपने ही तो ''सरवॉयवल ऑफ़ फ़िटेस्ट'' के बारे में पढ़ाया था मुझे।'

चाचा ने बोर्ड की परीक्षाओं के लिए जानकी को दफ़्तर से छुट्टी लेकर साइंस पढ़ाई थी। जानकी की दिलचस्पी विज्ञान में कम ही थी, वह ध्यान नहीं देती थी, बार-बार पढ़ाया हुआ पाठ भूल जाती थी और चाचा एक हताश निश्चय के साथ जुटे रहते थे। जब दसवीं की परीक्षा के बाद जानकी ने अकाउंटिंग लेने का निश्चय किया तब जाकर चाचा ने आशा छोड़ी।

～

'तुम बनियागीरी पढ़ती हो, साइंस का ज़िक्र न ही करो। इस पीपल के मच्छर-मक्खियों और सीलन के कारण जब बीमार पड़ जाओगी तब इवोल्यूशन की सारी थ्योरी उलटी पड़ जाएगी। तुम सुपीरियर स्पीशी की हो, तुम्हारे स्वास्थ्य के लिए इस पीपल को कटवाना पड़ेगा।'

'हम कहाँ से सुपीरियर हो गए? लाख वर्षों से ही तो हैं यहाँ जबकि ये पीपल महाशय कल्पों से डटे हैं।'

'फ़ालतू की बहस है ये। भाई,' चाचा जानकी के पिता की ओर मुख़ातिब हुए, 'आपको बिल्डिंग की मैनेजमेंट कमिटी में पेड़ों की छँटाई की बात उठानी चाहिए। मैंने तो आपको पहले ही इतने पुराने कॉम्प्लेक्स में घर लेने से मना किया था, इतने नए डिवेलपमेंट्स हैं...'

'बिलकुल मत उठाइएगा कटाई वगैरह की बात, पापा,' जानकी ने गुहार लगाई। 'ये पेड़ और पुराना गार्डन ही इस जगह को इतना स्पेशल बनाते हैं...'

बहस वाकई व्यर्थ साबित हुई। बिल्डिंग के प्रबंधन के नियम वही अंग्रेज़ वास्तुशिल्पी लिख गया था। उनमें बिल्डिंग के कंपाउंड में लगे पेड़ों की छँटाई पर कड़े प्रतिबंध लगाए गए थे। पीपल का विशेष उल्लेख था—पूर्वी छोर पर लगा प्राचीन 'फ़ाइकस रिलीजिओस' संरक्षित वृक्षों की श्रेणी में है। म्युनिस्पैलिटी व नगर की नैचुरल हैरिटेज कमिटी को उसके विषय में जानकारी दी गई है तथा मानसून की अनिवार्य छँटाई के लिए लिखित में छूट ली गई है, केवल गिरने वाली डालियों को ही काटने की अनुमति है, हरी डालियों को किसी प्रकार की हानि पहुँचाने पर जुर्माना। जानकी यह सुनकर हँस पड़ी।

जानकी अपने परिवार के साथ इन्हीं गर्मियों में कोलकाता से मुंबई आई थी। उसके पिता एक बड़ी कंपनी में ऊँचे पद पर थे। हैड ऑफ़िस की नियुक्ति पर मुंबई आए थे। पदोन्नति की आशा थी, ज़िम्मेदारी का ओहदा था, शाम अक्सर देर से घर लौटते थे। अच्छा था कि चाचा पहले से मुंबई में थे, शादी वगैरह उन्होंने की नहीं थी। उनकी शामें और सप्ताहांत जानकी के घर में ही बीतते थे।

'भैया से बड़ा सहाय है,' मम्मी कहतीं। 'मुंबई घर जैसा लगने लगा है दो ही महीनों में।'

'आपको ही लगता होगा,' जानकी कहती, उसकी सहेलियाँ कोलकाता में ही छूट गयी थीं, 'चार मौसम वाले कोलकाता के बाद ढाई मौसम वाला मुंबई।' ये मुहावरा उसने पापा से सीखा था, 'मुंबई में सिर्फ़ गर्मी और बारिश, यही मौसम होते हैं। और जैसी-तैसी बमुश्किल सर्दियाँ, ढाई मौसम!'

लेकिन वस्तुत: चाचा का सहारा था। शाम को जानकी के साथ बातचीत, नोंक-झोंक कर लेते, घर में कुछ रौनक हो जाती। उनके आने के कारण मम्मी भी रोज़ कुछ-न-कुछ नया पकवातीं। जानकी कॉलेज की प्रवेश-परीक्षाओं की तैयारी कर रही थी, सारा दिन घर में खिड़कियाँ, दरवाज़े बंदकर बैठने में उसे घुटन लगती। ऐसे में पीपल की साँवली छाँह का ठंडक-भरा वादा आकर्षक था और शाम को वह पीपल के नीचे जा बैठती। पीपल-तले तिपतिया, छोटी नरसल और दूसरी जंगली घासों का मोटा कालीन ठंडा और मुलायम था। वह तने की टेक लगाकर पढ़ती रहती। एक रोज़ घर में काम करने वाली सुनीता ने देखा तो शिकायत की। 'जानकी बाबा पीपल के नीचे बैठी थीं। कुँवारी लड़की हैं, पीपल पर जिन्न-भूत रहते हैं। साँझ पड़े मत बैठने दो...'

खाने की मेज़ पर मम्मी ने बात उठाई, 'सुनीता को डर है जानकी पर पीपल का भूत सवार हो जायेगा।'

~

चाचा सलाद की प्लेट से चुन-चुन कर टमाटर के टुकड़े खा रहे थे। बोले, 'उस डर के लिए देर हो चुकी है। पीपल का भूत इस पर पहले दिन से सवार है।'

'हाउ सैल्फ़िश चाचा। कुछ टमाटर मेरे लिए भी छोड़िए! और मुझ पर नहीं आप पर सवार है पीपल का भूत—इसे छँटवा दो, खिड़की से हटवा दो, बीमारी का घर है! खुद आकर देखिए क्या हवा चलती है उस पेड़ के नीचे। और कहीं पत्ती भी नहीं हिलती लेकिन पीपल के पात हमेशा डोलते रहते हैं।'

'तुम्हें कौन कॉलिज में दाख़िला देगा? जाहिलों की-सी बातें करती हो। पीपल के ड्रिप लीव्स होती हैं, पत्तियों का जुड़ाव डंडियों से ऐसा लचकीला होता है कि बिना हवा के भी हिलती हैं।'

'अच्छा ये पीपल पर बहस नहीं है।' मम्मी ने नौकर को चाचा और पापा की थालियों में रोटी परोसने का इशारा किया, 'बात इतनी है कि शाम को गीली घास-मिट्टी पर बैठी रहोगी तो कपड़ों में दाग लगेंगे और तुम्हें ज़ुकाम लगेगा।'

'मम्मी उसकी जड़ में इतनी मखमली घास और मौसेज़ हैं, आपका भी बैठने मन हो जाए!'

मम्मी और चाचा एकबारगी साथ आपत्ति कर उठे। चुपचाप खाना खाते पापा ने चम्मच बिना आवाज़ दाल की कटोरी में रख दी। 'कल से घास में मत बैठना, जानकी, फ़ोल्डिंग चेयर ले जाना।'

'आप उसे उस जंगल-नुमा पेड़ के नीचे बैठने दे रहे हैं?' चाचा ने चुनौती दी।

'क्यों नहीं? तुम्हें पीपल के जिन्न-भूत पर विश्वास है?'

चाचा सिटपिटा कर चुप हो गए।

मई का महीना था और उमस नाम पूछ रही थी। एक शाम जानकी पीपल के नीचे बैठी पढ़ रही थी।

~

'तुम अपने सिंहासन पर डटी हो?' चाचा सीधे दफ़्तर से चले आ रहे थे। उनके हाथ में लंच-बैग था और कंधे पर एक बस्तानुमा थैला।

'चाचा, यू लुक सो क्यूट! कॉलिज के लड़के दिखते हैं आप। आपकी उम्र क्या है?'

'जो इस पीपल की है। इतने अँधेरे में आँखें फोड़ रही हो?'

~

'बस घर जाने ही वाली थी मगर यहाँ इतनी शांति है कि मन नहीं हो रहा। आप ध्यान से सुनें तो इसकी जड़ों से तने और तने से डालियों में खिंचते बूँद-बूँद रस की आवाज़ सुन सकते हैं।'

'ज़मीन से पानी सीप होने की आवाज़ है।' चाचा ने पीपल के नीचे की काई को जूते से दबा कर देखा। 'बहुत नमी है, चिकनी मिट्टी है यहाँ, पानी ड्रेन नहीं होता। मच्छर नहीं हैं यहाँ?' उन्होंने जानकी के बिना बाँहों के कुर्ते पर उचटी नज़र डाली।

'मच्छरों को इस पीपल के जिन्न खा गए हैं। लेकिन देखिए, इस पर ये क्या आ रहा है?' जानकी ने पीपल की डालियों पर जड़े फलों की ओर इशारा किया। 'पीपल पर फल आते हैं, नहीं जानती थी। पहले ये हरे थे अब लाल हो गए हैं।'

~

'फ़ाइकस के फ़िग्स हैं, अंजीर जैसे, लेकिन हमारे लिए अखाद्य, बेहद कसैले।' चाचा ने बाँह बढ़ाकर एक गठियल, घुंडीनुमा फल तोड़ लिया। 'दरअसल ये सिर्फ़ फल नहीं हैं, इस पीपल के फूल भी हैं। जैसे तुम्हारी मम्मी छोटी-बड़ी चीज़ों को एक-में-एक सहेजती हैं, वैसे ही 'नेचर' ने फूल, फल, बीज सब इस छोटे फ़िग में सफ़ाई से सहेज दिए हैं। वेरी इकनोमिकल।' चाचा ने उँगलियों से दबाकर फल को तोड़ दिया। उसके भीतर का पीलापन लिए गुलाबी गूदा और राई के दानों से छोटे-छोटे बीज बिखर गए। 'अभी कच्चे हैं, थोड़े दिनों में पकेंगे तो चिड़ियाँ खाएँगी।'

चाचा की भविष्यवाणी ठीक सिद्ध हुई। फल पकने लगे और पीपल चिड़ियों के लिए सदाव्रत बन गया। सुनहरे, कजरारी आँखों वाले पीलक, माथे पर लाल टीका चमकाए बसंथा, चोटीदार बुलबुले और तरह-तरह की छोटी मुनियाएँ उस पर दिन भर शोर मचाने लगीं। शाम को पीपल-तले की धरती अधखाए फलों से पटी होती जो जानकी के पैरों के नीचे दब कर करारी आवाज़ के साथ टूट जाते।

इन्हीं दिनों, जबकि पीपल से एक अपरिचित रसीली गंध उड़ रही थी, एक शाम चमगादड़ आए। गोधूलि के नील-गुलाबी गगन में वे दल-के-दल उड़ते आए। जानकी पीपल-तले ही थी। उसने झटपट किताबें समेटीं और एक ओर हट कर देखने लगी। दूसरी छोटी चिड़ियों की तरह वे चमगादड़ पंख नहीं मार रहे थे, न ही चीलों की तरह तिर रहे थे, अपने कमानीदार परों को उठाते-गिराते, वे आकाश में चप्पू-सा चला रहे थे। वे छोटे-बड़े सभी आकारों के थे— कार्बन की कतरनों से नन्हे और विशाल पतंगों से लहीम-शहीम। एक-एक कर वे पीपल पर उतरने लगे। जानकी घर लौट पड़ी।

पापा कई दिनों से दफ़्तर के काम से शहर से बाहर थे। उस शाम ही लौटे थे और चाचा के साथ लिविंग रूम में चाय पी रहे थे।

∼

'भाई, आपके कारण आज जल्दी आ गई है वरना अँधेरा हो जाता है और ये वहाँ मच्छरों का भोजन बनी बैठी होती है,' चाचा ने कहा।

जानकी ने पापा के हाथ में थमा चाय का कप लिया और चुस्की लेकर मुँह बनाया, 'आज भी फीकी है। चाचा, ज़रा अपनी चाय दीजिए ना।'

'रसोई में जाने का कष्ट कीजिए ना।'

'क्या चाचा।' जानकी ने प्लेट से अंजीर की तराश उठाई, 'बाइ द वे पीपल पर आज चमगादड़ आए हैं। बाप-रे-बाप, कितने सारे! कैलकटा में भी थे, लेकिन इतने एक साथ कभी नहीं देखे। सुनीता दी कहती हैं कि चमगादड़ खून चूस लेते हैं, कान काट लेते हैं...'

'वाह, वाह, बहुत अच्छे! सारे ज्ञान का स्रोत सुनीता है तुम्हारे। ऐसी बुद्धि लेकर क्या करोगी? सच नॉनसेंस।'

'तो काटते नहीं हैं चमगादड़?'

'परेशान करने पर तो गिलहरी, चूहे भी काट लेते हैं लेकिन चमगादड़ मनुष्यों को नुकसान नहीं पहुँचाते बल्कि खेती ख़राब करने वाले चूहों वगैरह को खा लेते हैं। यहाँ जो चमगादड़ दिखते हैं वे इंडियन फ़्लाइंग फ़ॉक्स हैं, एक तरह के मैगा काएरोप्टैरा। जैसा कि तुम जानती हो या कम-से-कम मेरी पढ़ाने की मेहनत के बाद तुम्हें जानना चाहिए, ये मैगा काएरोप्टैरा फ़्रूट बैट्स हैं, फलाहारी, बिलकुल साधु-संतों की तरह।'

'काएरोप्टैरा,' पापा ने दोहराया, 'पुरानी ग्रीक है। अर्थ हुआ पाँख-हाथ। बहुत ख़ूब।' पापा को शौकिया तौर पर भाषाएँ सीखने का शौक था। हवाई जहाज़ में, गाड़ी में, गुसलख़ाने में जहाँ वक्त मिलता, पढ़ते रहते।

'बिलकुल। चिमगादड़ ''मैमल्स'' (स्तनीय जंतु) हैं, हमारी तरह। उनके पर चमड़े की झिल्ली हैं जो उनके हाथों की उँगलियों के बीच तनी है। ग़ज़ब जीव हैं ये चिमगादड़। फ़्लाइंग फ़ॉक्स की दृष्टि तो फिर भी ठीक-ठाक है लेकिन ज़्यादातर की आँखें कमज़ोर होती हैं, ध्वनि के सहारे रास्ते की अड़चनें जान लेते हैं।'

'लेकिन चमगादड़ तो बोलते नहीं बस अमावस की रात को बोलते हैं।'

चाचा ने गहरी साँस ली। 'ये भी सुनीता ने बताया होगा। आज सुनना कैसा शोर मचाते हैं। रास्ता ढूँढने के लिए अलबत्ता अल्ट्रासोनिक ध्वनि का प्रयोग करते हैं जिसका पिच इतना ऊँचा होता है कि मनुष्य के कान उसे सुन नहीं सकते।'

'लेकिन...'

'देखो जानकी, एक शाम में मैं इससे ज़्यादा घनीभूत विज्ञान का अज्ञान नहीं झेल सकता। लो, तुम मेरी चाय पी लो।'

जानकी ने हँसते हुए चाचा के हाथ से कप ले लिया।

उस रात जानकी खिड़की के पास की पीपल की डालियों पर चमगादड़ों की अफ़रा-तफ़री देखती रही। पेड़ की फुनगी से लेकर डालियों तक वे कागज़ी कंदीलों से लटके थे और नट-बाज़ीगरों की-सी चटुल गरिमा से शाखाओं पर यहाँ-वहाँ आ-जा रहे थे। एक ने जानकी का ध्यान विशेष रूप से खींचा। वह एक बड़ा भारी चमगादड़ था और जानकी की खिड़की के सबसे निकट वाली डाली पर लटका था। यद्यपि खिड़की के पास की डालियाँ फलों से लदी थीं, उन पर उसके अतिरिक्त कोई और चमगादड़ नहीं था। जानकी खिड़की पर और झुककर उसे गौर से देखने लगी। वह डाली पर धीरे-धीरे एक सिरे से दूसरे सिरे तक तफ़रीह कर रहा था। जानकी के देखते-देखते उसने पंजा बढ़ा कर एक पका फल तोड़ा और फल को पंजे में थामे-थामे झूलता-सा घूमा। जानकी ने देखा कि उसका मुँह वाकई कुछ-कुछ लोमड़ी-सा था—नर्म, नुकीली थूथन, चमड़े की पत्तियों से कान और काले मनकों-सी आँखें। उसके गले के गिर्द लाल-सुनहरे रोयों का रंगीन मफ़लर-सा था। जानकी ने होंठ गोल कर हल्की-सी सीटी बजाई। चमगादड़ डाली पर सरका और बिलकुल सिरे पर आ रहा, इतना निकट कि यदि जानकी हाथ बढ़ाती तो उसे छू लेती। उभरी, चमकीली आँखें जानकी की ओर लगाए, वह पंजे में थमा फल खाने लगा। अपने नुकीले दाँतों से उसने फल को छेद डाला और उसका रस और नर्म गूदा चूस गया। फिर एक नर्तक

की अदा से उसने अपने चौड़े पर फैलाए, पीपल पर घिरा औंधियारा जैसे और गहरा हो गया। चमगादड़ की अनावृत्त देह जानकी को एक बड़े चूहे-सी लगी, हल्के पीताभ अधोभाग में उसका गहरे रंग का लिंग उभरा हुआ साफ़ दिखाई दे रहा था। जानकी ने भौंहें उठाईं और खिड़की से हट गई।

सुबह के सात ही बजे थे परंतु धूप पीपल की डालियों में घुसपैठ कर रही थी और ललमुँहा सूरज आकाश में ऊँचा उठ गया था। सूर्य को अर्घ्य देने खिड़की पर आई जानकी चाँदी की लुटिया से जल-धार गिराती सविता देवता वाला मंत्र बुदबुदाने लगी। निकट की डाली पर हलचल हुई। वही रात वाला चमगादड़ था, फिर से डाली के छोर पर आ गया था। अपने पर उसने दुशाले की तरह कसकर अपने चौंगिर्द लपेटे हुए थे और उसकी गर्दन पर के रोएँ धूप में चिलक रहे थे। पीपल पर दिन की चिरैयों की गहमा-गहमी होने लगी थी और वह अकेला ही चमगादड़ रह गया था। जानकी ने गीली उँगलियों में अटकी पानी की बूँदें चमगादड़ की ओर छिटक दीं। 'लो तुम भी अर्घ्य लो, चमगादड़ों के राजा! मुझे तुम्हारी वंदना का कोई मंत्र नहीं आता, लेकिन इतने स्पेशल हो कि तुम्हारी अर्चना होनी चाहिए! ये मंत्र कैसा रहेगा—हे महान चमगादड़, तुम्हारे पंखों में रात बसती है और कंठ पर उषा...'

'हाय राम! जानकी बाबा, तुम अकेले किससे बातें कर रही हो?'

'इस चमगादड़ से। ये रात भर मेरी खिड़की के पास लटका रहा। इसके सब साथी कहीं चले गए हैं लेकिन ये यहीं है।'

सुनीता के माथे पर आड़े-सीधे बल पड़ गए और उसने झपट कर खिड़की बंद कर दी। चमगादड़ एक बड़ी पोटली-सा वहीं लटका रहा।

उस शाम पीपल-तले बैठी जानकी की गोद में एक फल आ गिरा, चिकना ललौंहा, कड़ा। उसने सिर उठाया। चमगादड़ ठीक उसके ऊपर की डाल पर झूल रहा था। वह मुस्कुराई 'सलाम। फल के लिए शुक्रिया। आप दिन भर से यहीं हैं?' चमगादड़ धीरे-धीरे झूलता रहा। जानकी ने किताबें बटोरीं। 'लीजिए आपकी प्रजा आ रही है, मैं चलती हूँ।' आकाश में घिरती गहराती गोधूलि में चमगादड़ों के दल प्रकट हो गए थे और पीपल की ओर आ रहे थे। डाली पर लटके चमगादड़ ने एक चुभती चीत्कार की और डैने खोल पीपल के ऊपर मँडराने लगा, आने वाले चमगादड़ों का रास्ता छेंकता। जानकी उसके हवाई पैंतरे देखने लगी। ज्यों ही चमगादड़ किसी डाल पर उतरने की कोशिश करते, पीपल वाला चमगादड़ टेर लगाता, एक आड़ी रेखा में उड़ता और आगंतुकों का रास्ता काटता। कुछ मिनट

यह कशमकश चलती रही। अंत को आने वाले चमगादड़ मुड़ गए और रात वाला चमगादड़ पर झुलाता पीपल की गहरी छाँव में गुम हो गया।

'सुना तुम सुबह चमगादड़ से बतिया रही थीं।' चाचा ने मम्मी के हाथ से कैरी के पने का गिलास लिया। 'तुम्हारी साइंस-टीचर अभी-अभी बता रही थी।'

ट्रे लेकर खड़ी सुनीता रसोई में हो गई। 'ऐसी बास आ रही थी उस कनकटे से।' जाते-जाते वह छौंकन लगाती गई।

'कहाँ की बास?' जानकी ने अपनी किताबें मेज़ पर धर दीं। 'वो बैट एकदम स्पेशल है। अभी-अभी उसने चमगादड़ों के ग्रुप को भगा दिया। शायद वही इस पीपल का देव है। गार्डियन ऑफ़ दि पीपल ट्री।'

'रबिश। अब तुम अपनी गुरु से भी आगे निकल गई हो। फ़्लाइंग फ़ॉक्स ग्रिगेरियस बेहद सामाजिक होते हैं, बड़ी कॉलोनीज़ में इकट्ठे रहते हैं।' किताबें एक ओर सरका कर चाचा ने खाली गिलास मेज़ पर रख दिया। 'और चमगादड़ों का ग्रुप नहीं कहा जाता कैंप कहा जाता है—अ कैंप ऑफ़ बैट्स। फ़्लाइंग फ़ॉक्स अकेले नहीं रहते।'

'ये वाला रहता है। बिलकुल अकेला सारी रात मेरी खिड़की के पास झूलता रहा। आय स्वैर,' चाचा, मुझे देख रहे थे। 'और आज शाम तो उसने मुझे एक फ़िग दिया।'

पापा और मम्मी खाने की मेज़ पर आ चुके थे।

'तुम्हारा इमैजिनेशन कमाल है! ठीक है, वह पीपल का देव है और तुम्हें प्रसाद दे रहा था।' चाचा ने पापा की बगलवाली कुर्सी खींची।

'कल्पना नहीं सच। ही लाइक्स-मी, आय थिंक।' जानकी भौंहें नचाकर हँसी।

'जानकी, बेवकूफ़ों-सी बातें मत करो। चमगादड़ घरेलू जानवर नहीं हैं। रेबीज़ के सबसे बड़े कैरियर्स हैं ये। खिड़की बंद रखा करो अपनी।' चाचा के तल्ख़ स्वर पर जानकी का मुँह बन गया।

'मैंने एक बार चमगादड़ के बच्चे पकड़े हैं,' पापा कौर निगल कर बोले। 'तुम्हें याद है?' उन्होंने चाचा की ओर देखा। चाचा ने गुब्बारे-सी फूली रोटी में छेद कर भाप निकाल दी।

'कब पापा?'

'बचपन में। चमगादड़ ने बिजली के मीटर बॉक्स में घोंसला बनाया था। बार-बार फ़्यूज़ उड़ जाता था। माली ने निकाला था घोंसला। तुम्हारे चाचा और मैं

छोटे-छोटे बच्चों को हथेली में लेकर मैया को दिखाने ले गए थे।'

'भाई मुझे ये सब याद नहीं। जो भी हो, उनसे दूर रहना अच्छा है। दे आर नॉट सेफ़।'

'ओहो! उस दिन ''हार्मलैस'' कह रहे थे और आज ''नॉट सेफ़''!' जानकी ने जड़ा, 'पापा कैसे दिखते थे चमगादड़ के बच्चे? छूने में कैसे थे?'

'चूहों जैसे दिखते थे और काग़ज़ जैसे रूखे-सूखे थे।' चाचा चिढ़कर बोले, 'माली बेवकूफ़ था, मैया ने लताड़ लगाई थी उसे।'

'लीजिए, अब सब याद आ गया!' जानकी की हँसी से कमरा लहर गया।

चमगादड़ ने चाचा के ज्ञान को झुठला दिया। वह पीपल के पेड़ पर दिन-रात अकेला रहता, किसी और पक्षी या दूसरे चमगादड़ के आने पर कोहराम मचा देता। पेड़ के फल खाने का साहस सिर्फ़ उद्धत मैनाएँ या तोतों का झुंड ही कभी-कभी कर पाता। जैसे ही जानकी की कुर्सी पीपल के नीचे लगती, वह निकट की किसी शाखा पर आ लटकता। कभी वह नट-सा डैने फैलाए घूमता, कभी गर्दन तिरछी कर जानकी को देखता। जानकी उसके करतबों का वर्णन खाने की मेज़ पर अक्सर करती और चाचा का मुँह फूल जाता।

जून माह की शुरुआत थी। नमी के मारे हवा भारी थी और पेड़-पत्ते, चिड़िया-कुत्ते, मनुष्य सभी निढाल थे। जानकी तीन दिनों से मम्मी के साथ शाम को बाज़ार जा रही थी। घर के लिए परदे लेने थे और मम्मी को अकेले रंग और डिज़ाइन चुनने में परेशानी होती थी। 'अब आज नहीं,' जानकी ने चौथे रोज़ कहा, 'एग्ज़ाम पास है, आज मैं पढ़ूँगी। और कपड़े की दुकानें और ''हाँ जी-हाँ जी'' करते सैल्समैन नहीं झेल सकती। वैसे भी जो मैं पसंद करती हूँ, आपको जँचता नहीं।'

'तुम कैसे घर बसाओगी? इतनी जल्दी ऊब जाती हो।'

'चुनने में आपके जितना वक्त नहीं लगाऊँगी।'

'भई हमको चुनने के मौक़े कम ही मिलते थे। खैर, वो नीला और ग्रे कपड़ा जो कल देखा, वो अच्छा था। कतरनें तो लेकर आए थे, एक बार तुम्हारे पापा और चाचा को भी दिखा लेते हैं।'

'हाँ, अड़ोसियों-पड़ोसियों को भी दिखा लीजिए, अपनी पसंद का तो आपको भरोसा है नहीं,' जानकी सीढ़ियाँ उतर गई।

पीपल के नीचे अभी भी कुछ ठंडक थी। वह कुर्सी पर पीठ टिका कर बैठ गई। डालियों में सरसराहट हुई। वह पढ़ते-पढ़ते मुस्कुराई। 'कुछ दिन मैं नहीं आई तो आज

आप देर से आए!' जब सरसराहट रुकी नहीं तो उसने आँखें उठाईं। चमगादड़ डाली के बजाय पीपल के तने से चिपटा धीरे-धीरे नीचे उतर रहा था। देखते-ही-देखते वह बिलकुल धरती पर आ रहा। अपने बघनखे से अँगूठों को पीपल की उभरी जड़ों में अटका वह इंच-इंच सरकने लगा। जानकी के निकट पहुँच उसने एक पर बढ़ाया और जानकी का पैर सहलाने लगा। उसकी काली मनकों-सी आँखों में सूर्यास्त के सुनहरी रंग प्रतिबिंबित थे, उसके लाल-सुनहरी रोएँ जाने किस बयार में लरज रहे थे। जानकी निश्चल बैठी रही और चमगादड़ ने अपनी समूची देह जानकी के पैरों पर टिका दी। जानकी धीरे से झुकी, हाथ बढ़ाया और चमगादड़ के गले पर के रंगीन रोयों को नरमी से छुआ। चमगादड़ ने हल्की चीत्कार की और उसके खुले मुख से आश्चर्यजनक रूप से लंबी जीभ निकल आई। वह जानकी का पैर चाटने लगा, उसकी जीभ जानकी के पंजे से ऐड़ी तक दुलारने लगी, टखने की उभरी हड्डी और हड्डी के नीचे के गढ़े को सहलाने लगी। साँझ फूल कर बुझ गई और घरों में बत्तियाँ जलने लगीं। 'जानकी बाबा...' सुनीता जानकी को बुलाने नीचे आई। जानकी के पैरों पर पड़े चमगादड़ को देखकर वह चीख पड़ी और उल्टे पैरों दौड़ी। जानकी हड़बड़ा कर उठी। चमगादड़ उसके पैरों से फिसल कर धरती पर गिर गया। घर की सीढ़ियों पर चढ़ते हुए जानकी के कानों में चमगादड़ की कुरलाहट गूँजती रही।

'भाभी वो राक्षस चमगादड़...वो जानकी बाबा को काट रहा है...जल्दी चलो,' सुनीता हाँफ़ रही थी।

जानकी घर में दाख़िल हुई। 'सुनीता दी ऐसा कुछ नहीं है। मम्मी वो चमगादड़...वो काट नहीं रहा था...वो...'

'इतना बड़ा था, ताड़ के पत्ते जितना! कोयले से काला। जानकी बाबा के पैर पर...'

'जाओ फ़र्स्ट-एड बॉक्स ले आओ,' मम्मी हड़बड़ाईं, 'और गर्म पानी। जल्दी।' मम्मी ने उसको हाथ पकड़ कर कुर्सी पर बैठाया।

'मम्मी, प्लीज़...मुझे कुछ नहीं हुआ।' जानकी ने चप्पलों से पैर निकाले। 'देख लीजिए।' चिकनी, गुलाबी त्वचा पर कोई दाग़ नहीं था।

'लेकिन इतनी देर उस पेड़ के नीचे बैठने का क्या तुक? और चमगादड़ की क्या कह रही है सुनीता?'

'कुछ भी नहीं मम्मी...'

'कुछ कैसे नहीं? ऐसा राक्षसी मुँह उसका, भाभी, पूरा फाड़ रखा था। अगर मैं चिल्लाती नहीं तो जानकी बाबा को खा जाता।'

चाचा भीतर पापा की एयर-गन साफ़ कर रहे थे। हाथ में लिए-लिए ही बाहर आए। 'क्या हुआ?'

'होगा क्या, काला जादू है पीपल वाला। जानकी बाबा हिल भी नहीं रही थी, साब। मैं कितनी चिल्लाई।'

'तुम अब भी चिल्ला रही हो। जानकी, क्या हुआ?'

'चाचा, वो पीपल वाला चमगादड़ आज नीचे उतर आया...'

'नीचे माने ज़मीन पर? कुछ बैट्स ज़मीन पर रहते हैं, लेकिन फ़्लाइंग फ़ॉक्स नहीं। वह नीचे कैसे आया?'

'चाचा वो बेचारा बिलकुल अकेला है। मुझे देखकर आ गया। बस इतना ही...'

'बेवकूफ़ी की बात मत करो, जानकी। बैट्स जंगली जानवर हैं, तुम्हें पहले भी कहा है।' चाचा का स्वर ऊँचा हो गया।

पापा घर में घुसे। 'क्या बात? आवाज़ें बाहर तक आ रही हैं।'

'द बैट अटैक्ड जानकी, बिलकुल हमला ही कर दिया उस पर आज।'

'नहीं, पापा हमला नहीं। वो लोनली है...'

'भाई इसे सरेशाम वहाँ पीपल के नीचे नहीं बैठना चाहिए। एक तो अनहैल्दी जगह है और अब वहाँ ये पागल चमगादड़ है।'

'फिर मैं शाम को घर में बंद रहूँ एयरकंडीशनर की भन-भन में? बाहर ऐसी भाप उठ रही है कि लगता है सॉना में आ गए हैं, बस उस पीपल के नीचे ही कुछ ठंडक है। और मुझे वो चमगादड़ अच्छा लगता है, ही'ज़ हैंडसम।'

'कैसी बेतुकी बात करती हो। पंजे देखे हैं उसके? और उसके दाँत? जंगली कुत्तों जैसे नुकीले होते हैं।'

पापा ने भौंहें उठाईं। 'ये इतनी बहस का विषय है? जानकी समझदार है। अगर पीपल गीला-सीला और रक्त-पिपासु जीवों से भरा है तो वह आरामदेह नहीं हो सकता और अगर जानकी को आरामदेह लगता है तो इतना बुरा नहीं हो सकता,' वे कपड़े बदलने चले गए।

मौसम में नमी बढ़ती ही गई। साँस लेना दूभर हो गया। धरती से वाष्प-सी उठने और आकाश राख के रंग का हो गया। जानकी बारीक़ मलमल के कुरते में भी पसीने से तरबतर हो जाती। ऐसी ही एक शाम वह पीपल-तले बैठी थी। चमगादड़ निकट की एक डाल पर झूल रहा था। 'आज तो गर्मी बर्दाश्त के बाहर है, चमगादड़ों के राजा।' उसने पसीने से माथे, गालों पर चिपकी बालों की लटें

झटकीं, 'घर जल्दी जाऊँगी।' चमगादड़ धीरे-धीरे डोला। सहसा उसने डाली पर से अपनी पकड़ छोड़ दी। एक पत्थर-सा वह जानकी की गोद में आ गिरा। उसके पर जानकी की जाँघों पर फैल गए और नुकीले पंजे जानकी के कुर्ते की रेशमी कढ़ाई में उलझ गए। जानकी का शरीर कंटकित हो गया, गले के गड्ढे में एक नस फड़कने लगी। वह होंठ पर होंठ कसे मुट्ठियाँ भींचे, बैठी रही। चमगादड़ ने सर उठाया। उसकी धीमी टेरों से जानकी के कान गुँजारने लगे। फिर जैसे अचानक वह जानकी की गोद में आ पड़ा था, वैसे ही एकबारगी उसने अपने पर फड़फड़ाए। जानकी को धक्का देता सा वह उड़ा और उसके माथे की ओर झपटा। उसके चमड़े के परों की रगड़ से जानकी के गाल छिल गए। जानकी कुर्सी से लुढ़क गई, उसकी चीख निकल गई। चमगादड़ आधी उड़ान में पलटा, उसके चौड़े डैने पीपल की टहनियों से उलझ कर छिद गए। वह तीखी आवाज़ में चिल्लाता जानकी से कुछ दूरी पर गिर पड़ा और छटपटाने लगा। तब जानकी को उसके पंजे में कसा तिकोना विषैला सिर और लंबी, हल्की भूरी, कशा-सी लहराती देह दिखाई पड़ी। साँप का जबड़ा फैला और वह फुत्कार रहा था।

जानकी की चीखों और चमगादड़ के शोर को सुन घर की खिड़कियाँ खुल गईं। 'जानकी, जानकी...' मम्मी की पुकार गूँजी। पापा और चाचा धड़धड़ाते हुए सीढ़ियाँ उतरे। चाचा के हाथ में एयरगन थमी थी। उन्होंने जानकी के पैरों के पास धरती पर लोटते चमगादड़ को देखा और हाथ में थमी एयरगन उसकी ओर घुमा दी। क्षण भर में धरती गोलियों से बिंध गई। चपटे, नन्हे डमरुओं-से छर्रे चमगादड़ के कोमल सीने और पेट में घुस गए, उसके चमकदार रोएँ लहू से काले पड़ गए। वह पीड़ा से चिचियाता तड़पने लगा, साँप पर उसकी पकड़ ढीली नहीं हुई किंतु।

～

'अरे साँप...' चाचा चौंके। उन्होंने एयरगन के कुंदे से साँप का सर कुचल दिया। 'ये वाइन स्नैक...बेहद ज़हरीला...पेड़ों में रहता है। जानकी, जानकी, तुम ठीक हो?'

पापा की बाँहों में जकड़ी जानकी के आँसू झर रहे थे, भरे गले से वह गालियाँ दे रही थी और प्यार के शब्द पुकार रही थी।

चमगादड़ की छटपटाहट थम गई थी।

डेथ सर्टिफ़िकेट

'आई ऐम सॉरी, देयर्स नो पल्स। ये मर चुकी हैं।'

'जया? जया...' ह्यूमन रिसोर्सेज़ (एच.आर.) डिपार्टमेन्ट में काम करने वाली लोमड़ी-मुँही औरत चिहुँकी, 'डैड...लेकिन...'

क्या बेवक़ूफ़ी है! मुझमें आप सब लोगों से अधिक जीवन है अभी। और डॉक्टर, तुमने बीस-पच्चीस साल पढ़ाई की है और मुर्दा और ज़िंदा में अंतर नहीं बता सकते? 'ये मर गयी हैं' जैसा फ़िल्मी डायलॉग असल ज़िंदगी में कोई बोलता है? मैं हँस पड़ती हूँ और अपने कमरे में घिरे हुए लोगों पर फिर से नज़र दौड़ाती हूँ। दरवाज़े के पास सलेटी यूनिफ़ॉर्म पहने एक अधेड़ उम्र का आदमी खड़ा है। मैं उसका नाम नहीं जानती। वह रोज़ दोपहर मेरे दफ़्तर का डस्टबिन खाली करता है और हर शाम सफ़ाई की मशीन लिए गलियारे में प्रतीक्षा करता है कि मैं जाऊँ तो मेरा दफ़्तर साफ़ करे। आज मैंने उसे पहली बार वैक्यूम-क्लीनर की दुम-सी लटकती नाली और जेबों में पंखों-सी अटकी झाड़नों के बिना देखा है। उसके होंठों के कोने नीचे को खिंचे हैं और वह अपनी आँखें तेज़ी से झपका रहा है। उसकी बगल में खड़े गार्ड को मैं नहीं पहचानती। इसमें कोई आश्चर्य की बात नहीं, दफ़्तर की बहु-मंज़िली इमारत है, इसकी तैनाती शायद किसी और तल पर हो। वह अपनी एड़ियों पर ज़ोर डाले कुछ पीछे को झुका, अपनी छोटी-सी, पेटी में कसी तोंद को साधे मूर्ति-सा खड़ा है। मेरी मेज़ के बाईं ओर खड़ी एच.आर. की दीना, मछली की तरह अपना मुँह खोल-बंद कर रही है। हमारी कंपनी का युवा मेडिकल ऑफ़िसर मेरी कुर्सी के पास खड़ा अपने हाथों पर से रबर के दस्ताने उतार रहा है। आज 'मेडिकल चेकअप' का दिन नहीं है, मैं समझ नहीं पा रही कि डॉक्टर मेरे दफ़्तर में क्या कर रहा है। निस्संदेह इसमें दीना की कुछ कारस्तानी है। जब से मैंने उसके सालाना परफ़ार्मेंस रिव्यू में खरा-खरा लिख दिया है, वह मुझसे खार खाए है। हालाँकि मैंने एक शब्द भी ग़लत नहीं लिखा।

पिछले साल दीना के अड़ियलपन की वजह से मुझे बहुत परेशानी हुई थी। मैं अपने विभाग के लिए एक असोसिएट तलाश रही थी। संयोग से मुझे एक शत-

प्रतिशत सही उम्मीदवार मिल भी गया। वह एक बड़ी कंपनी में बिलकुल वही काम कर रहा था जिसके लिए मेरे विभाग में जगह थी, सो मुझे कुछ ज्यादा सिखाने-समझाने की आवश्यकता नहीं पड़ती, यानी सही मायनों में एक आलसी बॉस की प्रार्थनाओं का उत्तर था वह। यही नहीं क़िताबों और अच्छे सिनेमा का भी शौक़ीन था, आधे इंटरव्यू में विश्व साहित्य और आर्ट सिनेमा पर दिलचस्प चर्चा रही, वह हर टिप्पणी पर सही जगह और सही अनुपात में हँसा था। सोचिए ऐसा कितनी बार होता है कि कोई व्यक्ति बैलेंस-शीट भी समझ ले और जेम्स आइवरी भी? मैंने उसे ऑफ़र दे दिया था। वह भी उत्सुक था लेकिन उसकी तनख्वाह की माँग ऑफ़र से कुछ अधिक थी, बहुत ज़्यादा नहीं, कुछ पचासेक हज़ार मगर दीना अड़ गई। हमारा ऑफ़र बाज़ार के अनुसार है, उम्मीदवार के अनुभव और योग्यता के अनुरूप है, वगैरह-वगैरह, यदि ऑफ़र बढ़ा देंगे तो वेतन और भत्तों के आंतरिक ढाँचे पर असर पड़ेगा, बाकी स्टाफ़ के प्रति न्याय नहीं होगा, वगैरह-वगैरह। मैं जानती थी कि वह सरासर बकवास कर रही थी। कंपनी अरबों-खरबों का कारोबार करती है, शेयरों के दाम, स्टॉक एक्सचेंज पर प्रतिष्ठा दोनों बढ़ रहे हैं दिनोंदिन। मैं कंपनी में 'फ़ाइनेंशियल रिपोर्टिंग' की प्रमुख हूँ। डेप्रिसिएशन, प्रोविज़न, फ़्री रिज़र्व्स में कितनी संपदा छिपी है, यह मुझसे ज्यादा कौन जान सकता है? मुझे कुछ हज़ार की कंजूसी इसीलिए और भी ज्यादा खली थी। आख़िर में अपने विभागाध्यक्ष और कॉम्पनसेशन कमिटी से राशि बढ़ाने के लिए स्वीकृति लेनी पड़ी थी लेकिन तब तक देर हो गई थी और वह अविश्वसनीय रूप से सटीक उम्मीदवार प्रतीक्षा से थक कर किसी और कंपनी का प्रस्ताव स्वीकार कर चुका था। और यह सब सिर्फ़ दीना के असहयोग की वजह से हुआ था।

खैर, दीना के बारे में सोच कर समय बरबाद करने का मौका नहीं है। मुझे ज़रूरी काम है, आज तिमाही आँकड़ों की रिपोर्ट बोर्ड ऑफ़ डायरेक्टर्स के पास पहुँचानी है, आय और व्यय, लाभ और हानि के महत्त्वपूर्ण नंबर्स। और इस बार की रिपोर्ट विशेष है। मैं कंधे सीधे करती हूँ। विशेष है और कठिन भी। लेकिन कठिन कामों से बचत कहाँ? आप सब अगर मेरा दफ़्तर ख़ाली करें तो अनुग्रह होगा, मैं कहती हूँ और दीना को लक्ष्य कर जोड़ती हूँ, भले ही आप को हो या नहीं, मुझे बहुत काम है। मैं अपनी कुर्सी की ओर बढ़ती हूँ। मेरी कुर्सी विशिष्ट है, एर्गोनोमिक तो है ही, शरीर को ठीक बिंदुओं पर संबल देने वाली, साथ ही दफ़्तर की अधिकांश कुर्सियों की तरह काले रंग की नहीं, मेरे पसंदीदा नीले रंग की। बाकी सभी हरमन मिलर कुर्सियों से हज़ार-दो हज़ार डॉलर महँगी है। अनंत

ने स्वयं इस कुर्सी के लिए विशेष अनुमति दी थी, चीफ़ फ़ाइनेंस ऑफ़िसर के तौर पर। एक रोज़ मैंने उन्हें मज़ाक में कहा था कि मुझे काला रंग नापसंद है, एलर्जी सी है! रेक्विज़िशन फ़ॉर्म पर हस्ताक्षर के बाद उन्होंने लिखा था, 'काले रंग की मैश से एलर्जी के कारण नीले रंग की कुर्सी'...याद करके अपनी मुस्कान रोक नहीं पाती मैं। लेकिन ये लोग जाते क्यों नहीं? 'कृपया हटेंगे,' मैं भवें चढ़ा कर डॉक्टर की ओर देखती हूँ जो मेरे कहने पर ध्यान दिए बिना अपने बैग से कागज़ निकाल रहा है। वाक़ई हद है। मैं अपनी कुर्सी खींचती हूँ या यों कहूँ कि खींचने की कोशिश करती हूँ। बावजूद पाँच जोड़ी लचीले घूमने वाले पहियों के, कुर्सी ज़रा भी नहीं सरकती। शायद पहियों में कुछ अटक रहा हो। मैं फ़र्श पर दृष्टि डालती हूँ और मुझे अपने जीवन का सबसे बड़ा धक्का लगता है।

नहीं, जीवन का नहीं, मृत्यु का, क्योंकि फ़र्श पर जो अड़चन है, वह मैं स्वयं हूँ, मेरी मृत देह है। मैं मर चुकी हूँ। बिना शक-शुबहे की गुंजाइश के, एकदम निश्चित तौर पर। किसी ढेरों डिग्रियों वाले डॉक्टर के निदान या राय की कोई आवश्यकता नहीं यह बताने के लिए कि मैं मर चुकी हूँ, कोई भी एक नज़र देखकर ही जान सकता है। मेरा शरीर फ़र्श पर बाई करवट से पड़ा है, मेरी दाहिनी कनपटी के कुछ इंच ऊपर एक ज़ख्म है। देखने में गहरा लगता है, खून रिस कर मेरे बालों में जम गया है। अब जबकि मैं मर चुकी हूँ, मुझे स्वीकारने में एतराज़ नहीं कि मैं अड़तालीस वर्षों की हूँ, लेकिन मेरे नर्म, रेशमी झलक वाले बालों में कुछ ही चाँदी के तार हैं। आज सुबह ही मैंने बाल धो डाले थे और ड्रायर से 'ब्लो ड्राय' किए थे, जमे खून का थक्का उनमें विद्रूप लग रहा है। चेहरे पर कोई निशान नहीं, भाव में भी कोई विक्षेप नहीं, वही चेहरा जो मैं रोज़ दर्पण में देखती हूँ, या अब तक देखती थी, अब तो वह सहसा मुझसे अलहदा हो गया है या मैं उससे अलहदा हो गई हूँ। कितना विचित्र लग रहा है अपने को यूँ देखना—नाज़ुक हड्डियाँ और चेहरे के कटाव मेरी याददाश्त से ज़्यादा तीखे हैं, आँखें और धनुष-कमान से झुके होंठ वैसे ही हैं अलबत्ता जैसे मैंने हमेशा देखे हैं। माथे पर लगी खूनी मोहर के अतिरिक्त कहीं कोई अंतर नहीं। धरती पर पड़ा मेरा इकहरा शरीर सुव्यवस्थित है, साड़ी का पल्ला सीने पर से होता मेरे कंधे पर यथास्थान है, बस साड़ी पैरों पर से कुछ ऊँची हो गई है और टख्ने नज़र आ रहे हैं। पैरों में पहने हल्के सुनहरी सैंडिल साड़ी की महीन जरी-किनारी से मेल खाते हैं, करीने से कटे-घिसे नाख़ूनों पर हल्के रंग की नेल-पॉलिश है। मुझे अपने पैरों पर गुप्त रूप से हमेशा गर्व रहा है—लंबे, संकरे, मुलायम, एड़ियाँ चिकनी और गुलाबी, मरने के बाद भी। लेकिन

मैं ये सब क्या छिछला-सतही सोच रही हूँ? अब जबकि मेरे जीवन की सबसे बड़ी और अंतिम, घटना घट चुकी है, मेरे विचार साड़ी और पॉलिश पर अटके हैं? मुझे जीवन और मृत्यु के गूढ़ प्रश्न का उत्तर नहीं ढूँढना चाहिए? मृत्यु के बाद भी बनी रहने वाली इस चेतना के विषय में नहीं सोचना चाहिए? यह इंद्रिय-हीन चेतना, जिसके चलते मैं सब देख-सुन पा रही हूँ, लेकिन किसी प्रकार की स्थूल क्रिया करने में असमर्थ हूँ...अभी-अभी मैंने झुककर साड़ी का सिरा खींच अपने पैरों को ढँकने का असफल प्रयत्न कर देखा है...ये अस्थि, मांस, मज्जा का त्वचा-मढ़ा ढाँचा अब मेरा नहीं है या मैं इसकी बंधक नहीं हूँ। मेरी मस्कारा-रंजित बरौनियाँ बिलकुल सूखी हैं। लगता है कि अपनी मौत पर मैंने एक भी आँसू नहीं गिराया। क्या हुआ? कैसे हुई मेरी मृत्यु? इस शरीर से अलग होने की कोई पीड़ा अनुभव हुई? कुछ याद नहीं, कुछ भी...

'आय...आय कान्ट बिलीव इट' विश्वास नहीं होता कि जया...आज सुबह ही मैंने मीटिंग रिक्वेस्ट भेजी थी इंटरनल कम्प्लेंट्स कमिटी के लिए...मेरे दफ़्तर में अड़े-खड़े सभी धीरे-धीरे साँस छोड़ते हैं। दीना को शायद कमिटी के कोरम की चिंता है, मैं अनिवार्य सदस्यों में से हूँ। या थी। अभी-अभी वह स्थान ख़ाली जो हो गया है। ये कमिटी वैसे ख़ासा सिरदर्द है। मीटिंग हमेशा लंच के दौरान या शाम देर से रखी जाती है और ज्यादातर मामले टूटे प्रेम-प्रसंग या न्यूरैटिक लोगों की हवाई कल्पनाओं के होते हैं—फ़लाँ अपनी सीट से उठ कर कॉफ़ी लेने सिर्फ़ इसलिए जाता है कि मेरी बगल से गुज़र सके, ढिमाका हर सुबह बस में मेरे ठीक पीछे वाली सीट पर बैठ कर जोर-जोर से साँस लेता है, जैसे लोगों को कॉफ़ी पीना और साँस लेना छोड़ देना चाहिए! असली मामले तो कमिटी तक पहुँचते ही नहीं और कभी-कभार आते भी हैं तो रफ़ा-दफ़ा कर दिए जाते हैं। जैसे हमारे चीफ़ ऑपरेटिंग ऑफ़िसर वाला मसला। वह लड़की नई थी, तीखी, होशियार। कमिटी के मेम्बर्स के सब प्रश्नों का धैर्य से जवाब देती रही। लेकिन अंत में गुस्से से फनफना उठी जब दीना ने कहा कि उसके आरोप कपोल-कल्पना हैं। ऐसी भद्दी कल्पनाएँ आप ही करती होंगी, मैं नहीं करती। उसके आँसू निकल पड़े थे और दीना का मुँह छोटा हो गया था। सी.ओ.ओ. से उसके घनिष्ठ मेल-मिलाप के बारे में बहुत कम ही लोग जानते हैं कंपनी में। मुझे अनंत ने बताया था। खैर उस मामले में नतीजा वही हुआ, कुछ साबित नहीं हो सका, लड़की इस्तीफ़ा देकर चली गई और सी.ओ.ओ. महोदय मूँछें चढ़ाए घूमते रहे। बड़ी ग्लानि हो रही है सहसा। मुझे कुछ कहना चाहिए था तब। मैं सी.ओ.ओ. के हथकंडे जानती थी लेकिन बस वक्त

बचाने की चिंता थी तब, बहुत समय व्यर्थ हो रहा है इस बवाल में, बस यही लगा था। अब जब समय का अर्थ ही नहीं रहा है, तब लग रहा है कि उस समय कुछ कहा होता तो अब सब इतना निरर्थक नहीं लगता...मृत्यु के बाद अंतहीन समय है, यदि मोक्ष न हो तो, यह मेरी माँ ने कहा था, या शायद नानी ने। पिछले दस सालों से, जब से मेरी माँ हू-ब-हू अपनी माँ जैसी दिखने लगी हैं, मैं अपनी माँ और नानी की स्मृति में अंतर नहीं कर पाती हूँ। अपनी माँ को देखते हुए मैं सोचा करती थी कि क्या उनकी उम्र में मैं भी उन जैसी दिखूँगी। अब ये जिज्ञासा कभी शांत नहीं होगी लेकिन मोक्ष वाली जिज्ञासा शांत हो जानी चाहिए। कुछ समय में पता चले। मरे शायद ज्यादा देर नहीं हुई है अभी। मोक्ष वगैरह में मेरी दिलचस्पी नहीं। किससे मुक्ति मिलेगी? इच्छाओं से? शरीर के नाश के बाद इच्छाओं से मुक्ति का अर्थ ही क्या? भोगने का माध्यम ही नहीं रहा तो लालसा ख़त्म होने में कहाँ की मुक्ति?

'ये मेडिको-लीगल केस है, आप पुलिस को इन्फ़ॉर्म कीजिए पहले, पोस्टमार्टम करना होगा' डॉक्टर कह रहा है, 'मैं एम्बुलेंस बुलवाता हूँ।'

पोस्टमार्टम? किसलिए? मरने के बाद इस बात से क्या फ़र्क पड़ता है कि मैंने सुबह नाश्ते में क्या खाया? पुलिस के बजाय मेरे परिवार को इत्तिला देनी चाहिए। अपनी माँ की चिंता है मुझे। बच्चे कॉलिज में हैं दोनों, यू.एस. में, अपने जीवन में व्यस्त, पति भी...ज्यादा सोग नहीं मनाएँगे मेरा। मगर मेरी माँ...उन्हीं की वजह से मन कसमसा रहा है। वे अकेली उस पुराने घर में, जहाँ कई सालों के गाढ़े जमे दुःख की बोसीदा गंध भरी है, मेरे मरने की ख़बर कैसे झेलेंगी? मुझे अपनी मृत्यु पर कोई ख़ास एतराज़ नहीं, जीवन ठीक-ठाक था—जमा हुआ काम और घर, बच्चे जो बात कम बहस ज्यादा करने लगे थे, पति जो बाहर खुश और घर में अनमना रहता था, कुछ भी ऐसा नहीं कि सहना बर्दाश्त के बाहर हो, लेकिन ऐसा भी नहीं कि छूटना ही बरदाश्त के बाहर हो...सिर्फ़ मेरी माँ...ये क़तई 'फ़ेयर' नहीं कि जिसने मुझे जन्म देने का कष्ट उठाया, उन्हें मेरे मरने का दुःख भी झेलना पड़े। दो महीनों पहले गई थी मैं मिलने, बाल पहले से ज्यादा सफ़ेद लगे थे लेकिन नज़र वैसी ही पैनी—क्या बात? वजन क्यों कम हुआ है? ब्लाउज़ ढीला लग रहा है...इधर कम सुनने लगी हैं, बातचीत करना मुश्किल हो गया है। वैसे उनसे बातचीत करना हमेशा मुश्किल रहा है। हमारे विचार किसी बात पर नहीं मिलते, कपड़ों के रंगों से लेकर कढ़ी बनाने की सही विधि तक। अब उनसे कोई बहस नहीं करेगा, कोई बिन-माँगी राय नहीं देगा, कोई चुपके-चुपके नौकरानी को पैसे नहीं भेजेगा की काम छोड़ कर भाग न जाए...

मेरे दफ़्तर का द्वार फिर खुलता है। ऐसा लग रहा है कि दफ़्तर नहीं, चौराहा है, हर कोई बिना दस्तक दिए भड़ से दरवाज़ा खोल चला आता है। मेरे साथ मेरे दफ़्तर में प्रवेश की औपचारिकता भी मर गई है। ओहो, सी.ओ.ओ. साहब तशरीफ़ लाए हैं! सातवें आसमान के मैनेजमेंट ऑफ़िस से उतर कर यहाँ, प्रजा के बीच। उनके साथ कंपनी का सिक्योरिटी ऑफ़िसर भी है, उसे देखते ही क्लीनर और गार्ड चुपचाप खिसक जाते हैं। सी.ओ.ओ., उनका नाम देवी प्रसाद है, लेकिन इतनी बड़ी कंपनी के इतने बड़े अधिकारी के लिए वैसा पुराने क़िस्म का नाम ठीक नहीं जँचता, सो वे खुद को डी.पी. कहलवाते हैं। अधिकांशतः लोग उन्हें सर कहते हैं। एक आत्मतुष्टि भरा भाव उनके चेहरे पर सदा रहता है। मेरी डी.पी. से नहीं बनती। अनंत के कारण बहुत झेलना नहीं पड़ता उसको। इस बार पहली बार सीधी टक्कर होने वाली थी। बोर्ड के लिए फ़ाइनेंशियल पर जो तिमाही रिपोर्ट बनाती हूँ उसके लिए आँकड़े हर बार डी.पी. की टीम के लोग मँगा देते हैं। इस बार कुछ जल्दी थी सो डी.पी. के विभाग के बजाय सीधे फ़ैक्ट्रियों और डीलर्स से मैन्यूफ़ेक्चरिंग और सेल्स के आँकड़े मँगवाए। एकदम आश्चर्यजनक आँकड़े, पहले के आँकड़ों से बिलकुल अलग। कुछ प्रोडक्ट्स जिनमें हर तिमाही खूब 'सेल्स' दिखती थी, उनमें न के बराबर बिकवाली! बाज़ार में फ़ेल लग रहे थे वे उत्पाद और मुझे पिछले आँकड़ों पर शक़ होने लगा। मैंने डी.पी. की अगुवाई में लाँच हुए सब प्रोडक्ट्स की जानकारी मँगवाई लेकिन वह कम शातिर नहीं, शायद उसे भनक लग गई थी और तिमाही रिपोर्ट की डैडलाइन तक पूरी जानकारी आई ही नहीं। खैर, जितनी जानकारी मिली थी, उसी के आधार पर रिपोर्ट बना रही थी। इस बार रिपोर्ट पर अकेले काम किया था, अपनी टीम के लोगों को इन्वॉल्व नहीं किया था। बेहद संवेदनशील मामला है, अगर मेरा शक ठीक सिद्ध हो तो। डैलिबरेट मिस-स्टेटमेंट ऑफ़ फ़ाइनेंशियल्स...जानबूझकर आँकड़ों में हेरा-फेरी दंडनीय अपराध है। मैंने सिर्फ़ पूरी तौर से जाँच की जाए, यही रेक्मैंड किया। अनंत को ठीक ही कभी भरोसा नहीं रहा डी.पी. पर। एक बार बहुत भर गए थे तो कहा था, 'ए क्रूक्ड पीस ऑफ़ शिट (बेहद काइयाँ), बिलकुल विश्वास योग्य नहीं। अब जब मेरा कंप्यूटर खोल के देखा जाएगा तब मिलेगी रिपोर्ट।'

'व्हाट हैप्पन्ड? कैसे हो गया अचानक?'

दीना भूल गई कि कमरे में और लोग हैं। 'ओह...डी.पी. अच्छा हुआ तुम आ गए...डॉक्टर पुलिस बुलाने को कह रहे हैं...'

'पुलिस? क्यों?' डी.पी. ने अपनी बाँह पर काँपता उसका हाथ झटक दिया और डॉक्टर की ओर मुख़ातिब हुआ।

'ज़ाहिर है यह नैचुरल डेथ का केस नहीं है।' डॉक्टर ने कंधे उचकाए, 'मेडिकल रेकॉर्ड में कुछ नहीं, किसी तरह की बीमारी का लक्षण नहीं। उम्र भी ज़्यादा नहीं और इनके सिर पर चोट है।' ठीक कह रहा है डॉक्टर। मैं तब से ऊल-जुलूल सोच रही हूँ। याद करने की कोशिश करनी चाहिए कि कैसे मरी। ये चोट कैसे लगी सिर में ?

डी.पी. ने भौंहें सिकोड़ीं, 'ये चोट तो मेज़ या कुर्सी से भी लग सकती है।'

वाह, जैसे मेरे विचार सुन पा रहा है...मुझे चैलेंज कर रहा है शायद! मुझे भी अभी-अभी यही ख़याल आया कि मेज़ के पंजे जैसे पाये या कुर्सी के पहिये से तो नहीं लगी चोट।

'मेरे मत में नहीं। चोट का एंगल और ट्रॉमा देखकर ऐसा नहीं लगता कुर्सी वगैरह से लगी है। और वह देखिए।' डॉक्टर ने उँगली से मेज़ के पाये की ओट में पड़ी एक वस्तु की ओर इशारा किया। कंपनी के साठ वर्ष पूरे होने के अवसर पर दिया गया स्मृति चिन्ह, एक सदाबहार पेड़ की आर्टिस्टिक अनुकृति, लंबा, चिकना तना और डालियों का ठोस चँदोवा। ये मेमेंटो छतनार वृक्ष के बजाय मुझे तो न्यूक्लियर विस्फोट के बाद का कुकुरमुत्तेनुमा बादल दिखता था। 'उस ऑब्जेक्ट से ये घाव हो सकता है, उसका सिरा काफ़ी भारी लगता है। खुद तो अपने सर में नहीं मार सकती थीं इसे।'

'कौन कह सकता है क्या कर सकती थी...' दीना भुनभुनाई।

'ये हमारा गोल्डन जुबली का मेमेंटो है, जया की मेज़ पर रखा रहता था। हो सकता है कि जब जया गिरी हो तो झटके से लुढ़क कर उसके माथे पर गिर गया हो।'

मुझे कहना पड़ेगा कि डी.पी. की बात में वज़न है। वाक़ई ये मेमेंटो एक कोने पर रखा रहता था, बेस कुछ ढीला हो गया था, सो डगमग-डगमग हिलता भी था।

'सवाल यह है कि गिरीं कैसे ? कोई मेडिकल रीज़न नहीं लगता, मैंने इनके पिछले मेडिकल चेकअप की रिपोर्ट देखी है। ये भी तो हो सकता है कि किसी ने यह पीस उनके सर पर दे मारा हो।' डॉक्टर का स्वर कुछ पैना है।

'यानी मर्डर ? तुम कह रहे हो कि किसी ने जया का मर्डर कर दिया ? इस बिल्डिंग में जहाँ अंदर घुसने के लिए बायोमैट्रिक कार्ड चाहिए और जहाँ जगह-जगह गार्ड्स हैं ?'

' ''लुक'' मिस्टर प्रसाद मैं सिर्फ़ इतना कह रहा हूँ कि बिना पोस्टमार्टम

के इनकी डैथ के रीज़न्स के बारे में कुछ कहा नहीं जा सकता। ऐसे में मैं डैथ सर्टिफ़िकेट नहीं दे सकता। समय बर्बाद करने के बजाय पुलिस स्टेशन फ़ोन करना चाहिए।' युवा डॉक्टर का चेहरा लाल पड़ गया है।

'तुम कैसी बातें कर रहे हो डॉक्टर? जया को कौन मारना चाहेगा? नॉर्मल किस्म का जीवन। कोई हाई-प्रोफ़ाइल नहीं थी। हमारी कंपनी में फ़ाइनेंस की एक टीम ''हैड'' करती थी, पति भी मल्टीनेशनल में मिडिल मैनेजमेंट में...यहीं नज़दीक एक बिल्डिंग में उसका भी ऑफ़िस है, दो बच्चे। आई मीन नथिंग रिमार्केबल...'

बहुत अच्छा। यानी मैं हत्या-लायक महत्त्वपूर्ण नहीं हूँ। मिडिल मैनेजमेंट और मिडिल-क्लास। मुझमें ऐसी कोई ख़ासियत नहीं कि कोई मुझे मारना चाहे। लेकिन बात वस्तुत: ठीक है। मेरी न किसी से ऐसी दुश्मनी है, न ऐसा प्यार कि हत्या का प्रश्न उठे। आज सुबह कुछ ख़ास बात हुई हो, ऐसा याद नहीं आता। रोज़ की तरह दफ़्तर आई थी, कॉफ़ी पीते हुए 'ईमेल' देखी थीं, डी.पी. के रिपोर्ट का ड्राफ़्ट दिखाने के तकाज़े वाली 'ईमेल' का टालू जवाब दिया था और रिपोर्ट पर काम में जुट गई थी। उसके बाद क्या हुआ था यह बिलकुल याद नहीं आता लेकिन सुबह से लेकर दोपहर तक में कौन-सी जानलेवा दुश्मनी पैदा हो सकती है? क्या समय हुआ है? हमेशा की तरह घड़ी खोल कर मेज़ पर रख दी थी सुबह आते ही, यहाँ से दिख नहीं रही। मेज़ के पास जा कर देखनी पड़ेगी।

'शी वाज़ ऑल्वेज़ अनस्टेबल ऑन हर फ़ीट। कितनी बार ऑफ़िस में गिरी है,' दीना कह रही है, 'कुछ महीने पहले ऑफ़िस की सीढ़ियों से गिर गई थी और दो हफ़्ते पहले मीटिंग के बाद बोर्ड रूम से निकलते समय।'

बिलकुल लोमड़ी है ये। सीढ़ियाँ गीली थीं, हम दोनों ही फिसले थे। हाउस कीपिंग स्टाफ़ ने फ़र्श धोने का साबुन अधिक परिमाण में डाल दिया था। ऑफ़िस भर के लोग गिरे थे। और उस दिन मीटिंग के बाद किसी ने कुर्सी को ज़ोर से धकेल दिया था, मेरे पाँव से टकराई थी और मैं लड़खड़ा गई थी। दीना ऐसे कहानी गढ़ रही है जैसे मैं हमेशा गिरते-पड़ते रहने वाली बेढंगी-सी औरत हूँ। डी.पी. सहमति में गर्दन हिला रहा है।

'हाँ बिलकुल। लंच रूम में भी गिरते-गिरते बची थी अभी कल-परसों।'

ये सरासर झूठ है। मैं एक्ज़ीक्यूटिव लंच रूम में जाती ही नहीं। लंच का ही समय होता है जब अनंत से कुछ देर बैठ कर बात कर सकती हूँ अपने या उनके दफ़्तर में, बाकी समय मीटिंग और काम की भाग-दौड़ लगी रहती है।

'यू मस्ट थिंक केयरफुली...मर्डर वगैरह कहने से पहले। कंपनी की रेप्यूटेशन

पर क्या असर पड़ेगा ऐसी बात का ? तुमको भी कंपनी से हर महीने फ़ीस मिलती है, एक तरह से स्टाफ़ ही हो, तुमको सोचना चाहिए। बिज़नेस पेपर्स में हैडलाइन होगी ''एक्ज़ीक्यूटिव फ़ाउंड मर्डरड इन ऑफ़िस ऑफ़ बिलियन डॉलर कंपनी।'' खलबली मच जाएगी...शेयर प्राइस पर असर पड़ेगा...कस्टमर्स, स्टाफ़, सब पर असर होगा। सोचकर ही माथा चकराने लगता है।' डी.पी. को सबकी चिंता है लेकिन इस घटना से सबसे अधिक प्रभावित व्यक्ति, यानी मेरी, नहीं। अगर कहीं सचमुच ही मेरा मर्डर...'ये ऑफ़िस सिक्योर्ड है, सिर्फ़ स्टाफ़ और ऑथराइज्ड लोग ही आ-जा सकते हैं। पुलिस जाँच से कितनी असुविधा होगी, ज़रा सोचो ? सब पर शक किया जाएगा, पूछताछ, थाना-कोर्ट। ''प्रोडक्टिविटी'' और ''मोराल'' दोनों का कचरा हो जाएगा।'

'लेकिन ये जो मरी हैं, ये भी तो आपकी कुलीग थीं, आप जानना नहीं चाहेंगे, इन्हें क्या हुआ। अगर कुछ फ़ाउलप्ले यानी गलत हो तो ?'

'जो रहा नहीं उसके परलोक के लिए प्रार्थना करनी चाहिए, डॉक्टर, और जो हैं उनके इस लोक की चिंता करनी चाहिए। मरना तो खैर सबको है, बहाने हैं।'

वाह ! बहुत दार्शनिकता की बातें कर रहा है डी.पी. जब खुद का पालतू कुत्ता मरा था तो कई दिन ऑफ़िस नहीं आया। पॉइज़निंग का शक था, सुना था अपनी बिल्डिंग में इनाम की घोषणा की थी ज़हर देने वाले की सूचना के लिए। लेकिन मेरी मौत बस बहाना है। बहुत ख़ूब !

'फिर जया की इंश्योरेंस खटाई में पड़ जाएगी अगर मर्डर-वर्डर का शक भी उठा। इंश्योरेंस कंपनीज़ यों ही मुश्किलें पैदा करती हैं। इसकी फ़ैमिली को कुछ नहीं मिलेगा।'

'काफ़ी अच्छा पैसा है इंश्योरेंस का।' दीना जोड़ती है, 'कंपनी का लिया हुआ कवर है। बहुत अच्छी पॉलिसी है।'

मेरे परिवार का बहुत ख़याल है लेकिन अभी तक उन्हें बताने का सोचा भी नहीं ? यहाँ बहस में जुटे हैं सब। मेरी बेचारी माँ...उन्हें कौन बताएगा ? कैसे ?

'मेरी राय में तो जया के मर्डर की उतनी ही संभावना है जितनी बंबई में बर्फ़बारी की। तुम क्या निश्चित तौर पर और दावे से कह सकते हो कि ये नैचुरल कॉजेज़ या कारण से नहीं मरी ? सीज़र या दिल का दौरा नहीं हो सकता ? एकदम सौ प्रतिशत सर्टेनिटी से कह सकते हो कि सामान्य मौत नहीं है ?' डी.पी. वक़ील है। धौंस, धमकी और जिरह पेशा रह चुका है कंपनी 'जॉइन करने से पहले। और पहले ही क्यों, अब भी। डॉक्टर इतने प्रश्नों की बौछार से घबराया नहीं है।

'मेडिकल सर्टेनिटी से ऐसा नहीं कह सकता इसीलिए पोस्टमार्टम की जरूरत है और उसके लिए पुलिस-रिपोर्ट...'

'हम पुलिस कमिशनर को अच्छी तरह जानते हैं। उसकी बीवी के एनजीओ को कई सालों से सपोर्ट कर रहे हैं, बहुत पैसा देते हैं हर साल।'

युवा डॉक्टर डी.पी. का मुँह देखता रह जाता है। इससे पहले कि वह कुछ कहे मेरे दफ़्तर का दरवाज़ा फिर खुलता है। अनंत हैं। इतने लोगों को देख अप्रतिभ होते हैं, लेकिन तुरंत सँभल भी जाते हैं।

'क्या बात है? यहाँ से गुज़र रहा था, भीड़ सी देखकर...' अनंत सवालिया निगाह से डी.पी. की ओर देखते हैं।

'एक बुरी खबर है। देयर्स बीन ए ट्रैजेडी।'

'ट्रैजेडी? व्हाट ट्रैजेडी?' अनंत के चेहरे पर प्रश्न गहरा हो गया है। 'क्या हुआ? जया कहाँ है?' उनके स्वर में अपना नाम सुन कर मरने के बाद भी उफ़ान उठता है मेरे अन्दर। मैं उन्हें छूना चाहती हूँ, बाँहों में लेकर उनकी विशिष्ट गंध सूँघना चाहती हूँ। लेकिन वह सब, जो वाकई मेरा कभी नहीं था, अब मैंने खो दिया है। हमेशा के लिए। डी.पी. कुछ कहे इससे पहले वे आगे बढ़ आए हैं। 'ओह गॉड...' उनका चेहरा पीला पड़ गया है, मेज़ का सिरा पकड़ कर खुद को साधने की कोशिश कर रहे हैं। 'ये...ये...कैसे? क्या हुआ यहाँ?' उनका गला भर्रा गया है।

डी.पी. अनंत की ओर नहीं देखता, उन्हें स्वस्थ होने का मौका देता है। अनंत और उसका ऑफ़िस अगल-बगल है। मैनेजमेंट फ़्लोर पर। मुझे अनंत के कमरे में आते-जाते देखा है। वह जानता है मैं अनंत को डायरेक्टली रिपोर्ट नहीं करती। शायद और भी कुछ जानता हो...

'वी डोंट नो। मुझे जया से बोर्ड मीटिंग के बारे में ज़रूरी बात करनी थी। जब इंटरनल फ़ोन और मोबाइल दोनों पर जवाब नहीं आया तो मैंने गार्ड को भेजा। दीना भी इसी फ़्लोर पर थी, गार्ड के साथ आई और...'

तो इस अनजान गार्ड और इस लोमड़-मुँही ने मुझे सबसे पहले देखा, इनकी अनपहचानी करुणाहीन आँखें मेरी मृत देह पर सबसे पहले पड़ीं...अनंत कोशिश कर संयत होते हैं। गहरी, दबी साँसों से उनकी छाती हिल रही है। मैं उनके निकट खड़ी हूँ लेकिन वे साँसें मुझे छू नहीं रहीं...

'पार्था' वे डॉक्टर की ओर देखते हैं। डॉक्टर की कंपनी में नियुक्ति उनके संदर्भ से हुई है, वह उनके कॉलेज के मित्र का बेटा है। 'पार्था, कैन एनीथिंग बी डन? व्हाट हैप्पन्ड?'

'अफ़सोस! ये कुछ घंटों पहले...शीज़ बीन डैड फ़ॉर ए फ़्यू आवर्स', डॉक्टर की आँखें अनंत पर टिकी हैं, 'नैचुरल डैथ नहीं लगती है, अंकल।'

'डॉक्टर का कहना है कि किसी ने जया का मर्डर कर दिया है।' डी.पी. सपाट स्वर में कहता है। उसकी आँखें भी अनंत पर टिकी हैं।

'मर्डर?' अनंत का स्वर प्रतिध्वनि-सा है, 'मर्डर...'

'ऐसा इनका कहना है। मैं पिछले पैंतालीस मिनट से ऊँच-नीच समझा रहा हूँ। मर्डर की बात एकदम एब्सर्ड है। व्यर्थ पुलिसवाले आकर निजी जीवनों की खोद-खाद करेंगे। मैं जानता हूँ, वक़ालत के दौरान बहुत देखा है। फ़ोन, ईमेल सबकी जाँच। मान लो तुमने कभी ऑफ़िस आवर्स के बाहर फ़ोन या मैसेज किया हो जया को तो फिर बेकार पूछताछ, सरदर्द।' अनंत का मुँह जर्द हो गया है। 'तुम्हें मैं उदहारण के तौर पर ले रहा हूँ, ऑफ़ कोर्स भले ही जया तुमको रिपोर्ट न करती हो, वह तुम्हारे विभाग में काम करती थी, बातचीत वगैरह लाज़िमी है लेकिन पुलिसवाले बस कुत्तों की तरह पीछे पड़ जाते हैं।'

मैंने अनंत को इस कदर हिला कभी नहीं देखा है। मैं उन्हें आश्वस्त करना चाहती हूँ, कहना चाहती हूँ कि मैं उनके मैसेज या ईमेल 'सेव' नहीं करती थी, पढ़ते ही मिटा देती थी कि बार-बार पढ़ने का लालच न हो जाए...आधी रात भेजे, प्यार में डूबे संदेश—मुझे छुओ, जया मैं मर रहा हूँ...मैं तुममें समाना चाहता हूँ...मैं उन्हें कहना चाहती हूँ कि ऐसा कुछ नहीं है कि उन पर आँच आए।

'मैं डॉक्टर को कह रहा हूँ, हो सकता है कि जया की तबियत ख़राब हो, चकरा कर गिर गई हो, चोट तो एकदम मामूली लगती है,' डी.पी. कहे जा रहा है, 'लेकिन ये कंसीडर करने को, कुछ सुनने को तैयार नहीं...'

'डी.पी. ठीक कह रहा है, पार्थ। ये दफ़्तर है, इतने लोगों की भीड़-भाड़ में मर्डर?' उनका स्वर मद्धिम है, वे अपना गला साफ़ करते हैं, 'पिछले हफ़्ते से जया की तबीयत ठीक नहीं थी। चक्कर, कमज़ोरी वगैरह का ज़िक्र कर रही थी...' मैं अनंत की ओर आश्चर्य से देखती हूँ। वे जानते हैं पिछले हफ़्ते मामूली सा वाइरल था। ठीक भी हो गया था। इस हफ़्ते मैं मैराथन की ट्रेनिंग फिर से शुरू करने का सोच रही थी।

'मैं पुलिस या डिटेक्टिव नहीं हूँ।' डॉक्टर का मुँह तल्ख़ हो गया है। 'एज़ ए डॉक्टर सिर्फ़ ये कह सकता हूँ कि कुछ ठीक नहीं लग रहा है। आप ख़ुद देखिए, अंकल...'

अनंत ने मेरे मृत शरीर पर से दृष्टि हटा ली है, उनकी आँखें ठीक मुझ पर

पड़ रही हैं, मुझसे होकर गुज़र रही हैं।'हमें इस परिस्थिति का प्रैक्टिकल सोल्यूशन सोचना है, माने जो हो गया सो हो गया, अब आगे का रास्ता देखना है। पार्था, तुम्हें ध्यान से सोचना चाहिए, जया का निजी जीवन उसके जाने के बाद उधेड़ना और बाकियों का भी...तुम्हें सोचना चाहिए...'

डी.पी. दीना की ओर देख रहा है, एक गूढ़ दृष्टि जो दीना की आँखों में खुल गई है। वह धीरे से कहती है, 'औरतों को इस उम्र में मीनोपॉज़ के कारण तरह-तरह की हैल्थ प्रोब्लम्स हो जाती हैं। मुझे लगता है कि जया को उसी कारण...' इसे ज़रूर पता होगा, मुझसे कुछ साल बड़ी जो है उम्र में ये लोमड़ी।

मैं एक ओर हट जाती हूँ। मैं मृत्यु से उकता गई हूँ। बोर्ड ऑफ़ डैथ। कोई बड़ी बात नहीं मरना। कम्पनी के शेयर के दाम, असुविधाएँ, भय ये सब मृत्यु से ज़्यादा महत्त्वपूर्ण हैं और ज़िंदा लोगों का उनके बारे में सोचना ठीक है। लेकिन डॉक्टर अड़ा हुआ है। 'मैं डैथ सर्टिफ़िकेट नहीं इश्यू कर सकता। इट्स अगेंस्ट माय कांशस।'

'हमने तुम्हें अपने ज़मीर के खिलाफ़ कुछ भी करने के लिए नहीं कहा है, डॉक्टर। अगर ऐसा करना होता तो हम तुम्हें याद दिला देते कि तुम्हारी प्रैक्टिस मोटे रिटेनर पर कंपनी के लिए काम करती है। लेकिन हमारा ऐसा कोई इरादा नहीं, कोई गलत नीयत नहीं। अगर ज़रा भी शक होता, किसी भी तरह का तो अभी तक बात कहीं की कहीं पहुँच गई होती।' डी.पी. का स्वर धमकी और पुचकार में ठीक आधा-आधा बँटा है। 'मैं तुमसे पूछता हूँ कि क्या ये संभव नहीं कि ये चोट जो तुम्हें परेशान कर रही है, मरने के बाद लगी हो ?' वह फिर अपनी काल्पनिक कचहरी में पहुँच गया है।

'बहुत मुश्किल है...'

'मुश्किल या आसान नहीं पूछ रहा हूँ, हाँ या न पूछ रहा हूँ।'

डॉक्टर का चेहरा तन गया है। साफ़ है कि उसका कोर्ट में वक़ीलों से साबिका नहीं पड़ा है, जिरह के पैंतरे से वह डरता नहीं। 'मिस्टर प्रसाद, मेडिकल साइंस में हाँ-न में जवाब फ़िल्मों में होते हैं। मेरा ''प्रोफ़ेशनल व्यू'' है कि...'

'पार्था, जल्दबाज़ी मत करो। गंभीर मामला है। एक बार अपने डैडी से बात करो, उनसे सलाह लो।'

मैं सोचती थी कि जब मरूँगी मुझे इस बात का गर्व होगा कि रीतियों और रूढ़ियों से परे, मैंने खुद को एक मौका दिया, अनंत के निकट होकर अपने को नए सिरे से जानने का मौका। इस समय मुझे कोई गर्व महसूस नहीं हो रहा। मेरा दिल, जो धड़कना बंद कर चुका है, टीस रहा है।

'डैडी क्या कहेंगे ? वो इस केस पर नहीं हैं...'

'वो सीनियर हैं और उनकी प्रैक्टिस का कंपनी के साथ कॉन्ट्रेक्ट है। उनकी सलाह के बिना तुमको राय नहीं देनी चाहिए।' अनंत का स्वर कड़ा है। 'डी.पी., जया के हसबैंड को बुलाना चाहिए। उसकी राय ज़रूरी है, इंश्योरेंस वगैरह पर इफ़ेक्ट पड़ा तो उसका नुकसान है।' अनंत मेरे पति से एक बार मिले थे, ऑफ़िस पार्टी में सरसरी तौर पर। 'फिर कभी मत मिलाना मुझे उससे, मेरी बर्दाश्त के बाहर होगा,' भिंचे गले से उन्होंने मुझे उसी शाम कहा था...

'मिस्टर जयदेव ? हाउ आर यू ? असल में कुछ बात है...जी, गंभीर ही है। आप ज़रा आ पाएँगे यहाँ हमारे ऑफ़िस ? जया की तबीयत कुछ ठीक नहीं...नहीं, हॉस्पिटल नहीं, यहीं ऑफ़िस में हैं...आप आ जाएँ, फ़ोन पर बात मुश्किल है। गाड़ी भेजूँ आपके लिए ? ठीक है। आपको नीचे सिक्योरिटी ऑफ़िसर मिल जाएगा। सी यू।'

अनंत भी फ़ोन पर बात कर रहे हैं। 'चौधरी ? अनंत हियर। यहाँ कंपनी में एक दुर्घटना हो गई...मेरी कुलीग...पार्था थोड़ा कन्फ़्यूज़्ड है। समझ नहीं पा रहा है...हाँ, बच्चा है...तुम बात करो...नीडलेस ट्रबल...या थैंक्स।'

नीडलेस ट्रबल। अनचाही परेशानी। मृत्यु जीवन के लिए नीडलेस ट्रबल है। मैं खिड़की के पास खड़ी हूँ। खिड़की का परदा हमेशा खींचे रखती हूँ। दरअसल खिड़की ऑफ़िस की बिल्डिंग के सामने की ओर है। सिगरेट पीने वालों का अड्डा है नीचे। सब के सब समय-असमय जुटे रहते हैं। बिल्डिंग से निकल दौड़े आते हैं, सिगरेट के डिब्बे अभद्र जल्दबाज़ी से जेबों से निकालते, हवा को पीठ दे माचिस जला सुलगाते और लगभग अश्लील राहत के साथ लंबा कश ले धुआँ छोड़ते हैं... खिड़की पर लगे वैनेशियन ब्लाइंड की दरारों से बिल्डिंग के पोर्टिको में रुकती जय की गाड़ी दिखाई देती है। हमारे ऑफ़िस पाँच मिनट की दूरी पर हैं लेकिन हम अलग-अलग आते हैं। जय की गाड़ी ड्राइवर चलाता है, मैं खुद ड्राइव करती हूँ। कोई पूछे या आश्चर्य जताए, तो कह देती हूँ— हमारा सुबह का रिदम अलग-अलग है...मुझे ड्राइव करने का शौक नहीं है लेकिन सुबह-सुबह, अर्थव्यवस्था या स्टॉक मार्केट पर पॉडकास्ट सुनने का शौक उससे भी कम है।

जय गाड़ी से उतर पड़ा है। उसके और मेरे नाम में सिर्फ़ एक मात्रा का अंतर है। शादी के समय अच्छा शगुन माना गया था इसे। हमेशा एक रहेंगे, नाम तक एक से हैं। सिक्योरिटी ऑफ़िसर पोर्टिको में मौजूद है। आगे बढ़कर फ़ौजी गर्मी से जय से हाथ मिलाता है। मेजर था फ़ौज में। रिटायरमेंट लेकर कंपनी का एस.ओ. है वर्षों से। मानसून की सालाना बाढ़ से लेकर बिजली का ग्रिड डाउन होने तक सब स्थितियों

में उसका ही आसरा है। ग़ज़ब की सूझबूझ है उसकी, अजीबो-ग़रीब सब मामले सुलझाने में माहिर। अभी कुछ दिन पहले रिसेप्शन पर मजमा-सा लगा था, मैं भी रुक कर देखने लगी। एक तीस-बत्तीस साल का आदमी गुस्से में काँप रहा था, मुँह से फेन उड़ाता धमकियाँ दे रहा था। एस.ओ. कहीं से लंबे डग भरता आया। मिनटों में माहौल बदल गया। आदमी धमकाने के बजाय सिसक रहा था और एस.ओ. उसकी पीठ सहला रहा था। फिर वह उस आदमी को लिफ़्ट तक छोड़ आया। मुझे कहा—अपनी पत्नी को ढूँढता आया था, कंपनी में काम करती है, घर छोड़ आई है। मैंने समझा दिया कि कोई भी सिचुएशन इतनी बुरी नहीं कि एक गिलास ठंडी लस्सी और छह किलोमीटर दौड़ लगाने से न सुलझे। मैं चमत्कृत हुई थी। एस.ओ. जय के साथ दफ़्तर में दाख़िल हो रहा है, उसकी चिंतित आँखें जय पर लगी हैं। शायद ऊपर आते समय लस्सी और दौड़ वाली सलाह भी दे चुका हो जय को।

'मिस्टर जयदेव...' डी.सी. जय से हाथ मिलाता है। हाथ मिलाते हुए जय की निगाह मेरी मेज़ पर लगी तस्वीरों पर है—मेरे पिता, बच्चे, बिल्डिंग की बिल्लियाँ। वह पहली बार मेरे दफ़्तर आया है। 'मिस्टर जयदेव, आ'म वेरी सॉरी...'

'शी इज़ डेड?' जय का स्वर ज़रा भी नहीं काँपता, बल्कि कमरे की शांति में कड़ा प्रतीत होता है। 'फ़ोन कॉल' से लगा था मुझे...' जय मेरी मृत देह की ओर बढ़ता है।

'प्लीज़ डू नॉट टच' डॉक्टर कहता है, 'आप बॉडी को छू नहीं सकते।'

पीछे खड़ा एस.ओ. एक कुर्सी खींच देता है, धीरे से कहता है, 'आप बैठना चाहेंगे?' जय जस-का-तस खड़ा है। डॉक्टर की चिंता व्यर्थ थी, वह मुझे छूने की कोशिश नहीं करता। गहरी ख़ामोशी में उसके साँस लेने की आवाज़ सुनती हूँ।

'मैं...' जय कुछ और गहरी साँसें लेता है, 'शायद बैठना ठीक है।' वह कुर्सी पर एकदम सीधा बैठ जाता है, पीठ कुर्सी के पुश्ते से बिना टिकाए। उसके फ्रेंच कफ़ में चाँदी के एटरनिटी नॉट की आकृति के कफ़लिंक चमक रहे हैं। आकर्षक आकृति है उनकी, एटरनिटी नॉट। अनंत की गाँठ।

'आप ठीक हैं? पानी मँगवाऊँ?'

'आय एम ओके...मुझे बताइये ये कैसे हुआ।' डॉक्टर अपना मुँह खोलता है। लेकिन डी.पी. उससे कहीं फुर्तीला है, वर्षों से दूसरों को बोलने का मौक़ा न देने का अभ्यास है उसे। 'हमें ये इसी हालत में मिलीं, मिस्टर देव। ये हमारे कंपनी-डॉक्टर हैं, इनका कहना है कि सिर पर इस छोटी-सी चोट की वजह से पोस्टमार्टम होना चाहिए।' जय डॉक्टर की ओर देख रहा है। 'आय थिंक...' डॉक्टर कहना शुरू करता है लेकिन

डी.पी. की बात पूरी नहीं हुई है। 'कोई निर्णय लेने से पहले हम आपसे मशविरा करना चाहते थे, इस निर्णय का असर इनके लाइफ़ इंश्योरेंस कवर पर पड़ेगा।'

'इंश्योरेंस?'

'बचे कार्यकाल की अर्निंग्स का तीन गुना कवर है, साठ साल 'रिटायरमेंट' के हिसाब से बारह-तेरह सालों की तनख्वाह वगैरह...थ्री टाइम्स...'

जय चुप रहता है। उसकी आँखें मेरे पैरों पर टिकी हैं। रात-दर-रात उसके बगल में सोती मैं ऐसी ही दिखती हूँगी। यदि उसने कभी जाग कर देखा हो।

'बड़ी रकम है। आय नो, आप इस सब के बारे में नहीं सोच रहे, इमोशनल समय है आपके लिए लेकिन आपको बताना ज़रूरी है, मैं जानता हूँ कि जया दोनों बच्चों के यूएस के खर्चे की फ़िक्र करती थी।'

'और तुम जवाब देते थे कि बच्चों को यू.एस. भेजें ही क्यों अगर खर्च उठाने में परेशानी हो। लेकिन डी.पी. के दोगलेपन पर मुझे आश्चर्य नहीं, इतने वर्ष उसके साथ काम किया है। जय डी.पी. को गौर से देखता है। उसकी आँखें हमेशा की तरह भावहीन हैं। 'इन्श्योरेंस से पोस्टमार्टम का क्या संबंध?'

'शायद कुछ भी नहीं' डॉक्टर जल्दी से कहता है, 'लेकिन जानना ज़रूरी है कि इनकी मौत कैसे हुई...'

डी.पी. फिर उसकी बात काट देता है, 'हम सबका विचार है कि, पोस्टमार्टम वगैरह से बेकार की सनसनी होगी, इस समय जब आप बच्चों और परिवार के साथ होना चाहेंगे तब मीडिया वाले घर पर घेरा डाल दें, उल्टी-सीधी बातें छापें-दिखाएँ...गिद्धों के से झुंड हैं ये, ''पर्सनल'' बातों का, संबंधों का कोई लिहाज़ नहीं.. तरह-तरह की ख़बरें उछालते हैं और शक़ खड़े करते हैं। इंश्योरेंस कंपनियाँ भी ऐसी चीज़ों की ताक में रहती हैं कि पॉलिसी के पैसे न देने पड़ें। जया ऑफ़िस में कई बार चकरा कर गिरी हैं, किसी तरह की कोई शिकायत थी उसे...'

'शिकायत?' जय का स्वर कुछ नीचा है, 'इस पूरे समय में उसने कभी शिकायत नहीं की, ये ट्रेट हमेशा से रहा उसका।'

'मेरा मतलब कोई हैल्थ इश्यू...?'

'पिछले हफ़्ते तबियत ठीक नहीं थी। और 'लो बी.पी. तो रहता ही था।'

लो बी.पी. मेरी ढाल थी। व्यर्थ की पार्टियों, मेल-मिलाप, देर रात गए होटलों वगैरह में समय बिताना, इस सब में मेरी दिलचस्पी नहीं थी। उसके बजाय बिस्तर में लेट कर शाम भर किताब पढ़ना कहीं सुखकर था। जब पार्टी का निमंत्रण आता या बाहर जाने की बात होती, मेरा बी.पी. गिर जाता तुरंत!

'रीसेंट था ये लो ब्लड प्रेशर?' कंपनी के मेडिकल चेकअप रेकार्ड्स में कोई मैन्शन नहीं है।'

'नया नहीं, बहुत सालों से है। ऑफ़ एंड ऑन। बेहद वीकनेस हो जाती थी।'

'डॉक्टर को दिखाया था?'

'दिखाया ही होगा।'

'आप नहीं जानते?'

जय एक क्षण डॉक्टर को घूरता है। 'नहीं, मैं नहीं जानता। वी वर टू इंडिपेंडेंट पर्सन्स, जया एन्ड आई।'

पुराना 'कार्डियेक इश्यू...' डी.पी. लगभग मुस्कुरा उठता है, 'उसी के कारण गिरी होंगी।'

'हो सकता है लेकिन डाउट क्लीयर करने के लिए, पोस्टमार्टम...'

'आपकी मेडिकल क्यूरियोसिटी के लिए मैं अपनी वाइफ़ का पोस्टमार्टम नहीं करवाऊँगा।' जय तेज़ी से कहता है, आँखें उसकी ठंडी रहती हैं लेकिन। 'आई डोंट वांट टू ऐड एनी हॉरर जो हुआ है वो क्या कम है?'

डॉक्टर की दोनों भवों के बीच में सीधी रेखा खिंच जाती है। वह अब उतना युवा नहीं दिखता। 'और अगर वाकई कोई बात हो तो? कोई ओबवियस बीमारी नहीं, टैम्पोरल बोन में चोट, शायद इंट्राक्रेनियल ट्रामा भी।' वह एक क्षण झिझकता है, 'इस पर पुलिस रिपोर्ट होनी चाहिए, एक्सीडेंट या मर्डर दोनों पॉसिबिलीटीज़ हैं।'

'मर्डर?' जय की आँखें सिकुड़ गई हैं। 'नॉनसेन्स। किस तरह की बेहूदी बात है ये?' वह मेरी लाश पर एक दृष्टि डालता है। 'कोई सर-पैर नहीं इसका, मैं बिना कारण बात बढ़ाना नहीं चाहता, ये मुश्किल और ऊपर से पुलिस, कोर्ट का चक्कर।'

अनंत के फ़ोन की घंटी बजती है। 'पार्थ, तुम्हारे डैडी। बहुत देर से तुम्हें फ़ोन कर रहे हैं।'

'शिट। सॉरी डैड...फ़ोन ''साइलेंट'' था...' डॉक्टर एक कोने में हो जाता है।

जय अनंत को पहली बार लक्ष्य करता है। 'बहुत अफ़सोस है' अनंत कहते हैं 'जया और मैं लंबे समय से कलीग्स हैं...'

मैं अपनी मेज़ के पीछे खड़ी होती हूँ, दोनों को एक साथ देखने का यह पहला मौका है। शायद आख़िरी भी। मेरे जीवित शरीर से जिनका घनिष्ठ परिचय था, मेरी मुर्दा देह के पास खड़े हैं। पहले कभी नोटिस नहीं किया कि दोनों में कितनी समानता है-मँझोली कद-काठी, चौड़े माथे से पीछे को जाते घने बाल और

आयासहीन सतर मुद्रा। शादी के शुरुआती दिनों में मुझे जय के सधे कंधे और पीठ और ढीले, लंबे क़दमों वाली चाल बहुत आकर्षक लगते थे। कई बार मैं जान कर कुछ कदम पीछे रह जाती थी कि उन्हें चलता देख सकूँ। बहुत साल पहले की बात है जब हम साथ चलते थे।...

'मैंने चौधरी से बात की है, किसी तरह की फ़िक्र मत कीजिए। कोई ऐसी बात नहीं होगी जिससे ये सदमा बढ़े...'

जय उन पर सरसरी नज़र डालता है, 'आपके काऊ बॉय डॉक्टर पर मेरा कोई भरोसा नहीं।'

'डॉ. चौधरी, पार्था के पिता बहुत सुलझे हुए हैं, सीनियर हैं।' जवाब अनंत देते हैं, 'मुझे विश्वास है कि पूरी बात समझेंगे।'

डॉक्टर की बात समाप्त हो गई है। वह आगे आता है। उसकी आँखें झुकी हैं। क्षण भर अनिश्चय में खड़े रहने के बाद वह कंधे झटकता है। 'मैंने डैड से कंसल्ट किया है...' सबकी आँखें उस पर गड़ी हैं। मेरी ओर उसकी पीठ है, धनुष की तरह झुकी हुई। 'प्रायर हिस्ट्री और उम्र को देख कर...नैचुरल कॉजेज़ हो सकते हैं...पैरी मीनोपॉज़ में कार्डियेक रिस्क बढ़ जाता है...'

'बिलकुल, बिलकुल, यही बात है।' डी.पी. कहता है, 'कुछ चीज़ें अनुभव से आती हैं। चलो अब सब खानापूर्ति कर के सर्टिफ़िकेट वगैरह बनाओ।' वह जय की ओर देखता है, 'गर्मी का वक़्त है, मिस्टर देव और दो बज चुके हैं। सूरज रहते क्रियाकर्म हो जाना चाहिए। मैं सब इंतज़ाम करवाता हूँ। आपको कोई परेशानी नहीं उठानी पड़ेगी।' शाम से पहले? जय इतनी जल्दबाज़ी नहीं करेंगे। मम्मी तो शायद रात तक पहुँच पाएँ और बच्चों को एक दिन लगेगा आने में। 'दीना, तुम ग्रेच्युटी, एरियर्स और इंश्योरेंस के पे आउट्स शुरू करवाओ डेथ सर्टिफ़िकेट बनते ही।'

'शाम से पहले कोई आ नहीं पाएगा...परिवार का कोई यहाँ नहीं है'...जय के स्वर में अनिश्चय है।

'देखिए मिस्टर देव, ये काम जितनी जल्दी हों, अच्छा है। जाने वाले के लिए भी और रहने वालों के लिए भी। लोगों को पचास तरह की बात करते देर नहीं लगती। रहा परिवार, हम जया का परिवार हैं। दीना, मैनेजमेंट फ़्लोर पर एक प्राइवेट ऑफ़िस खोल दो मिस्टर देव के लिए। आप इत्मीनान से घरवालों को इन्फ़ॉर्म कीजिए। आए विल टेक केयर ऑफ़ द रेस्ट।'

मेरा दफ़्तर खाली हो गया है। जय, दीना, अनंत चले गए हैं। डॉक्टर एक ओर रखी छोटी विज़िटर्स टेबल पर बैठ कर लिख रहा है। डी. पी. मेरी मेज़ की

ओर आता है, फ़ोन उठाकर नंबर दबाता है। उसके चेहरे पर थकान है। 'गरुड़, डी.पी. हियर। जया का अचानक देहांत हो गया है।...हाँ दुखद है। अपनी टीम से किसी को भेजो, एक मोबाइल फ़ोन सैनिटाइज़ करना है। ऑल इन्फ़ॉर्मेशन नीड्स टू बी रिमूव्ड कॉन्टेक्ट्स के अलावा...हाँ कंपनी का मोबाइल है, पर्सनल यूज़ के लिए नहीं था।' कंपनी का फ़ोन लेकिन सब निजी काम में लेते हैं। तस्वीरें हैं और वीडियो मेरे फ़ोन पर, बच्चों के, यादों के। खैर मेरी स्मृतियाँ हैं, मेरे साथ नष्ट हो रही हैं। 'और जया का कंप्यूटर लॉक है, उसे रिमोट अनलॉक करवाओ तुरंत।... हाँ, उसके कॉन्टेक्ट्स चाहिए, फ़्यूनरल का सब इंतज़ाम हमें करना है। उसका पति शैटर्ड है एकदम।' मेरे कंप्यूटर की स्क्रीन रोशन हो गई है। 'हाँ अनलॉक हो गया। थैंक्स।' डी.पी. ने फ़ोन रख दिया है। मेज़ पर झुक कर माउस का बटन दबा रहा है। बोर्ड के लिए बनाई आँकड़ों के हेर-फेर वाली रिपोर्ट स्क्रीन पर खुल जाती है और डी.पी. के चेहरे पर पसीना झलकने लगता है। अचानक एक फ़िल्म की रील सी चलने लगती है तेज़ी से...मुझे सब याद आ जाता है...

डी.पी. बिना दस्तक दिए दफ़्तर में घुस आया है। 'ड्राफ़्ट में क्या देर है, जया?'

'कुछ काम बाकी हैं, डीलर्स से कुछ फ़िगर्स मँगाई हैं, अभी तक आई नहीं हैं...'

'उनकी कोई ज़रूरत नहीं, नई-नई चीज़ें शुरू मत करो।'

'नया नहीं, इंडिपेंडेंट टेस्टिंग है, सेल्स फ़िगर्स भी निष्पक्ष स्रोतों से आने चाहिए।'

'अपना काम बढ़ा रही हो तुम, और मेरा भी। ड्राफ़्ट भेजो मुझे पहले।' डी.पी. गोल्डन जुबली वाले स्मृति चिन्ह को हाथों में घुमा रहा है।

'ड्राफ़्ट वगैरह के लिए समय नहीं है। मैंने अभी तक अनंत को भी नहीं दिखाई है रिपोर्ट। सीधे बोर्ड को ही भेजूँगी फ़ाइनल वर्जन।'

'अच्छा। ये पेंटिंग वही है जो तुमने बनाई थी गोवा वाली ऑफ़ साइट में?' डी.पी. मेरी कुर्सी के पीछे वाली दिवार पर लगे वाटरकलर की ओर बढ़ता है। मैं अपनी कुर्सी से उठ खड़ी होती हूँ। मेरी स्क्रीन पर रिपोर्ट खुली हुई है। जल्दी से झुक कर माउस क्लिक करती हूँ स्क्रीन लॉक करने के लिए। फिर सब कुछ एक लाल फ़ेनिल विस्फोट में बिला जाता है।

▢▢▢